燕赵秀林丛书·文学

在海塭堡的另一种人生

四四 著

河北出版传媒集团
河北教育出版社

四四

原名赵海萍，河北邢台人，河北文学院签约作家，鲁迅文学院第四十三届高研班学员。获第四届三毛散文奖，作品入选2017年度河北散文排行榜、河北文学榜2023年诗歌榜。作品发表于《诗刊》《清明》《雨花》《长江文艺》等期刊，出版长篇小说《渐入佳境》。

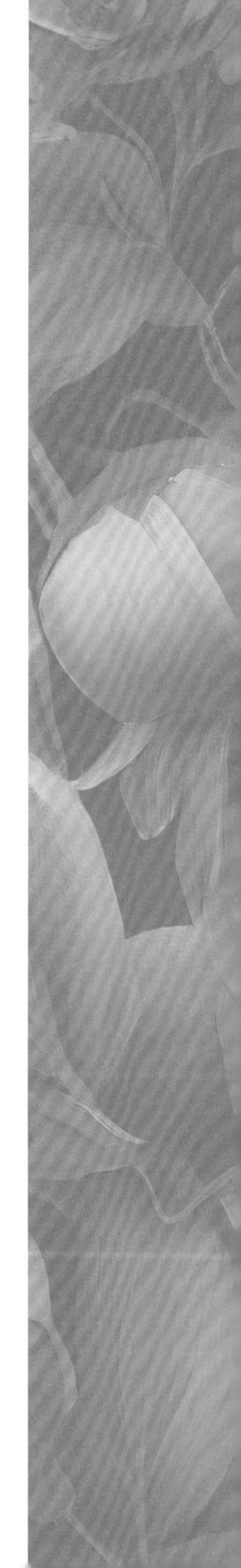

美的历史
任伯年全集

燕赵秀林丛书·文学

序言

人才兴则事业兴、人才强则国家强，人是事业发展最关键的因素。文艺事业要实现繁荣发展，就必须培养人才、发现人才、珍惜人才、凝聚人才，培育造就大批德艺双馨的文学艺术家和规模宏大的文化文艺人才队伍，构建出成果和出人才相结合的工作格局。

为了进一步推动文艺人才培养和队伍建设，打造一支德艺双馨的文艺冀军，河北省坚持以习近平文化思想为指导，组织实施了文艺名家推出工程、中青年文艺人才“秀林计划”、文艺后备人才“春苗行动”、文艺名家情系河北“故乡创作计划”，构建起文艺人才培养的四梁八柱，形成了老中青梯次衔接、省内外交相辉映的文艺人才格局。在各界共同努力下，河北的文艺人才如雨后春笋般不断涌现，全省文艺事业呈现出蓬勃发展的繁荣景象。

作为中青年文艺人才“秀林计划”的重要内容，省委宣传部会同省文联、省作协开展了“燕赵秀林丛书”的编辑出版工作，将按照“一人一书”或者“一类一书”的原则，为我省优秀中青年人才出版代表性作品，并配套开展作品研讨、专场演出、展览展示和媒体宣传等活动，形成文艺人才培养、宣传、使用一体化格局，努力推动更多优秀中青年人才脱颖而出，在新时代的文艺道路上挑大梁、当主角。首批图书，将为11位青年作家各出版一部文学作品选集，并从戏剧、音乐、美术、曲艺、舞蹈、民间文艺、摄影、书法、杂技、影视、文艺评论等11个艺术门类中各遴选中青年艺术家代表，分别出版一部优秀作品合集。

青年是事业的未来。只有青年文艺工作者强起来，文艺事业才能形成长江后浪推前浪的生动局面。希望此次入选的中青年优秀人才，能以出版“燕赵秀林丛书”为新的起点，再接再厉、接续奋斗，立足河北丰厚的历史文化资源，聚焦中国式现代化在河北可视可感可行的火热实践，创作推出更多充满时代气息、具有河北特色的精品力作。也希望全省的作家、艺术家们，既秉持学习前人的礼敬之心，更树立超越前人的竞胜之心，增强自我突破的勇气，迈向更加广阔的创作天地，努力攀登新时代文艺新高峰！

丛书编委会

2024年9月

目录

阅读《吉·德·莫泊桑》的下午

◦ 一 ◦

由于专注阅读戴骢翻译的巴别尔的《吉·德·莫泊桑》，我长时间保持一种看似优雅却不太舒服的姿势。为了使注意力不再任性地四处逃窜，我尽量绷紧身体的每一个器官，不使它们有丝毫小幅度的活动。从小到大，我都不能有效地控制注意力，而我现在已经四十一岁了，仍然像个多动症儿童那样易冲动、情绪不稳、控制力差。

“1916 年冬，我凭一纸假身份证来到彼得堡，身上一文不名。有位讲授俄罗斯语言学的教师，名叫阿历克谢·卡赞采夫的收留了我。”

巴别尔在文章的开头便向人提供了一个悲剧式的人物——“我”，我觉得他的“我”像极了我，而李鸣秋身上则有一点点阿历克谢·卡赞采夫的影子。略有不同的是，我单身一人到上海徐汇区肇嘉浜路找他时并非一文不名，但也的确过得贫困潦倒，而李鸣秋生活优渥，还差五年就从副处长的位置上退休了。那是我与他第二次相见，既为满足蒹葭之思，也为我的前夫綦多味谋一份工作。那时，綦多味刚刚丢掉辞职后的第二份工作。而我们共同的孩子和房子，还有那些一刻也不消停的生活中的鸡毛蒜皮都需要钱。钱真不是万能的，但没有钱真是万万不能的！迫不得已，我才决定向李鸣秋开口。那一次，他把我请进他衡园的大三居。那是我唯一一次侵入他生活的核心，之后，我们没再见面。但并不妨碍我们之于彼此的欣赏和信任，也许，凭着女人灵敏的嗅觉和第六感，我断定他没有骗我。他的确过着单身汉的生活，也的确有轻微的洁癖。如果面对我的到来，他不过分掩饰自己动物性的一面，我想，或许，我们会愉快地逾矩。但现实和想象之间往往隔着遥远的距离和无情的高墙。那一次，我们仍然和在南京时一样，既是旅行途中的伙伴，又是有着同样文化诉求和精神渊源的同盟者，唯独不能互相享用各自的身体。

当我读到“给我开门的是个头戴发饰、乳峰高耸的女佣。她领我走进一间古斯拉夫风格的客厅”时，我觉得有必要改变一下姿势，因为我感觉我那压在大理石茶几上的左腿膝盖处微微有点儿疼痛。虽然，那只不过是轻如纤维般的微小疼痛。移开左腿，我惊讶地发现膝盖处印着一个清晰的牡丹花图案，它呈现出悠然绽放的姿态，暗红色。

我静静地观察着这枚逐渐变得惨淡的“牡丹”，它正从我的膝盖上消失，正如那个我不愿提起名字的男人。他叫綦多味，出生于煤矿世家，初中文化，曾热衷于钓鱼，但因不学钓术，最终放弃，现在一家搅拌厂开扫地车，月入 3200 元。虽然他正直、可靠、不嫖、不赌，对我家人和朋友也大方、真诚，但我们还是好合好散了，确切地说，是我决意要离开他的。

那可是个漫长而艰难的过程，经历了五六年，太漫长了，漫长到我都怀疑我性格的本质就是懦弱和优柔寡断，而表现出来的坚强和当机立断都是伪装。我们往民政局去的次数不下十次。有好几次都是没走到那儿就拐弯了，因为我总会在他摩托车的后座上想起綦多味的种种好处，于是，我们心照不宣地改变了主意。

有一次，我记得是在我生日的前一天，具体因为什么争执已变得模糊不清，只记得綦多味一边挥舞手臂一边朝我恶语相加。几乎没怎么思索，我便带着刚三岁的儿子离开了家。在强烈的节约意识的驱动下，那一晚，我们住进一小间二十元的私人宾馆。那是我平生第一次住在陌生的房间里。我非常感动儿子对我的依赖和信任，在我收拾背包时，他没哭，只是静静地揣测。我起初不想带他，倒不是嫌他累赘，只是不愿让他过早地体察到母亲的悲伤和软弱。但他一看到我背包上肩、换鞋，他便心急火燎地跑到我身边拽住我胳膊，仰着头，用那双清澈得使人惶恐的眼睛看着我，仿佛在说：“妈妈，我跟你去。”尽管他当时只有三岁，但有他在我身边睡着，我便觉得安心、温暖、踏实。

第二天，我们按时在民政局大厅见了面。綦多味急切地抱过儿子，把一张络腮胡子的脸贴在儿子的小脸上狠命地亲。儿子呢，他乖巧地伏在綦多味的肩头。之后是一连串嫩生生的、娇滴滴亲吻的声音。我的心再一次柔软起来，眼眶瞬时就湿了。綦多味从上衣口袋里掏出一个精致的小盒子递给我。我惊愕。这个从没送过我礼物的男人要干什么？“欠你的，结婚时没钱买，愧着呢，你瞧瞧样式还中意不？不喜欢咱就换。”我打开盒子，只见一条纤细精巧的白金项链闪着亮光。我一眼便认出那是我梦寐已久的老凤祥的货。虽然綦多味只是轻描淡写地说只是把结婚时欠我的东西还给我。但我的心还是彻底软成了碎片。为此，我乖乖地跟他回了家。

还有两三次因为没带户口簿、协议书、未孕证明等材料性的东西而泡了汤。

路漫漫其修远兮!

。二。

女人和男人的关系太微妙了，有时候你根本弄不清在爱情被磨砺得疲倦、惨淡，甚至消失之后，为什么还要坚守？即使存在不理解、不欣赏、不尊重，即使明知道他想控制你，想把你变成没有思想的附庸，即使他爆粗口，甚至他挥巴掌打人……婚姻还是会死乞白赖地继续。唉，剪不断，理还乱!

现在，在一个装修得简单到寒碜的大房子里，我坐在廉价布艺沙发的单人座上阅读巴别尔的《吉·德·莫泊桑》。这布艺沙发是我和綦多味一起从市郊的家具厂定做的，当时感觉家具厂老板提供的海绵密度高，软硬适度，而我们又可以自由挑选喜欢的花色，所以不假思索便定了一套。价格嘛，自然便宜，只相当于大型商场的三分之一。为了省掉回家的打车费,要知道那二十块钱能给儿子买一件君乐宝酸奶了！所以，我们坐上一辆家具厂送货的平板车。那车免费，是老板御用的送货车，车上装着三个条形茶几和八把椅子。因为郊区的公路被来往的大型货车碾压得坑洼不平，所以颠簸得很厉害。为了保持平衡，綦多味把我牢牢地钳在他的怀里。那时，我感觉到满满的幸福，真实、纯洁、无边无沿，同时，也有一丝甘苦杂糅的成就感升腾于心间——结婚六年了，我们终于拥有一处真正属于自己的小窝，虽然位置偏僻，但它宽敞明亮，三十六平方米的客厅朝着阳面，两个阳台都在阳面，那个带拐角的除了可以种些花草之外，还可以放一组藤编桌椅以喝茶、看书、呼吸新鲜空气；另一个则专门用作洗晾衣服。

那时，我还是他的妻子，我甘愿被他控制，甘愿做他的附庸，甘愿低到尘埃里。虽然他并没有什么值得我这样低三下四，我从心里也不真正仰望他。但就冲我找他要钱时，他每次都表现得慷慨淋漓这一件事上，我就没啥好说的。那时，我之所以活得像寄生虫一样没有追求和尊严，一方面是因为我舍不得把幼小的儿子托付给别人照看，另一方面也在于我一直没能找到一份合适的工作。

结婚前，我在一所三县交界处的私立学校当老师，任教初一语文，和我搭档的数学老师是个留短发的大龄女青年，她喜欢穿男性样式和颜色的衣服，喜欢班里一个叫向晚霞的女学生。她亲自说过，只要向晚霞在班里坐着，她讲起课来就特别有激情；要是那女学生偶尔请一天假，她就像被抽了筋似的无精打采、六神无主。后来，向晚霞应该察觉到了异样，转学走了。之后，她把注意力转移到了我身上，给我买手链、吊坠儿、内衣等女孩子喜欢的礼物，并且每晚都死乞白赖地和我挤一张床。起初，她还安分，只挨着我，并不动手动脚。半个月之后，她开始抱我，并且有意无意地把胳膊搭在我的胸前。碍于她赠送我的那些礼物，我不好拒绝她。直到有一天，趁我熟睡之际，她突然把脸贴在我的脸上，嘴巴挨着我的嘴巴，一只手笼住了我的乳房……尽管她在形式上夺走了我的初吻，但实际上在她还没开始进攻之前，我就被惊醒了。我把她掀翻在地上，指着她恶狠狠地骂，并且把她送给我的所有礼物全部摔在她面前，用脚狠狠地踩。她在愣怔了几分钟后才开始呜咽，哭得酣畅又痛楚。但我对她的解释和哀求无动于衷。第二天，我便辞了职。

我是追求品位和罗曼蒂克的双鱼座女人，但贫穷把那些奢华的高贵逼入死角，并残酷地戏谑、摧残它们。我们不得不草率对待了贷款买下的这所位于偏僻地带的大房子：计划贴壁纸的墙面以钢化涂料代之，橱柜、窗帘、家具则都是过时的样品，茶几是我的小同事送的棕黄色大理石面、木质框架的淘汰品，而预留做书房的房间空无一物！唯一透着鲜活气息的绿植是我从街边地摊买的芙蓉雪莲、白花小松和绯牡丹。

但总归，我们有了自己的房子，在青春不再、性欲萎靡的不惑之年。

◦ 三 ◦

初夏的一个下午，我坐在廉价布艺沙发的单人座上阅读巴别尔的《吉·德·莫泊桑》。我总是不能有效地控制注意力，尽管我已经尽了最大努力控制那些过分好动的器官。但我实在控制不住思维，只能任由着它。有时候，它像蛇一样倏忽一下便钻进了草丛或洞穴；有时候，它又像轻盈优雅的蜂鸟悬停于空中。

我必须把注意力集中在《吉·德·莫泊桑》上，要不然整个下午时光将会像一去不复返的昨天一样消逝于无形。

> 这类女子善于把她们经营得法的丈夫的金钱，化作她们腹部、后脑勺和圆润的双肩上的粉红色脂肪。她们含情脉脉地乏乏一笑，能把卫戍部队军官们的三魂六魄一股脑儿勾掉。

瞧瞧这些累赘但迷人的句子吧！现在，还有哪个作家肯对自己笔下的句子煞费苦心地精打细磨呢？那些日产一万字的网络写手们，他们哪里顾得上修辞和逻辑呢？只要点击量能源源不断地换算成人民币，他们便丝毫不会考虑作品的文学价值、审美价值、现实价值。当然，和那些执拗于纯文学创作的傻瓜们相比，他们的确获得了丰厚的回报，他们动辄月入万元，如果作品被改编成电视剧，那么，他们瞬间就会变成百万富翁，甚或千万富翁。

这是一个盛产富翁的时代，也是一个盛产赤贫者的时代。正如狄更斯老头儿在《双城记》开头时所说：这是一个最好的时代，也是一个最坏的时代……

我并不欣赏刚刚读到的“这类女子”，不是因为她们丰硕了自己“腹部、后脑勺和圆润的双肩上的粉红色脂肪”，而是在于我从来不善于精心算计他綦多味的辛苦所得。在婚姻存续期间，十余年，既不短暂，也不算漫长，我没有盘问过他的开支和花项，也没有背着他攒私房钱。綦多味并没有因为我的大撒把而放纵，我想，他之所以和婚前判若两人，一方面是因为结婚而欠下的两万块钱债务，另一方面自然源于他之于我的爱和责任。

我可能患上了慢性泪囊炎，只要注意力稍稍一集中，哪怕仅仅十五分钟，或者更短的时间，眼泪便不受控制地淌下来。现在，我又像个泪人一样了。

我正好读到了“她在看修改稿时，双手交叉，一动不动地坐在那里，随后，如绸缎般光滑的双手垂向地面，额头煞白，包住双乳的胸罩间的花边偏向一边，微微颤动”，我的眼泪已经彻底把我的两只眼睛糊住了，我不得不停下来。我抓起棉质长裙的下摆胡乱擦了一下。“绸缎般光滑的双手”实在是太老套了，后半部分写得好，体现了作者细致入微的观察能力。作家们实在太需要具备超常的想象力了！一个想象力粗糙、干瘪而又匮乏的人趁早别打文字的主意，否则简直是自取其辱。如果我是个作家就好了，可惜上天没有赐给我这方面的天赋，而我的想象力也异常庸俗、笨拙、匮乏，像一个人的老年一样毫无生机。所以，在不做教师之后，我利用自己性格上的优势，在市内的素品轩画廊谋得了一份工作，主管与画家联络以便确定展览的类型和规模等问题。工作自由、轻松，压力也不太大，何况还有李鸣秋的指导，所以做起来比较得心应手，薪水也比较可观。

突然，客厅北墙根儿至东墙根儿转弯处的轻微蠕动惊扰了我的目光。凭感觉，我判断出那轻微蠕动的活物可能是一只壁虎。一丝古灵精怪的喜悦感刹那间涌上心头，在这被某种说不太清楚的寥落浸染得七零八碎的午后，一只壁虎的蠕动简直是水晶般亲切的恩赐啊！

在我朝着它踱步的当儿，它也没停止蠕动。它本来呈现出一副慢条斯理的懒散状态，就像我一样——没有时间观念和远大追求。也许是我走路时和地板产生的震动惊扰了它，我发现它爬行的速度加快了——它大幅度摇摆着微胖的身子，滑稽极了！显然，它惊恐于这赤裸裸的暴露。因为我看到它急着寻觅一处遮挡物。我暗笑它的愚蠢。它并不知道我从十八岁开始便不伤害任何一条生命——蚂蚁、西瓜虫、小飞蛾……它们可以高枕无忧地生活在我的房子里，哪怕随便撒尿拉屎都无所谓。我敬畏并爱戴一切生命，庞大的、微小的，凶残的、和善的、笨拙的、聪敏的……

七八岁时，我就敢徒手抓蛇，当然，在我手上表演舞姿的大都是乳臭未干的小蛇。我也敢抓青蛙、螃蟹、麻雀、屎壳郎、萤火虫等一切凡是能接触到的活物。所以，这只快速爬动的小壁虎根本吓唬不到我。我眼看着它高速率地抖动身体，碰壁，碰壁，再碰壁，始终找不到一处安全地带。我忍不住抿嘴笑了，感觉到腹部肌肉在微微颤动。

天哪，它的尾巴哪儿去了？不经意间，它已经是个残缺不全的家伙了，这多少使人伤感。之前，我一直认为“壁虎遇险时，尾部肌肉会由于剧烈收缩而自断”是捉唬人的假话。而现在，一小截土褐色柔软而尖细的线状物在地板上不停地摆动，只不过摆动的幅度越来越微弱。我知道，它很快就会停止。就在我专注观察断尾的当儿，小壁虎成功地将自己隐匿了起来。我再次感到那丝古灵精怪的喜悦涌上心头：小家伙，切莫要和我斗智斗勇，你咋也不会是我的对手，哼，等着瞧！我推断它藏身在蓝底红玫瑰图案的拖地窗帘下。果然，在我突然抖动窗帘的当儿，它几乎趔趄着冲了出来。

它迷茫且恐惧！这使我愉悦！并且这愉悦来得迅猛又真实。我的愉悦完全来自一只壁虎的迷茫和恐惧，这简直有些浅薄和荒谬，甚至充满着一种低俗的虚无主义趣味。

◦ 四 ◦

再过四五个小时，綦多味就回来了。他是我前夫，属马，今年四十周岁。我们结婚那年，他头发乌黑油亮，眼睛细长性感，高挺的鼻梁，棱角鲜明的嘴唇。人人都说他长得像一个香港明星，我也觉得像！十六七年的煤矿生活硬生生地把明星的影子从他身上挤出去，挤得连残渣也没剩下。现在，他头顶上的风光几近荒芜，眼神也不再像年轻时那般清澈、快活、狂野，取而代之的是无尽的疲倦、茫然、焦躁。现在，我喜欢历尽沧桑、儒雅随和、渊博豁达的“老帮菜”，他可以穷一些、丑一些，甚至他也可以颓废一些。李鸣秋正是这样一个人，但他并不穷困，也不颓废。他除了正常工作之外，还频繁地在上海的摄影界、书画界、文学界出头露面，而他自己又热衷于泥塑艺术。

所以，他自带着一种摄人心魄的光芒。起初，我险些被那光芒灼伤。之后，我慢慢修炼自己抵御、吸纳那光芒的能力。当然，綦多味对此浑然不觉。

三年前，綦多味由开源煤矿一名正式员工沦落为社会闲散人员。谁都想不到一个年届四十，又没有学历和一技之长的人会有勇气辞职！塞万提斯说过，真正的勇气在极端的胆怯和鲁莽之间。所以，从一定意义上来讲，綦多味也算具备真正勇气的男人。但这件事毕竟关乎一家人的生计和稳定，我真心宁愿他极端胆怯，而不是极端鲁莽。

綦多味在众人的惊愕中完成了一次吉凶未卜的蜕变——他彻底和煤炭工人划清了界限，以大无畏的英雄主义姿态脱离了枯燥、繁重、高危的煤矿生活。他本以为是“而今迈步从头越”，却谁知“雄关漫道真如铁”！从那时起，他就没走过好运，开始为自己的极端鲁莽付出代价。尽管在辞职之前，他已经谋到给一个代理二流化妆品生意的小老板开车的活儿。那小老板把他当牛一样使唤，根本无视他的尊严和自由。他每天早晨六点多出门，晚上十点都到不了家。这漫长而枯燥的劳作只能为他带来2500元的月薪。但他似乎不以为意，并且干劲儿冲天，毫无怨言。那时，煤矿产业的黄金期已悄然过去。关于环保问题，各级环保部门加大了工作力度，加强了监督管理，为此，煤炭市场的需求大幅下降。其次，由于经济衰退、能源调整以及产业转型，对于煤炭行业的需求在不断下滑，进而影响了供需关系，导致煤炭价格下滑。再次，太阳能、风能、水能、氢能等新兴可再生能源的迅速发展，对煤炭行业的冲击十分大，使煤炭需求量逐渐降低，对于煤炭的经济效益产生了很大的影响。基于此，他所在的开源煤矿也进入效益低迷期，职工们已经不能正常上班和开支，像他那样自谋生路的不在少数。但像他那样具有“真正的勇气”者却微乎其微。后来我才从在集团内部任职的一个朋友那里得到确切数字——两个！除了綦多味之外，还有一个瓦斯检测员，据说那人辞职后在矿区开了一家投资小、收益快的卤煮火烧店，生意红火，现在已经开到第三家分店。

我一想到綦多味正式决定向开源煤矿递交辞职书的那天晚上便心生恨意，恨得肝肠扭结。那一晚，在劝说失败之后，我歇斯底里地哭，边哭边向他条陈利害。而他却面无表情地坐在沙发上抽烟，一根接一根地猛抽，一副铁了心的无赖样子。然而，我并不死心，仍然试图说服他，希望他能够改变主意。

“你都三十七岁了，既没技术，也没像样儿的学历，又不擅长交际，你到社会上能干啥？你到底能干啥？出苦力吗？你一个井下采煤机司机能有几两劲儿呀？社会有你想的那么简单吗？是，世界这么大，应该闯一闯！可你，可你自己的年纪和资历……唉，真是不见棺材不落泪的死犟筋！房子贷款还有五年，儿子也要吃饭穿衣上学呀！甭再折腾了，甭折腾啦，咱折腾不起啊！綦多味，算我求你啦！”

◦ 五 ◦

那一晚，我喋喋不休地把上面那些话说了无数遍，翻来覆去、颠三倒四地说。我幻想他能够意识到我没有坏心，完全是为他着想。而他在持续的沉默之后愤恨地扔给我一句话：“你以为我除了下井啥也干不了？你真把我看得这么扁？哼，我偏不信这个邪！这是我的事儿，不是你的事儿。你管得着吗？”他像个疯子一样从单肩包的最外层掏出来一个绿皮本，先是狠命地攥着它，那样子恨不得把它攥碎，攥成气体！我看到他紧紧攥着的那只手剧烈抽搐，好像完全失控了一般。直到他把它摔到茶几上，我才看清楚那绿皮本是离婚证。那一刻，我彻底意识到我们早已经变成单独的个体，没有了夫妻关系存续期间应该承担的一切义务。虽然生活在一个屋檐下，但我们终究由熟悉变得陌生，由信任变得猜疑，往日所有美好和不美好的记忆都惨淡成虚无。

当晚，我搬到次卧，决意不再和他发生肉体关系。我知道我需要的那种性爱上的整体感，蓁多味提供不了。或许，在我们最初相识时，那两个莽撞又羞涩的器官之间的确产生过纯粹又激烈的共鸣和感动。然而，除了那些融为一体的短暂夜晚之外，我们在本质上是单独又自由的个体，总会野心勃勃地开辟私密又美妙的小径。

蓁多味辞职的第一年便丢掉了开车的工作，原因是那年轻而又狭隘的小老板承诺给他区域经理的待遇迟迟不兑现，而且又没同意他陪母亲过最后一个生日的请求，并且上班时间也越来越长，偶尔会超过十二小时，且不给加班费！在这些莫名其妙的不公正待遇面前，他失了理智。埋葬完他母亲的当天晚上，他臂戴黑纱来到小老板住处，不由分说朝那肥硕的身体抡起了拳头。小老板吓坏了，像个孙子一样颤抖着求饶，当场给他结清了工资，并且多加了七个月以来的五千块钱加班费。就这样，他的第一份工作便理所当然地丢了。

后来，我托一个朋友在酒厂给他谋了一份业务员的工作。其实，他的性格和能力并不适合这份工作。但那时，我又没有其他门路，而一天也离不开钱的生活需要继续。他干得很用心，有一种初生牛犊不怕虎的精神。他每天骑着八成新的捷安特自行车在自己的区域里晃悠。那时，他手里已经没有多少闲钱，只得忍着性子和那些精明的烟酒店老板打交道。所幸的是，在之后的八个月里，除了淡季的一个月，在其他的七个月份，他都超额完成了任务。这让我颇为感动和安心。我指望着他能够持续做下去，只要他坚持，并且肯学习、钻研，就一定会有发展，说不定两三年后也能熬成个经理啥的。就在我的美梦刚刚萌芽之际，他便狠心踩死了它。由于不满自己辛苦跑下的业绩被划拨给其他女同事，綦多味和经理发生了激烈冲突。冲动之余，他把经理的一颗门牙打掉了。要不是同事们拉架，他很有可能造成更为严重的后果，说不定就因打架斗殴或故意伤害的罪名进了局子！酒厂看在我朋友的面子上没有报警，但不得不对经理做出经济赔偿。经理为了泄愤竟然要求到北京大学口腔医院种植八千多块钱一颗的进口牙，要知道，綦多味连一分钱的存款也没有。在酒厂任职业务员期间，即使完成任务，他每月也只能得到 2300 元的工资，其中 1500 元拿来还房贷，其余 800 块钱勉强够维持自己的吃穿用度。他倒是没向我张口借钱，但无论从情感上还是道义上讲，我都不能袖手旁观。所以，我动用了给儿子存的教育经费。虽然我很想把他骂个狗血喷头，想朝他甩耳刮子……但我忍住了，他已经处于寒冷、幽暗的深渊，他需要的是温暖和鼓励。无论如何，我不能在这时候打击他，万一他自此一蹶不振，彻底丧失了对自己和社会的信心，那遭殃的还是我和儿子。所以，我表现出一副坦然大度的样子。

“社会很复杂，人心也很诡异，完全不是你想象的样子。你怎么就不会装孙子呢？装一装孙子又能咋样呢？收敛一下脾气，这两次算轻的，以后再出事，或者干脆出个大事，我怕是也无能为力了。你不是你自己的，不能太随意，做事之前起码考虑一下儿子……工作可以再找，但无论如何要克制一下自己，没有人迁就你，你必须适应煤矿之外的人……”

那天，我说了好多话。他没反驳，也没抽烟，而是一反常态地表现出顺从的样子，就好像真的知道错了。之后，在短暂休整的那几天里，他给家来了一次彻底的大扫除，把床单和被罩扯下来放到洗衣机里洗干净，又不厌其烦地细致地擦掉窗台、橱窗、书架、茶几上的尘土，甚至他还在厨房里待了整整一个上午，用我从未见识过的耐心清除抽油烟机和灶面上的油渍。

虽然愤懑，但我并不忍心苛责他。我想，他勉强摆出一副乐观的姿态，其实心里应该十分惶恐、惆怅，甚至失望。

十几年的婚姻生活，他已经嵌入了我的生命，他是我的亲人，是我落难的大哥！而我只能鼓励他，帮助他，使他对茫然不可测的未来重新燃起信心和勇气。

◎ 六 ◎

我决定起身到窗前站一会儿，因为我在沙发里蜷缩得太久了。何况，我已经没有办法控制思维，它就像一匹受惊的麋鹿四处逃窜，或者像那些没有根基的云朵肆意蔓延。如果任凭这种状态持续下去，那我整个下午也读不完戴骢翻译的《吉·德·莫泊桑》。

窗外的绿意一直伸展到东西走向的康罗路，在白花花、明晃晃的阳光的照射下，这绿意显得年轻又羞涩。没有什么力量能够阻止它们生长，尽管它们卖力生长的尽头是零落成泥的悲哀。人类亦如它们，明知道一切都是无常和虚妄，但仍然迷恋于思考、创造、实现带来的愁苦和欢愉。康罗路以南是占地 30 公顷的体育公园，再往南就是耗资几十亿元打造的七里河。虽然七里河畔空气清新、花木葱茏，但我已经两年多不光顾它了。是的，它阴气太重！差不多每年有十余条生命葬送在那儿，他们或死于醉酒落水，或死于游泳抽筋，或死于自寻短见。

十分钟后，我又蜷缩进沙发里。我下定决心要一鼓作气看完余下的文字。但是我发现这的确十分困难。因为在我读到“打从那时起，我每天都在宾杰尔斯基家用早餐”时，我竟然忘记了宾杰尔斯基是谁！这让我有点儿气急败坏，到底是什么鬼魅使我神思涣散，以至于脑袋被一片黏稠的混沌搅扰得杂乱无章。

我越是难过、自责，脑袋越是一阵阵跳跃式地疼痛，它们千丝万缕，迅疾而猛烈地切割着我。

这样的状态不适宜看书，即使勉强看下去，也没什么效果。我告诫自己，随即把书合上，把目光抛向阳台。阳台空荡荡的，没有混纺的棕色遮光布，没有天堂鸟、常春藤、散尾葵等绿色植物，也没有吊篮藤椅……我喜欢精致而又浪漫的生活，但我知道，以我目前的生活状态和能力难以把它实现。但我会卖力地朝它走，直到距离它无限近。

虽然綦多味失去了辞职后的第二份工作，但他似乎一点儿也不气馁，尽管他并没有任何底气和复杂又诡谲的生活较量。已经是第二次跌倒了，他需要休整一番。所以，大多时间，他窝在家里睡觉，或者看宫斗剧，或者用手机斗地主，或者出门找伙计喝酒。他每隔两三天就给三岁的小博美犬茜茜洗澡，洗完澡后还无比精细地给它吹风、梳毛， 而茜茜呢，它四肢舒展地仰躺在地板上，微闭着眼睛，摆出一副超级享受的姿态。

一连半个月，綦多味都无所事事，即使拿不出钱交水电费、买菜，也不能给儿子交生活费，他也表现出一副若无其事、毫不羞愧的姿态。说实话，我憎恶男人这样。但我对他分明太过宽容，可能他并不需要。但我总觉得人生不易，人与人之间能建立起夫妻这种缘分尤其不易——他给予过我温暖平和的日子和一个俊朗聪慧的孩子，他以一颗真诚之心对待过我的家人和朋友，他为了把日子过得红火压制了许多浮夸堕落的爱好，他不再赌博、嗜酒，也不再在吃穿上过分讲究……

綦多味还是煤矿井下工人的时候，每月有四五千块钱的进项，所以日子倒也过得轻松而有尊严。那时，我还舍得给儿子买冬季西瓜和草莓，舍得给自己添置喜欢的衣服、化妆品、香水，也舍得给父母买上好的牛奶和点心。如果日子就这样有条不紊地继续下去，或许我就不会野心勃勃地开辟私密又美妙的小径，就不会有之后无休止的战争和背弃。可綦多味却不识时务地辞了职，之后他就像个无头苍蝇一样到处碰壁，也把原本安宁和谐的小日子搅扰得破碎不堪。

◦ 七 ◦

“你搬走吧，去西仓巷的小二居，那是你爹娘留给你的。这儿，让我和孩子图个清静！”我不止一次这样撵他。我不会随意下逐客令，毕竟，我是个善于顾及对方感受的人。每次撵他必然伴随着争执，要不然就是我实在忍受不了彼此之间的冷漠，这冷漠已经上升为形状怪异、气味难闻、面目狰狞的赤裸裸的羞辱。

“可房产证上是我的名儿啊，你不能撵我。西仓巷的房子熟人租着呢，每年有差不多六千块钱的收入呢！”他反驳我时并不看我，声音也低低的。

“可协议上写着我和孩子在这儿住啊……放心吧，我不和孩子争这套房子，我只想图个清静啊，你还是搬走吧！”

“可协议上也没写不让我住啊，是吧？何况，我每月还还着1569块钱的贷款呢！你总不至于卸磨杀驴吧，我这驴还正拉着磨呢！房贷到2019年4月才能还得清嘞……”他一边嗫嚅着，一边闷着头继续看《如懿传》。

“连稳定的工作也没，你拿啥还？”我这话没有一点儿责怪、嘲讽的意味，我只是单纯地出于忧虑。

“这就不用你管了，反正你记住，房贷不用你还，你安心管着儿子就好。”

的确，他从来没麻烦过我还房贷，这一点千真万确！即使我推断出他根本没有钱支付这笔开销，甚至，他连吃饭、穿衣都有了麻烦，他也没开口求过我。我怀疑他向朋友们借了钱，或者刷了透支卡。我每月两千来块钱的开支勉强能供给水电费、物业费及我和儿子的日常花销，实在没有多余的能力帮他。

綦多味迫切需要一份工作！可他年过四十，没学历，没力气，没技术，没能力，没本钱，没智慧……他就是根地道的废柴！可他没放弃自己，半个月之后，他似乎歇不下去了，除了给亲戚及朋友们打电话谋活儿之外，他把其他时间都放在“赶集网”上，建筑、销售、仓储、后勤、中介、保险……凡是他有可能胜任的工作机会，他一个也不放过。他把春蚓秋蛇般的蹩脚字写在便签上，一页一种工作，然后骑着捷安特分秒必争地穿梭在大街小巷。但由于种种限制，一连十天，他都没能带回来好消息。

尽管我死要面子，但还是向远在上海的李鸣秋寻求帮助。李鸣秋所在的企业效益好，各方面福利也有保障，就是工作时间长，差不多每天都在10小时以上。李鸣秋打算从自己所在企业给綦多味谋一份工作，这样方便照顾和提携。但我斟酌再三，从綦多味的体力、性情、尊严等各方面做了考虑，最后还是决定另择他处。

我与李鸣秋相识于秦淮河畔，很偶然。当时，我穿着一件裸粉色棉麻旗袍，梳着一条松垮垮的大麻花辫，一个人漫无目的地闲逛，累了就驻足在树木的阴影里，倚着栏杆，沉浸于流水所营造的宁谧、淡然与豁达。我并没有感觉到来自一个陌生人的广角镜头所产生的欣喜和震荡。一直到乌衣巷，我才发现他。他朝我微笑，并且微微鞠了一躬。他说他发现了美，是一种含蓄又野性、纤柔又硬朗、素简又繁复的美，他把它们留在了相机里。他就是李鸣秋。那是他第三次单独到南京游玩。我们互加了微信。之后的几天，他邀请我一起游览了中山陵、总统府、老门东、雨花台、栖霞山、高淳老街、天生桥等景区。我与他之间的信任产生得莫名其妙，但我并没有丝毫疑虑和恐慌。

那是我与綦多味解除婚姻后第一次出门旅行，是解放，是放纵，也是冒险……尽管，我一厢情愿地认为李鸣秋是能够给予我性爱之整体感的男人。但实际上，当我们并肩走进凯铂精品酒店的房间，当关上房门而他却没有急迫地拥我入怀的那一刻，我就知道，某些障碍困扰着他，心理的，或者是身体的。果然，他向我讲述了另一个女人的魅力、疾病和死亡及他对她忠贞不渝的爱情。在说到为了忠诚于她，他从不自慰时，他难为情地笑了一下。我揣摩不透他那种笑究竟意味着什么——苦笑？讪笑？嘲笑？总之，那几个晚上，我们睡在同一个房间，但没有诱惑和进攻，也没有犹豫和纠缠，有的只是理解和同情。

李鸣秋很上心。也许是因为即将投奔他的男人为他开了一扇窗，或者他谨以此向我表达歉疚。他知道我对他的希冀和爱慕，他对我应如是。但是，他扼杀了它。他把它收拢在一个暗黑的袋子里，把袋子的口扎死。或者，他把它镶嵌在石头里，把石头扔进太平洋的马里亚纳海沟。

◦ 八 ◦

很快，綦多味有了第三份工作，在一家叫阔沐尔的纸箱厂做流水线工人。他走的前一天晚上，我主动把自己奉献给他。那是我们办完手续以来第一次亲密接触。

我说不清自己出于什么居心，也许单纯只为生理上的需求，也许是为了给他一些鼓励。总之，那天晚上，我主动站到他卧室的黑暗里，赤身裸体，奴颜媚骨。那时，他正蜷缩在被窝儿里专心致志地看《如懿传》。我确信，那一刻，黑暗里满是使人迷惑、眩晕、战栗的橘黄色光亮，它们像一道道闪电直钻入他的心，拧巴它，使它疯狂。果然，他受到惊吓似的霍然站立起来，呼哧呼哧喘着粗气。在短暂的惊愕之后，他焦躁又粗暴地把我抱起来扔到床上，像石头一样压上来。他像对待小博美犬茜茜一样精细而急迫地掠夺了我。整个过程激烈、缠绵、美妙！就好像我们是一对经历了漫长的生离死别之后偶然重逢的恋人。我们从那湿漉漉颤抖着的巅峰上滚落下来时都感觉非常疲倦。他把右手臂伸展开，用眼光示意我枕上去。他习惯在完事后继续和我温存一会儿，这一点让我觉得他很绅士、善良、长情。

那一刻，我们仿佛又回到了从前。

我犹豫了一下，最多不过三秒钟，便赤裸着身子走开了，留给他一屋子结结实实的黑暗。尽管大片的月光透过落地窗泻进来，我知道，我一转身即是黑暗。我已经不爱他，或者，他也已经不爱我。我向往并持之以恒追求的自由、专横、自私，以及他的控制欲、狭隘、堕落已经杀死了我们的爱情。在这世界上，除了妓女，我坚信女人之所以允许一个男人进入她的身体，进而探索她的秘密，首先是基于爱情，其次才是金钱、声名等点缀性的东西。

“珞珞，你过来，来我这儿，到我胳膊上来——来吧——”那一晚，他在临睡前一直喃喃地呼唤着我的小名儿，直到沉沉睡去。

我终究没有再睡回到他的胳膊上。从那一晚到现在已经一年半了，我再也没有在深夜脱光了衣服站到他的黑暗里。在之后漫长的未来，即使在我因为醉酒而欲望泛滥时，我也不会给予他哪怕一星半点的光明了。我知道这一星半点的光明之后是无限宏大的黑暗，它们有将他摧毁的野心和力量。我惧怕他依赖上这一星半点的光明，因为我知道这一星半点的光明并不纯粹，它杂糅了女人的狡诈、怜悯及难以言说的低级趣味在里面。

綦多味在上海阔沐尔纸箱厂艰苦熬煎的两个月是我平生最快活的两个月。

儿子在私立学校住宿，每隔两个礼拜才回来一次。他是个俊朗、善良、聪慧又有主见的好孩子，除了学习上怠慢一点儿之外，并没有其他难以忍受的毛病。儿子的青春期来得早且凶猛，就好像一只莽撞的小兽在不经意间住进了他的身体，正一点一滴地控制着他的行为和思想。

初中三年级时，他长出了唇须和颏须。唇须含蓄、倔强地生长着，只两三个月，便把他上唇和鼻间那部分涂抹出一字状的黑雾。颏须则表现得比较迟钝，它们只从他下巴上长出稀稀拉拉的三五根。儿子肯定茫然、焦灼、恐慌、羞怯过，但我没有及时安抚他。在我眼里，他是个早熟并且在各方面都会无师自通的孩子。我给他买了一把美观精致的剃须刀，并嘱咐他只可剃掉下巴上的颏须。当时我觉得他留有一字形唇须的样子文艺范儿十足，或者像极了一个忧郁又落魄的诗人。

一直到初三结束的那个暑假，儿子一直谨遵着我的教诲，他并不触碰那些在我眼里魅力无比的唇须。但一进入高中，他便自作主张把它们剃了个溜光干净。我推测，他可能就是那时候和同年级的一个女孩子谈上恋爱的，并且为了她肯违背自己的母亲。他长大了，具有了独立思考的勇气和力量。我没有感到意外和失望，因为我知道这是规则和必然。情窦初开的年纪，正是为苍白之生命涂抹五彩之颜色的好时光。所以，我并不恼怒和苛责，反倒向他传经授道。我告诉他不要因为没必要的小心眼儿而使思维陷于混沌，也不要因为女孩子的变化无常而慌乱和忧伤。

“她竟然让我等了40分钟，妈妈，课间只有45分钟哪！”儿子轻描淡写地向我抱怨，那时，他歪在沙发上看抖音视频，既不焦躁，也不忧伤。

“Why（为什么）？”

“说是化妆了，室友硬拉着的……”

“化妆？”我把一脸惊愕的目光凝注在他脸上。

“只是个淡妆，几乎看不出来。”儿子对我表现出的惊愕大为不解，他不屑一顾地看了我一眼便继续沉浸到抖音视频的段子里去了。

他被一个段子逗得笑趴在沙发上，整个身体因剧烈地笑而颤抖不止。

我莫名悲凉——她并不爱我的儿子，可我的儿子全然不知。在我儿子私藏着美妙情怀傻等在操场时，她没有急迫地抓住这一礼拜仅有的45分钟时间与他会合，而是慢条斯理地在宿舍陪室友化妆！

“她化妆漂亮吗？”

“淡的，几乎没看出来。”

我的心稍微平和许多，也许我儿子也不爱她呢！因为真正的爱情是不会忽略掉对方任何变化的，哪怕是细微的！他们只是对异性好奇，进而产生了模糊的好感，或者萌生了探索对方秘密的想法……

“别怪她哦，女为悦己者容，她是为了给你看她最漂亮的样子。”天哪，我本来想告诉他实情，但鬼知道说出的却是这句话！

于我而言，最美好的时光莫过于独处。我一个人奢享着一百五十平方米的大房间。不，还有博美犬茜茜，但它毕竟不是人，它除了不声不响地陪伴外，并不会产生一丝一毫控制、干涉我的想法和举动。我把晚上的粥熬得又多又稠，以便第二天早起继续喝；我放着汪峰的《怒放的生命》做家务，有时候也放邓丽君的《何日君再来》；我仅穿内衣跟着手机里的“Keep”软件做减肥运动，故意把声音调得很大；我乘坐脏乱的客车回了三次娘家；我跟着一群热衷于户外运动的朋友去了一次不老青，那是一座高而陡峭的山峰……

我迷恋独处，独处是自由，是开放，是美！然而，两个月的独处太过于短暂，我还没能体验到它灰暗、孤寂、狭窄的一面，它很快就被来自阔沐尔纸箱厂的坏消息打破了——他由于跟不上流水线被解雇了！

◦ 九 ◦

也许一小时不到，我就能听到他踩踏楼梯的声音了。那是沉重而缓慢的哀乐，仿佛他走向的是墓地或刑场，而不是所谓温暖、愉悦、舒适的家。尽管我无数次说服自己理解他，容忍他，继续以朋友之情谊对待他，使他走出辞职后的低谷。甚至，我渴望他能买彩票中几百万元的大奖，渴望有一个比我善良又漂亮的女人爱他，渴望他在一次疾病或一场夜梦之后突然变成一个有抱负、有智谋、有担当的男人……总之，我渴望一切的好运惠顾他。但我的渴望显然稀薄而又缥缈，不是因为我不够诚心，也不是因为他不够努力。

我怀疑冥冥中自有天定，虽然天上除了无所事事的云朵、昼伏夜出的星斗和孤傲不群的太阳之外并无他物。但我还是怀疑冥冥中自有天定。

在他丢掉第三份工作之后，我辗转到一个距离市区八十公里的小山村，那儿住着一个闻名遐迩的“神算子”。据说他每天只算十卦，每卦不分优劣一律收取十元费用。其实，即使每卦一百元也丝毫不会影响生意，慕名而来的人可能会源于此对他愈加信任。所谓一分价钱一分货嘛！他是个盲人。我见到他时差点儿被他暴突在外的两颗硕大眼球吓倒。它们泛着僵死的灰色光亮，一动不动，瘆人得很，像灰色琉璃。所幸，陪伴我一同去的朋友提前做了一番形容，以至于我内心已经对即将面临的“险情”产生了抵抗元素。在我报出生辰八字之后，他开始了掐指默算，娴熟又老到。只见他那两片厚而干涸的嘴唇高频率地翕动，像飞快转动的叶片。你根本不知道他在轻声念叨什么，当然，你也无须知道。

“女客，你命中印旺且多，个性倔强，控制欲强，克夫克子，婚姻不遂，嫁人宜嫁白头郎，差三差五不顺当。”神算子说这些话时并没有把脸转向我，而是朝着墙上挂着的玄微真人鬼谷子。那是个秃顶阔面、目光炯炯、鬓髯飘逸的老人，三个大而浑圆的疙瘩覆盖在脑门上，鼻子像仰望星空的蟾蜍一动不动地趴在那儿……唉，真是个蹩脚的老头儿！神算子“看”墙上的鬼谷子时无比谦逊、专注、虔诚，他收紧了身体，双手齐刷刷地放在膝盖处，就好像任何一星半点的活动都可能亵渎到他信仰的神灵一般。

“有破解之法没有？”虽然知道听不到好话，我还是有点儿妄想。克夫也就罢了，毕竟他随时可能变成路人甲乙丙丁，可我怎么能克儿子呢？他是我的未来和希望，是照亮我活着并且前行的灯塔！

“夫宜相离儿他乡，除此一策无良计。”

那面容骇人的神算子思虑再三之后回应了我。但他脸上被疚愆和纠结覆盖，如阴云一般久久不散，就好像他说了不该说的话一样。

当天晚上，我以戏谑的方式向綦多味传达了神算子的“预言”。那时，他和我的冷战已经持续了一礼拜之久。只因为我和同学聚餐而没有通知到他，以至于他把晚饭做多了。其实，我本打算给他打个电话的，但因为临时接了一个电话便忘记了。他一直没能成功转换角色，就好像我还是他的合法妻子一样，事实上在他恶狠狠地把绿皮本摔在我面前的那一刻，我们的关系就发生了质的变化。

“你该感谢我。”我试图打破我们之间死一般的沉默，这么多年，我习惯了妥协。弱者的妥协是本能，而强者的妥协是本领。无论是出于本能，还是本领，我的目的是结束冷战，让彼此得到关爱和同情。那时，他正沉浸于《英雄联盟》，我看到他双手拇指在手机屏幕上激烈地舞蹈。

“感谢你啥？”他头也不抬地闷声回应。

“感谢我离开你呀！”我抿嘴笑了，心里却涌起一股酸楚。

他没回应。游戏应该是进入了关键阶段，因为随着他拇指的激烈舞蹈，他的眉头拧巴着，龇着牙，完全是一副恐怖又可憎的姿态。

“感谢你离开我？”他机械地重复了一遍。从他声调上判断，游戏对阵双方应该进入暂时缓和状态。

“是啊，不然——我可能要把你克死了！”

“信那一套嘞？不信！”他的眼睛死死地盯着手机屏幕，片刻也舍不得离开。

“我宁可信。幸好，我们分开了。”

“不信，不信！你少去算！还文化人嘞，封建老迷信！啊——输了，妈的，人家的装备就是牛！游戏也是有钱人的天下，穷人在哪儿都没法过！”他气急败坏地骂了一通。

◦ 十 ◦

太阳还没有呈现出一星半点疲倦的样子，只不过光线柔和了一些。我的心完全乱了，我仍然没能读完戴骢翻译的巴别尔的《吉·德·莫泊桑》。我的心的确完全乱了，它已经碎裂成千万片，每一片都像光一样射了出去，射向茫然不可知的未来，抑或深渊，抑或地狱。

堆积成团，并以棉絮状螺旋上升的焦躁折磨着我，我真想开窗跳下去，像麻雀一样，倏忽一下，之后万事皆空。就在这时，茜茜快活地跑了过来，显然，它睡足了觉。尽管我没发出一丝一毫的响动，它还是准确地嗅到了我的位置，并且伸出小舌头舔我的腿。只要我稍微低一下头，它就会寻到我的脸和嘴唇。这家伙，也是个贪心的！现在，它又四仰八叉地躺在我脚底下，露着薄薄的粉红色肚皮，看起来一副优哉惬意的样子。

茜茜一岁零两个月时月经初潮，那时，我对犬类的生理现象一无所知。我并不知道它只有在经期交配才会受孕，也不知道它会舔干净自己的经血，更不知道公狗的阴茎内有阴茎骨。今年初春时，它第五次来月经。我知道茜茜已经完全发育成熟，它应该享有交配、受孕和做母亲的权利。但我从没打算成全它。甚至，我冷漠无情地看着它舔舐自己红肿发亮的生殖器，看着它焦躁不安地团团乱转。那时，虽然会有一丝愧疚袅绕于心间，但并不感觉罪恶。就好像，我把自己的身体和欲望牢牢地囚禁在幽暗之处，任由它萎缩、干瘪、腐烂而理所当然不感到歉疚一样。我从镜子里欣赏过自己的身体，以陌生人的视角：身材匀称，皮肤白皙，乳房坚挺——仍然具有使欲望升腾的潜质和能力。可我以近乎残忍的态度对待了它，同时，也惩罚着那曾经燃烧过我的男人。

我用手使劲儿拍脑袋两侧、头顶和脸颊，试图使涣散的思维重新聚拢。我应该读完戴骢翻译的巴别尔的《吉·德·莫泊桑》，毕竟篇幅不长，也不艰涩。已经三小时了，我仅仅读了全文的三分之一。而且，看过的情节似乎荡然无存，仅仅留下了“卡赞采夫”“西班牙”“莱萨”等几个词汇。

这使人沮丧又无奈。

一想起那个声称“在亲切的厨房间翻译巴别尔”的译者，我就感动，这感动绝非莫名，它来得自然而实在。那年过七旬的译者叫戴骢，他表示“只译介自己引为同类的作家”。他做到了，他是真诚、良心与毅力的混合品。而现在呢——我这个声称迷恋戴骢、巴别尔和莫泊桑的人竟然意乱神迷，在整整三小时的时间里一无所获！我把十个手指头拽了一遍，每个指头关节都发出了“叭叭”的响声，干脆又短促。这样一来，我感觉到精气神缓缓回流，它们朝脑袋汇聚而去。

我必须读完戴骢翻译的巴别尔的《吉·德·莫泊桑》。必须！不仅读完，还要读透！这样，我把“打从那时起，我每天都在宾杰尔斯基家用早餐”之前的内容又细读了一遍。

> 早在那时——我年仅二十——我就发誓说：宁愿挨饿、坐牢、流浪，也决不每天在办公室里坐上十小时。这并不是什么胆识非凡的誓言，可我信守不渝，过去如此，将来也如此。我头脑里装有我祖先的智慧：我们生下来是为了享受劳动、打仗和谈情说爱的欢乐，我们是为此而生的，其余皆非我族类。

这句子使我快活，我不由自主地重复读了三遍。我发现自己愈加喜欢巴别尔了。早在一百年前，他就有这样豪放不羁、锋芒毕露的观点，着实使人钦佩。我对巴别尔笔下的阿力克谢·卡赞采夫也欣赏有加，毕竟，他在听到“我”的表白之后流露出惊异而又赞赏的神色。尽管我没有稳定的工作，收入微薄，交际的也多是中下层次的朋友。但是，由于看到一些被公务员身份钳制、束缚的年轻朋友们，他们抛弃了专业，背弃了理想，熄灭了热情，为了得到优渥的报酬而甘愿日复一日地在冬暖夏凉的办公室里看报纸、扯闲篇、喝茶水……为此，我早就痛下决心把儿子的未来交付给儿子，他可以在年轻时做多种尝试，开店铺、跑业务、写剧本……只要他喜欢，他尽可以凭着激情和毅力实现它们。我宁愿他遭受一些苦难，也不愿他把自己锁进牢笼。当然，我不希望他挨饿、坐牢、流浪。

我的儿子，那个正被恋爱的欢乐、战栗、忧伤缠绕的小家伙，他也表示过决不把自己的精力和智慧消耗在死气沉沉的办公室。

> 我们生下来是为了享受劳动、打仗和谈情说爱的欢

乐，我们是为此而生的，其余皆非我族类！

读到这儿，我必须再次停下来。因为茜茜突然从我脚下一跃而起，它几乎是趔趄着窜向门口，那急迫的样子使人忍俊不禁。肯定是綦多味回来了，要不然，它不会这么急迫。它直挺挺地坐在门口，两只眼睛专注地盯着防盗门，一副庄严肃穆的样子，像等待隆重的客人一样，显得既焦急又谦逊。它总是比我先听到他上楼的声音——那沉重又缓慢的哀乐。

◦ 十一 ◦

“妈的，净是过河拆桥的主儿，从明儿起我到厂子堵门儿去，豁出去了，谁怕谁呀，老子光棍儿一条……”他一进屋就开始嘟囔，声音不大，但字字带着恨意和杀气。茜茜不识趣地迎上去，它像往常一样抱着他的裤腿亲热。他没好气地把它踢出去，并不用力。它以为他逗它玩儿，又一次扑上来，并且它从喉咙里发出愈加惹人怜悯的“娇嗔”。

“去——”随着低低的一声吼，他又把它踢开，这次稍微用了一些力气。茜茜愣怔了一下，但随即又死乞白赖地扑上去。它爱他，爱得纯粹、固执又深沉。它只管源源不断地献出忠诚和热情，即使在我们心情暗黑如坠深渊的时刻。

“边儿去，滚——”他突然把声音提高到 45 分贝以上。显然，茜茜受到了惊吓。它那刚才还由于兴奋而高扬着的尾巴立刻耷拉下去，耳朵也颤巍巍地抿了起来，身体呢，低低地匍匐下去，且不住地颤抖。它紧贴着地面一步一挪地钻到床底下避难去了。

“干吗吓它？它和四五岁的孩子一样，有记性，也知道害怕呢！”我欠了欠身子，但并不打算像茜茜一样向他献媚，尽管我知道他心里窝着火。

“又要失业了！他妈的，我真想炸了他们！妈的，我的B本被吊销了。真算是倒了血霉，厂子所有搅拌车的号牌都磨花了，可那些吃饱了撑的没事儿干的孙子们偏扣住了我。唉，人要是走背字儿，放个屁都能砸到脚后跟哪！”他看起来很沮丧，眼神越发显得疲惫又空洞。

“咋的？厂子不是负责这事儿吗？你前几天还说吊了证儿后，厂子会把你安置在办公室，给你开平均工资，多少钱来着？哦，想起来了，三千多元，是吧？难道变卦了？”

我不由得紧张起来：这是他三年以来第一份比较有尊严的活儿，可第一个月的工资还没到手就出了事故！难道真是因为我克着他了？这三年以来，他过得狼狈不堪，交完房贷后的余钱勉强够买最廉价的烟和酒。他几乎从不往家买菜，也不给自己添置衣服。尽管，他以极大的热情对待每一份工作，可他还是遭到了最无情地抛弃。而我，我不得不变得温和并善解人意。我要是狠心打击一个堕入生活的低谷，并且已经被四溅的碎石砸得头破血流的男人，那“一日夫妻百日恩”的情分算什么？我还算个人吗？

“狗娘养的，哼——一群娘养的！”他一边咬着牙骂，一边愤愤地脱掉脏兮兮的衬衫和裤子。

“要不我去和他们交涉一下？毕竟我懂点儿法律。之前我就说吊你驾照前，得拟个合同，你不听，上当了吧？我会害你吗？这世界上除了我哪儿有个可信的人呢？胳膊拧不过大腿，何况，那些人基本不是人，他们扭转屁股就不认账！现在可好，你替他们摆平了事儿，他们不但不给你承诺过的工资，甚至，连重新考证的报名费都不愿给！哪能这么欺负人呢！放心，我律师界和法院都有朋友，实在不行，咱就和他们打官司！”

我的本意不是谴责他没有遵从我的指示而导致了目前的被动，我只是想向他证明在这件事上他不是一个人，我愿意入伙和他一起战斗。但他似乎只领会了我谴责的部分，而完全没有顾及我是真心愿意为他争取合法权益。

“不用了。我自己能行！”他撂下这句话便转身朝洗浴室去了。本来，他是想坐到沙发上休憩一下的。

他从我眼前闪过时仅穿着一件棉质平角内裤。但我没觉得害臊，也没觉得不合理。除了醉酒，他内裤里面的小兽不会轻易狂躁，就好像被主人连年来的霉运和晦气感染。或者，他给过它指令，而它也愿意像一条忠实的狗一样守护诺言，绝不由着自己的性子行事。我断定至少有 40 斤肉从他身上不翼而飞，因为他明显瘦了。要知道，辞职前，他至少 160 斤！岁月如刀，刀刀割肉哇！而我何尝在意过他伤口的形状和深浅，又何尝给它们涂抹上药，再轻柔细致地用纱布包扎？

◦ 十二 ◦

在他辞职后的前两年，我还能以莫大的耐心和爱对待他。我小心翼翼地维护着他的尊严，尽量不使他感觉到“吃干饭”的难堪。可是后来，我渐渐失去耐心，倒不是因为他屡次三番丢掉工作而把生活的重担压向我。我想，最主要的原因是他丝毫不追求精神上的提高，也不注重创造和谐友爱的家庭氛围。

有一次，我兴致勃勃地向他和儿子分享关于资中筠先生对中美贸易战的观点。十五岁的儿子听得很认真，并且不时有问题反馈。他一开始就表现得满不在乎，后来干脆调大了手机里申凤梅越调唱段《诸葛亮吊孝》的声音，再后来就是粗暴地嚷嚷："闲得没事儿了，不教孩子好！迟早把你弄号里！"还有一次，早晨六点半，他开车载着我回百里外大山深处的父母家。车行至中信路与普渡大街交叉口处时，车流突然变缓，前面的车纷纷朝右打方向盘。他不分青红皂白就破口大骂："妈的，一大早就堵车！"待绕着最外面的车道通过时才发现原来发生了车祸，白色越野和满载着蔬菜的三马子剧烈相撞，三马子侧翻在地，西红柿、茄子、南瓜等凌乱地散落在地，狼藉一片。而偏离中心现场两米处有一大摊血，应该是三马子车司机留下的。驶过之后，我重重地叹了口气。而他随即优哉游哉地哼起了歌，连表情上的歉意都没有。

我知道我永远不可能把他打造成我期望的那种人，但我眼看着他执拗地偏向一边，甚至是完全相悖的方向时，我的懊丧往往趁势而入，甚至有时候使我露出尖酸刻薄的嘴脸来。而如果恰巧他不长眼冒犯到了我，我就会口无遮拦地将上面那些裹着硫酸的臭话砸向他，全然不顾他正被生活的泥淖涂抹得近乎窒息。

我还没有读完戴骢翻译的巴别尔的《吉·德·莫泊桑》，我的前夫綦多味就回来了。我知道，之后的时间不再属于我——对于喜欢独处，并且只有在独自的空间里才能获得安全感和创造力的我来说，他的每一次回家都是极具破坏性的闯入。

我不得不合上书，像往常一样到厨房踅摸着晚饭的事儿。我只需要熬好粥，并且把要炒的菜洗净、切好。他热衷于炒菜，并且也乐于研究新鲜菜品。他做出的皮蛋拌黄瓜、椒油炝拌莴笋、糖醋鲤鱼、清炖羊肉、五香鸡翅等十几种凉热菜都很地道。水开之后，我把绿豆、小米一起下了锅。我刚把茄子切成细条，准备泡黑木耳时，听到他在浴室大声喊叫："喂——给我拿个裤衩，蓝白条纹那个，床前头的小圆桌上，你找找。”

他总是忘记带内裤进浴室，我怀疑他是故意的，但他拒不承认。即使我表达出愤怒，他也总是死乞白赖地说：“拿个裤衩而已，又不搞事儿。”的确，每次给他送内裤时，他都把全裸的身体藏在玻璃门后，而把一只被我调侃为“粪叉”的手伸出来。

“给我擦一下背吧，行不？太刺痒了，难受！”他这话说得很没底气，好像还有丝丝缕缕的羞涩在里面。三年以来，我们从没有给对方擦过背，即使在我脱光了衣服站到他的房间的那一夜。

“行不行啊，珞珞，擦一下背而已，不搞事儿，相信我。”

“那？你——”

“我？哦，我把它围住。”

我确信他不会使我难堪。果然，我进去时，他已经把浴巾围在了腰间。

“使点儿劲啊，泥儿多！”

他弯下腰，手扶在马桶盖上，把光溜溜的背完全呈现给我。这张背已经不像三年前那样白皙，而是泛着暗黄油腻的光，一些伤痕过后的斑点零星地覆在那儿。我感觉到一股气流缓缓上升，眼圈随之酸涩、膨胀。这盲目无知的男人还是受到了惩罚，他当初的信心百倍已经被残酷的现实打压得延口残喘。可是，他还得勉强装出一副无所谓的样子……为了掩饰一时的慌乱，我不由得加大了手上的力道。

“哈，劲儿不小，过瘾！”

我没想到他在我毫无防范之下突然回转身子抱紧了我。就在十几分钟前，他还信誓旦旦地跟我说：“擦一下背而已，不搞事儿，相信我！”可是现在，他用两只胳膊牢牢把我钳住，并且，他的眼睛放射出一种我从未见过的复杂光芒，凶狠、热烈、卑怯等诸多情绪一波一波变幻着。而我除了尽最大、最野蛮的力量挣扎之外，就是用一张愤怒到扭曲的脸怼着他。他很快败下阵来，目光也玻璃碴儿似的碎在地上。他随即腾出一只手把我的头狠狠按下，按在他胸脯上，久久地按着不放手。

“珞珞，我只抱一会儿，一小会儿，你别动，别怕，不搞事儿，相信我。”他的声音很低，像裹着十几厘米的钢铁。他抱着我的力量不太均衡，时而松懈，时而紧张；时而绵软，时而坚硬；时而收敛，时而疯狂。七八分钟后，他平静下来，并迅速把我推出浴室……其实，在这短暂的时间里，我产生过回应并给予他的龌龊想法。甚至，我渴望他像个疯子一样占有我，掠夺我，虐待我。但我清楚地知道，如果仅仅出于对两个肉体的关照，显然，一番激情澎湃之后将是无尽的难堪和悔恨。因为，之前那一次，我已经深深领略到这难堪和悔恨带给我的不安和羞辱。

◦ 十三 ◦

一刻钟后，他从浴室出来。我们谁都不说话，意图用沉默来掩饰刚才的一幕。有什么好说的呢？的确，没什么好说的。

“那事儿？你准备咋办呢？”每一次短暂或长久的沉默之后，我都愿意放下姿态主动将它打破。倒不是因为我性格上软弱，我是觉得诡谲的生活已经把太多的苦难砸在了我们身上，而我们应该尽自己所能给予对方理解、宽容和爱，而不是挑剔、责难和憎恨。

他没有回应我。显然，他又沉浸在“失魂人”主播的《我的老千生涯》当中了。那是一部网络小说，主要讲一个职业老千金盆洗手后对半生嗜赌的惨痛人生的自述——从初出茅庐的老千到老千高手，再到专门抓老千的高手，最后在悔恨、失落中退出“江湖”。大起大落的刺激人生，是一群群疯狂赌徒的众生相缩影。欺诈、争斗、圈套，输的不仅仅是金钱，还有时光、亲情、人性，以及那些令人痛惜的美好。

“喂——你准备咋办呢？”我稍微提高声音。我不是个能耐得住沉默的人，沉默会像绳索一样勒住我脖子，进而使我窒息、死亡。

“哦，明天我就搬走，珞珞，再也不烦你了，珞珞，相信我。”綦多味关掉“失魂人”那低沉厚重的男音，之后，把手机扔在沙发上，挺直身体，一本正经地看着我。

“你——你说啥？”我心里一紧，只要他说出“相信我”这仨字，他必然会用行动实践他。虽然，我迫切渴望不被闯入的生活，之前也不止一次要求他搬走。但现在，在我没有任何心理准备之下，他轻描淡写地通告我明天就搬走，这实在太过戏谑。

“我明天就搬走，再也不烦你了。哦，还得告诉你一件事，我要和吴青琴结婚了，吴青琴，你知道她，就是丈夫死于透水事故，她自己又被机器绞掉了一条胳膊的那个女人。记得跟你说过，她是我初中同学，我暗恋过她。珞珞，她同意了，我想，我可能，或者，我应该和她在一起。”他说完这些长长地喘了一口气，神情也由之前的慌乱变得安静。

博美犬茜茜在吃了两汤匙的牛肉味膨化粮之后躺在地板上假寐，一点点动静都能使它睁开眼睛，由于困乏的侵袭，它睁眼的动作显得很勉强，在发现没有异常后，又疲倦地合上。如此三五次，它终于进入梦乡。它的眼睛圆明深邃，睫毛细长密实，简直比我的眼睛漂亮一千倍！有时候，它用脑袋紧贴着我，而喉咙里发出轻微又娇嫩的喘息声，那时，我真希望它能够是我的女儿。

“哦，你们，你们从什么时候开始交往的？”

“有一个多月了。她心眼儿好，能干！”綦多味说话时的淡定很让人吃惊。他刚才的冲动应该是和我诀别的仪式。

“你爱她吗？”

“我暗恋过她三年。”

“你现在还爱她吗？”

“关键是你现在不爱我了。”綦多味点燃一根烟，猛抽，“我也是有尊严的，老耗着你也不是个事儿，我想做个男人，让你瞧得起的男人！珞珞，好好生活，别委屈着自己。”

“你们会幸福的。”我哽咽着祝福了他。我竟然感到莫名的伤感。

“那事儿？你准备咋办？”

“驾照儿的事吗？”

“嗯。”

“能咋办？混着吧，哪儿哪儿都要钱，最起码每个月还有三千多块钱的进项。你知道，我也没啥能耐。珞珞，房贷还是由我还，吴青琴也答应了，请相信我。你带儿子吧，靠谱，我相信你！”他朝我笑了笑，并用左手拍了拍沙发。他在示意我坐过去。

“儿子恋爱了，你知道吗？”我挨着他坐下来，并把右手放到他腿上，他顺势也把右手压上来，就好像时光又倒回到了十三年前。

“就知道他不安生，你看他把自己收拾得那个溜光贼样儿，哼，不搞女孩子才怪嘞！”

“女孩儿是一班的，独生女，一米六五，清瘦，名字挺洋气，叫啥？哦，谷安白？就是谷安白，怎么样，好听吧？”

“你简直纵容他！”他狠狠地瞪了我一眼，但并不是真的生气。

“上次过礼拜，我和他谈了一次——不是谈话，是谈心。你知道的，我一直想做他朋友，可是因为大意，也可能是辈分上的优势，我做得不够好，甚至他产生了误解，认为我只是想压迫他、欺骗他呢！”

“嗯，有点儿，你的确，我是说有时候，你的确有点儿蛮横。谈得咋样？”

“还好啊，他对于两个相爱的人要互相‘欣赏’‘理解’‘包容’理解得挺到位。”

“嗯。不管怎样，祝福他吧。”

“祝福他！”

窗外是一片凝滞不动的淡蓝色天空，絮状云朵肆意蔓延，几只动作灵敏的麻雀轻巧地飞向远处，它们把自由、平和、愉快的鸣叫从高空抛下，它们是最真实的存在！这个下午转瞬即逝，即将到来的黑夜亦如此。然而，黑夜之后的明天毕竟有别于今天。也许，正是这细微的差别给予我们活着的光芒和勇气。

往后的每个夜晚

此刻，我将一副慵懒而空虚的身子倾斜在两个月前新置的老榆木书桌上，而我的脑袋，那颗任由蛋花卷短发斜行横陈的脑袋，则压在托着腮帮的右手掌中。由于压迫的时间略微长，我感觉到手肘由麻木到变得酸疼。时间这东西看似无穷无尽，却诡异得不可捉摸！当我感到这股麻木酸疼劲儿试图朝上蔓延时，我将倾斜的身子坐直，并且用左手缓缓揉搓整个右臂。很快，那股酸疼麻木劲儿便消失得无影无踪了。

在过去的半小时，或者大概是 50 分钟的时间里，我究竟想了些什么？有没有头绪？头绪在哪里？那些被我一再冥想的场景和往事意味着什么？

市郊的晚八点不像中心区那般嘈杂、污浊、混沌。如果没有窗外那场急促降落的雨，它应该安睡在一派稠浓的静谧之中。当然，层层叠叠的蛩声由远及近袭来，也或者由近及远而去。此刻，豆大的雨点正密集而有力地敲打窗外那些已经步入暮年期的枝叶。那沉闷而凄凉的声音仿佛宣告着一场悲剧的结束，抑或宣告着另一场悲剧的开始……

即使时间能够退回三小时，即使在我体验到永远失去心爱之人的巨大疼痛和恐惧之后，即使他幡然悔悟，并且萌生了和我朝暮相守的不渝之志，我想，往后的每个夜晚，只消博美犬尛尛的陪伴就够了，因为这是人世间最清澈、最无私、最忠诚的陪伴。

三小时之前，我和廖轩礼赤裸着平躺在一张双人床上，这张床想必由于承担了过多的机械运动而步入老年期，它在我们每一次亲热时总会发出不合时宜的声响。廖轩礼显得疲倦极了，他浑身覆盖着一层潮湿黏滑的细汗，呼吸也急促起来。为了掩饰这疲倦，他又侧身将我压住。在他吻我时，我明显感到气息的不顺畅。然而，我并不忍心拒绝他。于是，我勉强收敛起涣散的热情迎合他。大约十分钟之后，他才从这深重的疲倦中恢复过来。

他把目光定格在我的脸上。那是一双慈善睿智而包纳万千的眼睛。四年来，我在这双眼睛的注视下完成了由失落迷茫到清醒自信、由消极惰怠到积极勤奋等许多关键性转变，这些转变使我和之前那个安于现状而不思进取的女子判若两人。用一句简单明了的话说吧，那就是廖轩礼发现了隐藏于我骨血中的关乎才华和信仰的蛛丝马迹，于是，他急切而又温柔细致地开采了它们。由于他张弛有度、一丝不苟、科学合理的悉心教培，在短短半年时间内，我便具备了做一名合格编剧所必需的技术层面和对社会的敏感度、感受力等方面的素养。之后的半年，我差不多辗转于市区和太行山西部最偏远的农村之间，因为我的处女作《生命不能承受之谬》所要反映的是离谱的彩礼给予农村父母的深重灾难，以及年轻人在这深重灾难面前表现出的貌似旁观者的冷酷和漠然。

十年前，我那新婚不久的丈夫死于一场车祸，由于事发路段比较偏僻，肇事者趁着夜黑逃之夭夭。警察只在站前街的十字路口处及整条顺华路的监控中看到过我丈夫的身影，那是本市尽人皆知的“红灯区”。我看到过一些打扮妖艳的年轻女子坐在按摩店里朝来往路人频抛媚眼，她们表面上做着十字绣或者翻看杂志，实际上，她们的内心早已像涨潮时的波浪激荡翻滚。丈夫的背叛让我果断地终止了对他的思念，甚至，我恶毒地诅咒他那化为灰烬且堕入地狱的灵魂。所幸，我并未怀上他的孩子。

在我独居的五年时间里，我做过洗车工、推销员、4S店的行政管理员等不下十来种工作，然而，没有一种工作的魅力和质感能够吸引我为之付出超过三个月的耐力，久而久之，我便认为自己是个不可救药的人了。

之后的一年，我干脆不再做任何工作，我固执地认为丝毫没必要在不能引起兴趣和开发潜能的工作上耗费时间和智慧。如果勉强为之，那就是对人之为人的巨大羞辱。那五年，漂亮衣服和化妆品被我硬生生塞进一个黑窟窿，至于好吃的排骨和坛子鸡，我把它们想象成沾满罪恶的贡品，我也从不躁狂地向朋友们发送聚会的帖子。

那是渺茫、寒酸、悲怆到极点的一年。就是在这征兆着毁灭的一年，我疯狂迷恋上了电影，并且从中得到了最真实、最实惠、最动人的精神享受。那里有使人心怀激荡到癫狂的剧情，无论是科幻、战争、动作、恐怖、喜剧、武侠、爱情、魔幻、动画哪种片子，它们以奇妙的魔力俘虏了我的心，使我甘愿献上一天之中将近三分之二的光阴和思维。就是在这不知疲倦的欣赏中，一些在多数人看来不可思议的嬗变在我身上诞生了！就像面貌丑陋的柿子树上突然横生出一枝泛着淡香的木槿花枝，这多少慰藉了我那即将腐烂的心和梦想。然而，我始终不敢写出一个字。因为我感觉到我即将为之献身的事业，它神圣且傲气凌人，而我，我算个什么呢？我觉得把不学无术、破罐破摔、自甘堕落等词语扣到我头上一点儿也不过分。直到遇见影评家廖轩礼。那时，他的一篇发表在博客中的抨击当代中国电影弊端的影评遭到众怒，而这众怒迅猛而残酷地累及他的现实——除了作品在《影视艺术》《剧本新作》等核心期刊遭到全面封杀之外，他本人在影评界的地位也一落千丈。我们的遇见既不纯属偶然，也不处心积虑。但自从我们从微信里不约而同地摇到彼此的那一刻，那承载着最后一缕幸运和福祉的命运之舟便摇摆着起航了。

“小石芒，我们该怎么办？四年了，整整四年了，我们该怎么办呢？”廖轩礼一边抚摸我的脸一边慢悠悠地说话。他说这话时语调深沉，表情严肃。

“我连个孩子都没有，你知道的。”当廖轩礼又把这个令我们一筹莫展的话题摆上来时，我的心情像之前的无数次那样顿时变得悲凉起来。那时，窗外的雨声忽然紧了一阵儿，它试图扰乱我的思维，好逼迫我眼眶中那些盈盈欲出的泪花退回到眼睑中去。

“总得有个结果呀，这要是没个结果，我怎么对得起你？怎么对得起我们的爱情？”

“莫非复是我同学，很亲密的那种，咱们仨在乐凯酒店的小单间吃过饭，你不记得了吗？那次，你们彼此都醋意大发，只差一点儿你就要把拳头打在他脸上。呵呵，真的，那次，你就是个小气包儿，嗯，有点儿愚蠢！我已经把什么都托付给他了。其实也就一件事，我让他把我百年后的骨灰撒在你的坟上，要细致地撒，不能落下一个角儿。”说到这儿，我拼尽力气试图抑制的泪水再也不听指挥，它们从我脸颊上倏然而下。我确信廖轩礼高度近视的眼睛察觉不到在我脸上肆意横流的泪水，所以，我并不急于将它们擦掉。

“唉——”从廖轩礼的喉咙深处发出一声长而沉重的叹息。这个目睹过那十年间的疯狂和罪恶，而自己被迫辍学后在饥饿和歧视中混沌了青少年时期的男人，除了叹息，他再也没有勇气开辟一条供爱情栖身的光明小径。

“你对那个莫非复……”廖轩礼犹豫着，每一次提到莫非复，他的眼神就变得恐惧、焦虑，而更多的则是无限深幽的疑虑。显然，由于壁灯的位置偏高，纤薄的咖啡色光线晦暗而朦胧，廖轩礼果真没有发觉那些在我脸颊上肆意徜徉的“小溪”。

“你猜我能不能将这纽扣投到电脑桌上的笔筒里？是里面，而不是笔筒附近！”我故意打断廖轩礼的话，我的意图在于向他坦白一段尘封二十余年的往事,但他显然意识不到这个。这枚漂亮的纽扣来自廖轩礼那件灰底儿碎格衬衣的左袖口，他的左袖口空了好久了，至少有三个月了吧，而那一向表现得麻痹大意的男人，对此几乎毫无所知。

“你的声音有点儿嘶哑，感冒了吗？来，靠我近点儿。”廖轩礼伸手拽了我一下，那时，我已经坐直身子做出投掷状。为了掩饰那肆意流淌在我脸上的“小溪”，我抓起被子朝脸上胡乱擦了一通。

“投到电脑桌上的笔筒里？啊，有点儿难度，要知道笔筒的直径不足六厘米哪！嗯，你说过喜欢身材修长的男人，所以你就买了这么一个修长的笔筒吧！我猜你肯定……”他顿了顿，但随即马上说，“投不进去，绝对，你百分之百投不进去！不信？那就试试？”为了尽快验证这近乎肯定的推测，他鼓励我马上投。

当我将那枚看起来像灰白混色水晶模样的小纽扣准确无误地投到笔筒里，廖轩礼立刻表现出一副无比惊讶的模样，就好像我怀揣的这门绝技惊到了他。

“你？怎么这么准呀！像练过一样！”

“嗯呢！在篮球场上练过投篮，功夫扎实着呢！这世界上意料之外的事儿太多了，是不是？是不是？”我含着狡黠的笑意抛给他一个长长的媚眼，我知道这眼神有逼他就范的意味。继而，我又一本正经地说：“所以，哼哼，请永远不要草率下结论，Do you know（你明白吗）？”

虽然我比他年轻将近十五岁，但我总喜欢语重心长、煞有介事地“教育”他，而他似乎也格外沉湎这份来自父母和妻子之外的批评。有一次，我看到他戴着老花镜一本正经地缝补破了的丝袜，当时我尖酸刻薄地“批斗”了他。我说：“你这享受县老爷级别待遇的人怎么和一只破袜子较上劲了？简直和丢西瓜捡芝麻一样愚蠢呢！这袜子才一块钱一双，而你每天要抽掉两盒二十块钱的香烟哪，少抽两根香烟不是啥都有了吗！”之后，他果然把破掉的丝袜直接扔进垃圾桶。还有一次，是在他尿结石反复了第五次之后，我对他的长期酗酒行为展开了猛烈抨击，一些愤恨而恶毒的话丝毫未经咀嚼便脱口而出：“难道你想死吗？迟早你会死于非命的，或者酒桌上，或者尿毒症。哼，你就等着吧！到那时，我会幸灾乐祸，也许，我还会很快……对，很快，在你还没腐烂之时，我就会投入别人的怀抱！哼，羞辱你的灵魂，让你不得安宁。”我并没指望我这些恶毒话能使他感动得戒掉酒瘾，但事实上，廖轩礼在酒桌上的表现大有收敛。甚至，他忍痛将主持酒局的光荣使命让了出去。要知道，这多少有点儿挫伤自尊，甚至，他可能有过漫长的失落期，就像趾高气扬的将军由于难以启齿的原因不得不拱手让出一块领地那般落寞和难受。

“莫非复是篮球场上的佼佼者，他的三步投篮简直帅呆了。”我重新躺回到他伸展着的左臂上，他就势把我揽得更紧了些。我喜欢这样，这不是一般意义上的肌肤接触，而是爱——这世界上最捉摸不透，最虚幻而又最真实的爱情。

“你投得这么准确，看来，莫非复在你身上下功夫不小！可是，小石芒，那是我们认识之前的老皇历了。可是，我们该怎么办呢？我们……我们俩——你和我！哦，你又哭过了，我的小宝贝儿。唉，你太容易伤感了！像长不大的小姑娘。”廖轩礼从我脸上残留的泪渍判断出我哭过，虽然，他烦透了那些晶莹透明之物，因为在他的概念里，女人流泪预示着不幸和悲伤，而她不幸和悲伤的根源恰恰是被她爱着的那个男人所赐。而现在，不，在那已成为历史的过去，到底有多少次呢？到底有多少次我忍不住内心的悲痛而嘤嘤啜泣呢？啊，这的确无法统计出来确切数字，有多少次，我伏在他肩头或者胸脯上黯然落泪，而他则无比痛苦地感受过我哭泣时引发的颤动。那时，他显得多么无助、迷茫，而他的心也像燃烧的橡胶拧皱在一起。

“我和莫非复曾经像情人一样约会过一次，当然，是在我婚后不久，那时，我丈夫还活着，但他已经频繁光顾站前街的‘红灯区’了。为了报复他，当然，也为了排遣寂寞，我和那个仰慕我多年的男子，对，他就是莫非复，我们在一个熟人开的宾馆里要了一个房间。但，我们没干成那事。也许是莫非复那方面的能力有问题，也许是突如其来的兴奋使他乱了方寸……那个漫长的晚上，他试过多次，但……呵呵，结果都不尽如人意。说实话，我真有点儿怜悯他。事后我问他，他只说‘女神亵渎不得，女神终归是女神’。”

这是我压在心头的秘密，即使在廖轩礼无数次表现出恐惧、焦虑、怀疑的时候，我都没把它说出来。的确，我早就想将它一吐为快了，但，我就是没有坦白。我不坦白的原因只是不想在我们纯洁而纤弱的爱情肌体上撒上污浊的斑点，我担心这斑点像遗落在低等宣纸上的墨迹，它会像漂浮着的云朵一样层层洇开。

而眼下，是坦白的时候了。

“小石芒，你说这些干什么呢？你根本没必要说这些，我说过那是老皇历了，谁去掀老皇历，谁不就和傻瓜一样可笑吗？问题的关键是我妻子，唉，我真服了她。她表现出那一套超凡脱俗的大度，不，几十年了，她一直这样，既不关心我的生活，也不打问我的事业，她任由我像一粒尘埃四处飘荡，根本不管我飘到哪儿。唉——她怎么就能这样呢？也许她根本不爱我，就像我根本不爱她一样！她知道你的存在，但她装作不知道。她从来不指责我半句，哦，我忘了，她连一句骂人的话都不会说！她是虔诚的佛教徒。”廖轩礼又把跟我重复过无数次的话摆在这儿，而他全然不知道我已经完全听腻了，并且，一个可怕而不可逆转的念头从我心里油然而生。

其实，在他说到“问题的关键是我妻子”时，我就感到一阵剧烈的痛楚，这痛楚很快波及眼圈，但我将那层随时蔓延的湿润挡了回去。我对“妻子”这两个字十分敏感，尽管我对它从未产生过觊觎之心。

我的脸色可能在一个极小的瞬间里变得难看，因为廖轩礼觉察到了并且慌乱地向我道歉。

“对不起，其实，在我心里，你才是我妻子，而她更像是偶尔见一面的老朋友。”廖轩礼说这些话的时候不停地抚摸我的头发，就好像能把这莫须有的烦恼顺着发梢捋掉一般。

一只长相俊俏的椿象飞舞着停在垂着的窗帘缝隙处，它快速向上攀爬了十几厘米之后又掉转头向下，但随即又停下来，那样子仿佛陷入了一场暂时不会停止的沉思。

廖轩礼将一只淡蓝色蝇拍对准那陷入沉思的无辜者，只要那凝结着愤怒和力量的淡蓝色蝇拍落下去，这只在我看来长相俊俏的椿象，它必定丧命于顷刻之间。

“等等。”我一边说一边推开廖轩礼那只举着蝇拍的手臂。

“你？要救它？这只臭虫？！”

“我从来不伤害任何生命，就算是蜇人的蝎子，我也不忍心。我的尛尛曾在地板上发现过一只长着灰褐色翅膀的昆虫，那是一种喜欢活动在乡下潮湿地带的虫子。它出现在我居室的地板上简直是个意外，那时，尛尛正用两只前爪逗弄它，从它喉咙发出的怪异的闷响可以推断，我的尛尛既受到惊吓，又从这惊吓中获得快感。搁谁都会一脚将它踩个稀巴烂，或者用卫生纸抓起来扔进便池冲走。你猜，我干了什么？呵呵，你绝对猜不到！我什么也没干，就像没看到它一样走开了。我还在墩布下面发现一只紫褐色多足虫，它爬得可真快，它竟然怕光！因为害怕它趁我熟睡时钻进耳孔，所以，我费了九牛二虎之力将它弄进一个饮料瓶，唉，真是费力了，我要是身手不够敏捷的话简直做不成那事。最后，我把它带到楼下的绿化带，那儿可是它生活的好地方！”我用放在床头柜上的浴巾将裸着的身体围裹好，并起身下床。

“拿来。”在得到我的指令后，廖轩礼乖乖地将蝇拍递到我手中。为了不惊动它，我尽量减小拖鞋和地面的摩擦，并刻意调整了蝇拍映在窗帘上阴影的方向，要知道，昆虫的敏感性强着呢。还好，它自己爬上来了，并且没有做出飞走的架势。我小心翼翼地端着它，直到将它抛入空中才将紧绷的神经松懈下来。

“其实，有所遮蔽要比一丝不挂好看得多，嗯，的确。”

我并未回应这句话，其实，他说得一点儿不假。

廖轩礼斜倚在床头上目不转睛地看着我，我知道，他对我的爱和欣赏是真实的、全面的、透彻的、深刻的。我对他亦是。

“你从没想过做我妻子，从没想过吗？”廖轩礼说这话时神态黯然，语调沮丧，显然，他清楚地知道自己得不到想要的答案。

“是的，从没想过。”我无数次回答过这个问题，所以我表现得平静而优雅。

“为什么，这到底是为什么呢？你不爱我吗？”

“一定要和爱不爱扯上关系吗？可我一直不认为你这么狭隘。”

“爱情面前，每个男人都狭隘。”

“你的妻子怎么办？假如我愿意做你的妻子，她怎么办呢？”

“我们的婚姻早就名存实亡了，就差一张绿皮本的事儿，那不是很容易吗？”

“很容易吗？那么我问你几个问题：你能把出轨的罪名背在身上并且承受由此带来的后果吗？即使身败名裂也在所不惜吗？你们亲生的女儿，那个任性而暴躁的丫头肯定站在母亲一边，她痛恨你，可能会用刻薄的语言伤害你，即使她宣布和你断绝关系，你也无动于衷吗？你的父母双亲，他们都是有脸面的人，难道你也忍心让他们过着羞于见人的生活吗？你蒸蒸日上的事业怎么办？那些敬仰你的同事和朋友呢？容易吗，真的很容易吗？”为了掩饰我五味杂陈的内心，我勉强挤出一个笑容，这样使得绷紧的面部皮肤稍微放松了些。

在随后的长时间沉默里，我感觉到廖轩礼抱着我的力度愈来愈大，直到我禁不住从嗓子里迸发出一声沉闷的怪叫。

“哦，对不起，弄疼你了。”

“不容易吧？呵呵，其实……”我想说其实我对目前的状态很满意，我们发自内心因为彼此的存在而欢喜、充实、骄傲，为此，我们都决定不再虚掷年华，而将精力和智慧奉献到有意义的事情上去。我们对彼此欣赏的同时，也以客观而真诚的态度挑剔着对方的不足。我们愿意为对方做任何可能的改变，事实上，这样的改变已经有目共睹——我到医院整容科用激光打掉眉间的小痣；改掉多年养成的熬夜习惯；在出席场合的时候化淡妆；为了减掉那影响我气质的十斤赘肉，我的晚餐完全以酸奶替代；对待剧本写作的态度也由一味沉溺现实性、三幕结构、叙事策略而逐渐信奉克罗塞斯的“编剧法则是松散的和易变的，它们经常被突破，被改变着，被改造得适合于手头的材料，它们是如此虚幻而又自相矛盾”。而他则将影评对象由国外转向国内，在评论态度上也显得愈加分明果断；他不再频繁出入酒会，更不会随便把自己变成酒鬼；偶尔，他在独自一人逛商场时会为自己挑选质地和样式都比较上乘的衣服和鞋子（之前，他对待自己吝啬得近乎残忍）；他不再满怀激情地等待女人们的献媚（在20世纪80年代，他可是出了名的浪荡子）……

“其实什么？”廖轩礼急切地等待一个他渴望已久的答案，从他脸上泛起的那丝不易觉察的混合着羞赧的痛苦表情可以推断，他对目前及未来的形式并不掌控。

“其实——”

“哎呀，你倒是痛快些，你还从来不这么磨叽呢！”廖轩礼终于按捺不住内心的焦急了，“我们是相爱的，不是吗？”

“可我们都知道婚姻会把爱情毁掉。”

“我们是例外。”

“没有例外。”

“那我们怎么办？”

“你觉得目前的状态不好吗？不幸福？我可不想伤害你妻子，你知道的，我连一只昆虫都舍不得伤害。但事实上，我已经伤害了她，即使她完全漠视了我的存在。她可是个伟大的女人，和你有夫妻相，你不觉得吗？”

“好多人都这么说过，是有吧。但我爱的人是你呀！”

“你只是现在爱我而已，二十多年前，你不是像爱我一样爱她吗？如你所说，那时，她是年轻小伙子们梦寐以求的大家闺秀，何况，她长得的确漂亮。我看到过那张她身穿连衣裙、头戴遮阳帽的黑白照片，多漂亮啊，瓜子脸上一双明澈的大眼睛，鼻梁高高的，纤薄的嘴唇显得性感却不失端庄。啊，实在是难得的美人。那时，你还是一名在建筑工地上从事繁重体力劳动的钢筋工，而她已经是市公立学校最年轻的班主任老师。她，哦，我忘记她名字了。其实，记着她名字也没什么意义。她忍受着两地分居之苦独自抚养你们的女儿，她对你从无二心，而你这个浪荡子，你都做过些什么呀？”

“啊，别说了，别说了，我是个混账。在我们结婚的前两年我和几个朋友跑到深圳做生意，血本无归不说，还差一点儿在斗殴中丢了性命。后来，由于几篇影评的发表，我被破格调入当地文化局，命运由此逆转。但是，在生活方式腐化堕落面前，我也不甘落后……唉，我真是地地道道的混账。然而，我妻子，那个连一句骂人的话都不会讲的女人，她像能容纳一切污渍的大海一样对这一切视而不见。有时候，我怀疑她的前身就是一片海，珊瑚海，死海，地中海，加勒比海……唉，我要是把她丢在半道上，我还是人吗？我想我是万万不能把她丢在半道上的。毕竟，她风采不再，又患上了轻微抑郁症。”

“是回归的时候了，你回归的时候到了。回到她身边，弥补她。这样，临死之时，你才不会因为懊悔而舍不得闭眼。”我用习惯性的狡黠一笑掩盖了内心的巨大悲凉，我的话完全出自本心而毫无矫揉造作之意。

雨势渐小，两只麻雀嬉闹着一掠而过，它们转了几个圈之后又飞了回来。那些静默在广场上的树木显得愈加苍翠，就在不久前的仲夏，它们还呈现出一派生机勃勃的鲜绿呢！

“可我们怎么办？”廖轩礼使劲挠了挠头，他脸上的无奈和痛楚使人怜悯。

“亲爱的，这并不妨碍我们相爱呀！真正的爱情无坚不摧，如显克维奇所言，‘爱情是两个人的灵魂结合起来飞向上帝的天使，这个天使将把世上的光辉带给上帝’——爱情不需要任何形式，不是吗？婚姻不能向那个天使提供更多的保障，相反，它完全可能变成摧毁它的刽子手。我爱你的态度和决心不会改变，直到永远，请相信。”

“你是说我们就这样？但是，我怎么能使你生活在黑暗之中呢？我办不到！如果这样，临死之时，我也会因为懊悔而闭不上眼睛！”

“难道我们不是对方的灯吗？怎么可以说生活在黑暗之中呢？你一定要对我们的爱情有所作为的话，那，我们只有分手。”

“不，不能，这绝对不能。我们还有很多重要的事情没做呢，比如我们构思的反映孩子们在体制教育下度过灰色童年的片子，比如我们计划的西藏之旅，比如我们决定建立的流浪者之家……”廖轩礼哽咽着说了这些话，他脸上的肌肉抽搐着，眼角处的褶皱泛起晶莹的亮光，我知道那是凝聚了巨大悲痛的眼泪。

“亲爱的，可你几乎无时无刻不生活在痛苦之中，可我不希望这样啊。”我用手将涌起在他眼角褶皱处的眼泪擦掉，并在他脸上轻轻吻了一下。“我们分手吧。”我忍着剧痛，的确，我感觉整个胸部憋闷得像要爆炸，人也像晕厥一般，头脑陷入迷蒙。我缓缓地将这几个字吐在他耳际，即使我故意压迫着的声音低沉无力，也并不妨碍他清晰地听到它们。

“不！”

“我决定了。”

“可爱情是两个人的事儿。”

“什么都不会改变。在我百年之后，莫非复会把我的骨灰撒在你的坟上，他会细致地撒，不落下一个角儿。”

在我穿衣起床的十分钟时间里，廖轩礼一直怔怔地待在那儿，像一座泥塑的像一般。

结束了，一切都结束了，而这一切又像刚刚开始……

我感觉到淼淼正用两只前爪抓挠我那条裸露在短裤外的腿，有点儿疼，毕竟，它还不会像某些狡诈的人那样收敛起爪上的锋芒。我侧过头看它，啊，它简直像极了遭到长时间冷落而不能抑制委屈的孩子，它眸子里射出清澈和善的光芒，不仅仅这些，还有一点点焦躁。您瞧，它在遇着我的目光之后迅速后退了一尺，旋即，它又像陀螺那样旋转起来。我知道，它在向我发出拉屎撒尿的信号——我不得不带它下楼，而楼下秋雨正紧。

榉勒木之夜

◦ 一 ◦

母亲吊死在西北屋门框上那一年，陶铸儿只是个两三岁的孩子，还没有清晰深刻的痛苦，没有强烈张狂的恐惧，也没有刻骨铭心的记忆。他唯一能打捞起来的碎片不是僵硬又冰冷的母亲，而是鼻青脸肿、披麻戴孝地跪在棺材面前哭得死去活来的父亲。他不停地把头撞到硬邦邦的地面上，“砰砰砰”的声音像石头一样砸在他身上和心上——他真像一条狗一样可怜！

在之后四十余年的生活体验中，他从没见到过任何一个活着的丈夫给死去的妻子披麻戴孝的场面。由此，他产生了疑问，并且随着年龄的增长，疑问也越来越膨胀。由此，他确信那是一个比死亡本身更加悲剧的悲剧。

他本来指望能够从舅妈嘴里得到事情的真相，要知道，她对他几乎百依百顺。但他每一次提到这件事，她总是巧妙地岔开话题。后来——那时他已经成年了，并且回到了父亲身边。父亲在一次醉酒后亲自解开了他的心结。父亲向他解惑的时候先冲着他母亲的遗像磕了三个响头，神情变得极为严肃，黑红的脸也拧巴成一团，有泪水顺着密集的褶皱汩汩流下。

“你母亲，是个好女人，心善，勤快，标致，爱干净，眼窝子浅。我不是不待见她，心里也爱得很哪！就是见不得她对那些素不相干的人好，唉，也是太穷了，要是搁现在……就是个屁大点儿的事。也怪我，她只不过从篦子上拿了几个菜团子给那讨饭的一家人，新出锅的菜团子啊，馅里还掺了半斤膘子肉。我恼火的是那家人临走时，她竟又硬塞给他们五六个，人家都难为情了，可你妈，唉——眼瞅着一篦子菜团子只剩了仨。我动了怒，抄起扫帚疙瘩就朝她抡，像平常一样，我也没觉得使多大劲儿，可谁能想到，她——她——她就想不开了呢？唉！你舅舅不依啊，非要弄死我给你妈偿命不可。他们纠集了一帮人把我好一顿打，我不敢反抗，䞍等着死了去那边陪你妈。亏了你舅妈，那时，她刚嫁给你舅舅不过两三年，真是个主事儿的女人。她说她只认一个理儿，孩子没妈了，不能再死了爹。她的条件是要我披麻戴孝、三步一叩头地把你妈送走……"

此刻，他被命运抛在内蒙古东南部、蒙冀辽三省交汇处的一个露天煤矿里！与其说被命运抛在那儿，倒不如说是他谋划已久的自愿放逐。他远离了米三梅，与她相距八百九十六公里。但在他的概念里，距离是虚的，而他比以往的任何时刻都更为深情、纯粹、刻骨地想念她。

他闻到了一股浓烈而绵软的栗子花味道，这让人恼火又兴奋。这味道只有在他和米三梅交缠在床上时才会有。已经距离这么远了，它仍然纠缠在他身边，挥之不去，像疾病和魔鬼一样折磨人。

这股栗子花味道困扰他好多年了，自从他和米三梅在洛尔庄水库附近龙泉农场的一间小破屋子里互相要了对方之后，它便死死跟上了他。有时候，他真希望嗅觉神经在娘胎里就坏掉。然而，他那吊死在西北屋门框上的母亲却把该给他的都给他了。除了脸色略微黑一点儿，眼睛略微小一点儿，下巴略微凸一点儿，他全身上下再也没有其他毛病。她还多此一举地赐给他唱歌和绘画的天分。其实她根本就不知道她给得越多，他和米三梅之间的沟壑就越大——那是一道会生长的沟壑！就像人的欲望一样。

起先，米三梅在他眼里简直就是天使，虽然她皮肤粗糙，五官组合起来也不俊俏，但他觉得就是爱她，爱得自然而深刻。就是那个在少女时就显得肩阔腿粗、性情乖戾的米三梅，让他第一次品尝到思念的滋味。那滋味如光影摇晃般迷乱、甜美，使人颤抖。

来这个鬼地方已经四年多了，他从来不敢在深夜外出，他怕窗外那没有尽头的寒冷和黑暗。并不是因为他读过克莱尔·麦克福尔的《摆渡人》，也不是因为他屡次三番领受“鬼压床”的恐惧。他不信鬼，但他真真儿地怕鬼！正如他不信任米三梅，但他真真儿地怕她突然离开或者死掉一样！的确，米三梅不下几十次恶狠狠地威胁过他：“哼！迟早有一天，你等着瞧，我——米三梅——走你娘的老路，哼，你就等着瞧吧！”

◦ 二 ◦

多年前的春节前夕，他怀揣着两万块钱回了家，那是他积攒了整整半年的工资！他可是个只赚钱不花钱的貔貅式男人，为此，乡亲们叫他“抠搜鬼”。他平时只抽两块五一包的大前门，不打麻将，不喝酒，不旅游，简直是新时代的“守财奴”。没有谁比他更会攒钱了，他经常欣慰地想。劳心费力地赚钱，耗费了那么多时间和智慧，有时候还得牺牲掉尊严，如果轻而易举地把它们花出去，那还不如不去赚它们呢。他不仅对自己抠搜，对家人及亲朋也一样。在他的概念里，人生而为赚钱而来，而消费只是那些生活环境优渥之人的特权。

他怀揣两万来块钱回到家时，米三梅不冷不热地接待了他，她催促他第一时间把钱存到他的名下。晚上，她浮皮潦草地应付了他。他不记得究竟从哪一年或哪个事件起，她的身体开始反抗他，起先并不严重，但他日渐感觉到了她对他的敷衍程度越来越凶狠，甚至，他从这敷衍之中提炼出了侮辱的意味。

那晚，在栗子花味道即将消散时，她向他说起第二天要到城里的老同学那里拿两瓶化妆品。这让他很是惊诧，她明明知道他不允许，但仍然提了出来，分明是在挑衅，这让他很不愉快。他宁愿妻子米三梅越长越丑，也不愿意她往脸上涂抹化妆品。这几年，随着农村姑娘外流，村里的大小光棍越来越多，这使他时常毫无来由地觉得光棍们贼眉鼠眼地盯着米三梅。无疑，化妆品制造的妖娆会加大他们的肮脏意图。

由于是在刚刚揉搓完米三梅的身体之后，他不便回绝，便爽快地答应跟她一起去。结果，米三梅禁不住老同学的再三劝荐，多拿了一瓶精华霜，这就使计划消费二百一十元的开支变成了三百五十元。这多消费掉的一百四十元激怒了他。尽管米三梅坚持用自己打零工的钱买了单，但他仍然对此耿耿于怀。

整个四十分钟的返程路，他们喋喋不休地争执、吵骂。他就像疯了一样羞辱她，他把最难听的话讲了个遍。

“妈的，不会过日子的穷娘们儿！再抹，你也是块儿废料！”

“把脸抹白给谁看呢，我他妈的又不在家！”

“僵尸脸！丑鬼！”

……

在他喋喋不休的辱骂声中，米三梅冷冷地沉默不语，她像盯着一个小丑似的盯着他。他以为是她觉得理亏不敢辩解，或者，她知道自己笨嘴笨舌，占不到便宜。但他万没料到她突然从摩托车后座上跳了下去。他惊骇极了，万没料到她这么烈性。幸好，他及时加大了油门，使她安然无恙地落在了石墩子前面的麦秸垛上。

他第一次感觉到米三梅的可怕。等他从翻卷着的恐惧中定下神来，他发现米三梅坐在麦秸垛上冲着他夸张地笑。她一言不发，一动不动，只是斜着眼冲他笑。

他僵硬地站着，像个痞子一样盯着她，一直到她站起身乖乖地回到摩托车后座上。米三梅到底是个色厉内荏的女人，像大多数女人一样！事实上，她从来不会在大庭广众之下跟他过不去，即使他逼迫她，她都不会像暴怒的狮子那样与他战斗。

◎ 三 ◎

本来这件事应该结束了，但当天晚上又鬼差神使地有了一个新的开始。那时，已经辍学的陶远去朋友家里玩电子游戏了，而小女儿陶素在大门外的白炽灯下和几个女孩子一起放烟花。

“得给陶远准备婚房呢！”他和米三梅一人坐一把小椅子围着燃得正旺的火炉子，炉火把她的脸映得格外柔和，丝毫看不出她还为白天的事儿而耿耿于怀。

“嗯。”米三梅一边往刚洗好的手和脸上抹化妆品，一边爱理不理地回应他。化妆品散发出宜人心脾的淡雅而柔和的清香——使他愤怒的是非自然的味道！

“和他同岁的孩子基本都有婚房了，可咱们的陶远还没有。”为了使她重视他的问题，陶铸儿又加大音量把刚才的话题诠释了一遍。陶铸儿试图利用陶远的婚房迂回到米三梅多花出的一百四十块钱上，在他看来，米三梅这种消费方式是对金钱的大不敬，是一种可恨的浪费。

“是啊。”米三梅把两只手放在火炉上方一尺半左右的地方烤着，她的手背果然光滑了许多。

“咱们是盖房子还是在城里买呢？盖房子也不少花钱哪！人工、水泥、红砖、钢筋都贵得要命！要是在城里买，我哼哧一个月也不够买一平，这还是不太好的地段呢！”陶铸儿把形势简单分析了一下，希望米三梅能热烈地回应这个话题，毕竟陶远的事情是当前最大的事情。而他也有了机会谆谆告诫她一些关于“节俭”“自然美才是真的美”诸如此类的大道理。

“随你的便吧！我没钱，又不当家。”显然，米三梅的口气带了火药味儿。

陶铸儿错误地以为她已经把他在白天里的无理取闹忘得一干二净了，可谁知它们已经形成了火源，并且呈现出燎原之势。陶铸儿悲哀地想到，即使在他们热恋那阵儿，她都没跟他说过一句温情的话。她经常表现出一副硬邦邦的姿态。有一段时间他曾怀疑自己爱上的米三梅其实并不是女人，她除了一对肥硕的乳房之外再没有什么其他女性特征了——她脸上的肌肉疙疙瘩瘩的像是在横着生长，眼神深邃又冷漠。而他偏偏喜欢娇柔又优雅的女人。

米三梅带着挑衅意味的话激怒了陶铸儿。

“一个不是女人的女人凭什么这样对待远道归来的丈夫？”陶铸儿一边这样想着一边寻觅可以粉碎的物件儿。他有摔东西的习惯，心里的火气只有通过毁坏和破碎才能释放。

“花钱省着点儿！不管是盖房子还是买房子都要好多

钱！”陶铸儿用命令的口气吼道。

“我花的是自己赚的钱！”她说话时并不看他。这赤裸裸的漠视使他难过、恐惧、愤怒！那当儿，他已经瞄准了摆放在梳妆台上的她刚刚花了三百五十块钱带回来的化妆品。

事情在极短的时间内完成了。太可怕了！陶铸儿没有办法准确形容那股子邪劲儿。伴随着玻璃瓶子撞击在瓷砖地面上的沉闷声响，他才彻底清醒过来。天哪，米三梅仅仅用过一次的三瓶化妆品全部碎裂了，水状、乳状、膏状的东西和玻璃碴儿混合在一起！

陶铸儿恐惧极了！他立刻想到米三梅不下几十次恶狠狠地威胁过他的话：哼！迟早有一天，你等着瞧，我——米三梅——走你娘的老路，让你家丢人，丢死人！哼，你就等着瞧吧！

米三梅没有哭闹，她死死地盯着他看，足足三分钟，她的眼球一动也没动。真是漫长而焦灼的三分钟啊！之后，她冲着他冷笑了一声，低沉而怪异的冷笑。陶铸儿从没见过米三梅这样笑过，当时，他判断不出这笑容背后的深刻含义。直到今天，他才回味到她那是大义凛然的“风萧萧兮易水寒”式的笑，是绝望到乌黑的笑，是凄惨到煞白的笑！

之后，米三梅平静地拿起扫帚收拾残局，就好像什么也没有发生一样。陶铸儿呢，他从裤兜里摸出一支烟，颤抖着点着，故作悠闲地吞云吐雾。他们俩都是装的。因为那时，他们清晰地听到了陶素蹦跳着回到院子的声音。

陶铸儿知道米三梅并没有妥协，她向他掀起了更为惨烈的反抗和进攻！而他，如果能及时退让，结局或许可得圆满，悲剧或许不会降临。

四

此时，在安静得近乎凝固的夜里，陶铸儿赤裸着身子像一条奄奄一息的老狗一样躺着。刚才的那股栗子花味道来得太迅猛了，它几乎像一股小旋风似的将他毁灭掉！

陶铸儿知道，以后，他只能凭借着想象才能重温到它。不是因为米三梅死了，她像那些松树一样活得好好的！而是因为她不再让他碰她！她像拒绝一切有毒的、有害的、肮脏的恶心物一样拒绝他。而这多么残酷！

陶铸儿迷恋的栗子花味道破碎了，在他摔掉米三梅新买的化妆品的那个夜晚。之后的无数个夜晚只是夜晚，只有黑，盛大又凝固的黑。而那些曾经流动其间的战栗和欢愉则永远地消失了。

起初，陶铸儿以为她只是惺惺作态，要知道她才三十八岁，距离性冷淡的日子还早着哪！三十如狼，四十如虎嘛！在一个月光柔和得使人发疯的夜晚！他曾试着硬来。那时，米三梅背对着他，自从她拒绝和他亲热之后，就一成不变地以这种姿势表明对他的抵抗和蔑视。

他像个贼一样轻轻地挪到她旁边，猛地用力抱住她，并且用双腿把她的腿牢牢钳住。这样，她就像个硕大的虾米一样动弹不得。就在他暗自庆幸的时候，米三梅醒了过来，她以他从未体验过的巨大力量剧烈反抗，这股力量太过陌生、强悍、野性，以至于他不得不松开手臂。她就势翻了一下，并精准地从枕头底下摸出一把有着白花花利刃的刀子……

完了，陶铸儿意识到一切都完了！他男人的尊严和幸福就在那一刻完全毁掉了！

自从米三梅拒绝陶铸儿揉搓她以来，每个夜晚都流淌着浓稠的羞辱意味。而这样的日子差不多持续了四年！再这样下去，陶铸儿觉得自己不是疯掉，就会死掉！

也许，那浓稠的羞辱意味很早就存在了，从他们结婚那一天，或者可以追溯到陶铸儿第一次要了她的那个晚上。那时，陶铸儿是洛尔庄水库上的一名巡查员，负责从洛尔庄村到他的驻地僧垴儿之间的水域，主要工作就是划一艘半旧的小木船沿着区域两岸向那些钓鱼的城里人兜售鱼票。他的驻地僧垴儿只是一个缓坡，既没僧，也不像垴儿。他住在上一任巡查员留下的一个简易窝棚里，狭窄得要命，很矮，人需要佝偻着身子才能进去，一进口那儿放着一大块平展展的石头，足有二尺见方。除此之外就是一张单人床，它不仅安置他的身体，也充当柜子。

陶铸儿喜欢唱歌，在他不能看闲书，而只能在溜光静谧的水面上摇动船桨的时候，他就靠着唱歌打发那些广阔神秘的无聊。陶铸儿最喜欢的歌手是伍佰，没有第二。他觉得伍佰那呢喃诉说式的腔调，既有旅行或漂泊时的洒脱，也有自语或呐喊时的无羁。《突然的自我》《浪人情歌》《世界第一等》……陶铸儿能把它们演绎得跟伍佰相差无几，不论腔调还是节奏。

陶铸儿梦想的女人是温婉尔雅的女人，她可以不喝酒作诗，但一定要纤瘦漂亮，最好带点儿蛊惑人心魂的媚态。但他却在僧垴儿的窝棚里睡了孙二娘式的米三梅——生活就是这么戏谑！

那时，米三梅在陶铸儿驻地附近的果园学习果木修剪技术，兼着锄草、施肥等其他零活儿。也许是青春期躁动的缘故，也许是《废都》里面的性描写太过露骨和诱人，总之，陶铸儿觉得自己需要一个女孩儿，非常迫切地需要。自从那股子邪恶劲儿上身之后，他便有意识地路过米三梅工作的果园，有时候是在早晨，有时候是在傍晚。

"兔子！兔子！"陶铸儿躲在一处藤蔓缠绕的枣树下偷窥的时候往往故意使劲大喊。其实并没有兔子窜向树丛，而米三梅却惊慌失措地四处张望。这样，他便能看到米三梅完整的一张脸。说实在话，他看到她第一眼的时候并没爱上她，直到二十年后的现在，他也没有爱上她。

"让我将你心儿摘下 / 试着将它慢慢溶化 / 看我在你心中是否仍完美无瑕 / 是否依然为我丝丝牵挂……"

陶铸儿每次专程路过米三梅时都唱《挪威的森林》。因为他觉得这歌词太像情书了！那仅有的一百来米山路，陶铸儿缓慢而又细致地走，生怕步子大了而不能把它唱完。当然，他一边唱一边用余光扫射她。大多时候，米三梅连头也不抬，陶铸儿知道她是故意装出来的，她使劲压制着自己。他确定，米三梅和他一样孤独，只是女孩儿的矜持心在作怪！

◦ 五 ◦

之后的三个月时间里，陶铸儿每天都向她奉献《挪威的森林》。他凭着一颗敏感而躁动的心感知到她会接纳他——她的冷漠只是装出来的。

那是个细雨磨叨了一整天的黄昏，陶铸儿巡湖回来后感觉累极了，就好像在某个犄角旮旯里失了魂魄一样虚晃晃地累！他本来打算再去挑逗一下米三梅，但考虑到她可能不在果园，而他的确累得要死。索性，陶铸儿把船拴在铁钩上，径直回了窝棚。他胡乱吃了点儿中午剩下的酱油挂面，便把一坨死沉死沉的肉扔到床上。

陶铸儿本来打算看几页书的，但光线实在太暗了，而他连坐起身点蜡烛的力气都没有了。就在他似睡非睡之际，突然听到了一阵急促而沉重的脚步声循着窝棚前的小路而来。他的睡意和疲累在瞬间便消散得无影无踪，取而代之的是莫名的恐惧。陶铸儿知道不是鬼，但万一是个掂着家伙的贼呢！一想到自己还从没有参与过打群架，也没有在闲着的时候练习一招半式的八仙醉、跌扑拳、七十二插手……而外面的脚步声愈来愈近，愈来愈清晰。天哪！就在陶铸儿六神无主的当儿，外面的动静突然在他那小破门外停住了。

“谁！”为了掩饰恐惧，陶铸儿只发出这一个字！

没有回音，就好像米粒大的一点儿光抛进了无边的黑暗里。

“谁呀！谁在外面？！”

为了压制极度恐惧之下嗓音的颤抖，陶铸儿提高了嗓门儿，并顺势爬起来，赤着一双大脚站在距离门板一米左右的床边。他从没有体验过这样逼真而巨大的恐惧，他悲哀地感觉到一层阴森、湿冷而又狰狞的气流上蹿下跳，像芒刺一样扎进他的皮肤。他捞摸着一个手电筒，紧紧攥着，但他不敢按开关，怕被外面的访客窥得一清二楚。

短暂的平静之后，陶铸儿的小破门被一股非常强劲的力量朝里推着。借着微弱的光亮，他看到门闩已经松动，它有了轻微弧度！他不想被侵犯，更不想被攻击！出自本能，陶铸儿上前一步死死地抵住门板，并把全身的力量倾注到手掌上。在他不懈地反抗下，门板外的力量渐趋微弱，直到完全消失。

陶铸儿不敢松懈，全神贯注地等待门外客的下一轮进攻。但他的等待落空了，在大约十五分钟的时间里，他没感受到任何力量！这使他有些轻微的失望！但他确信门外客并没有离开，而是在等待他的接纳！

雨突然大了起来，风也像疯了似的“呼呼”地叫唤。湖水拍打岸边石头发出“噼噼啪啪”的声音，窝棚顶上压着的碎石像冰雹一样掉落在地上。为了缓和一下紧张过度的身体，陶铸儿打算换个姿势。就在他把手移开准备以背抵门的当儿，小破门被攻陷了！随着一阵凉风的侵入，闪进来一个湿漉漉的人影。啊，米三梅！他日思夜想而不得的女人！此刻，她就站在他面前！

他能做什么？他该做什么？她深更半夜来到他这儿想干什么？

陶铸儿蒙了，脑袋在瞬间膨胀成糨糊。他恍惚看到她把身上的衣服一件件脱下来，直脱到一丝不挂！他眼见着白花花一闪，她便像一条泥鳅一样滑进了他的被子里。

那一晚，陶铸儿和米三梅快活得欲仙欲死。要不是因为他得益于《白鹿原》里面黑娃和娥儿姐的调教，他怕是要白白辜负了米三梅！

“你待见我？”一直到他们从彼此的身体里退出来，米三梅才开口和他说话。她的确一点儿也不漂亮：眉毛短而窄，眼睛小而肉，嘴唇厚而长，脸上零星攀爬着米粒大小的斑点，并且靠近耳朵处的皮肤密布着一层小疙瘩。当陶铸儿近距离地窥到她的面目之后，他不由得慌了神，心底顿然升腾起一股坚硬的寒意。

“是啊，待见，我待见你！”

“娶了我吧，娶了我！”

“好！”在说完这个字之后，陶铸儿再一次把她压到身下。米三梅积极地迎合他，就好像她原本就是他的妻子，她应该承受他一切的无知和野蛮。

◦ 六 ◦

这是个寂寥欲死的罪恶的夜晚。米三梅在干啥？一些肮脏的念头又像往常一样汩汩地冒了出来。它们就好像分泌毒液的虎头蜂在他的身体各处蠕动，并且毫不客气地把螯针扎进他的皮肤……

陶铸儿憎恶身体的欲望，要不是它霍霍地往外冒，他就不会在巡视洛尔庄水库时勾引米三梅，也不会在僧垴儿的窝棚里睡了她，更不会在八个月之后把她娶回家！

米三梅的母亲是个和蔼、善良、通透的女人。陶铸儿第一次见到她就觉得他和米三梅的事儿有戏！尽管米三梅家所有的人都对这桩婚事持反对态度，尤其是她那病入膏肓但神志清醒的爷爷。那个脸盘儿窄得不到一个手掌宽的老头儿，他从黑魆魆的被窝儿里艰难地探出头来，只扫了陶铸儿一眼便闭着眼睛把头摇成了拨浪鼓。

“让他走！三梅不能跟了他！他是个丧门星！”那可怜巴巴的老头儿用尽残存的最后一点儿力气，试图以赴死的决然威吓米三梅的父母。那气若游丝的话差点儿把陶铸儿打垮，但欲望给他力量，引诱着他无所畏惧地朝前走。

陶铸儿第一次去米三梅家时除了带着一箱酒、两条钻石烟外，还揣着一幅他亲自画的领袖素描像（他好像天生就有绘画才能）。但凡米三梅的爷爷对他有一丁点儿好感，他就会把它掏出来送给他，挂到他一扭头就可以看到的南墙上。但那倔老头儿根本没允许他说一句话就下了逐客令。

为了使那坏心眼儿的老头儿多熬些时日，米三梅的家人杜绝陶铸儿和他见面。很长一段时间，陶铸儿不能理解那老头儿凭什么不认可他。直到陶铸儿和米三梅结婚后，他才弄明白真相。而那时，那精于面相术的老头儿已经开始在薄薄的杨木棺材里有条不紊地腐烂了。可悲的是，他没有算计出自己的宝贝孙女到底还是嫁给了他这个丧门星！他断定米三梅跟了他不会幸福的原因仅仅是他长着连心眉。的确，陶铸儿的两道眉毛之间相互勾连，没有明阔的印堂显露出来。米三梅的爷爷据此判定他心胸狭窄、易妒易恨、虚荣自我。

虽说舅妈视陶铸儿为己出，给予他无私的关怀和爱意，甚至，她别出心裁地额外关照他。但他似乎并不领情，而是常常毫无来由地反抗，他拒绝她的拥抱，拒绝和人交流，也拒绝操场和阳光，他恨不得把自己装在暗黑的套子里。二十余年来，他几乎长成了一块裂痕密布的玻璃，只需稍稍触碰就会碎成烂渣。还好，他唯一不拒绝书，尤其喜欢外国作家的作品。在他有限的认知里，书值得信任，使他愉悦，并给予他足够的安全感和尊严。

自从和米三梅结婚后，一些隐藏着的毛病就从一个米粒大的小圆点膨胀到乒乓球、拳头、脸盆那么大。它们还会无限地膨胀下去，直至井口、麦场、洛尔庄水库的湖面……而这完全不是陶铸儿所能掌控得了的。

陶铸儿觉得他的体内还顽固地存在着另一个叫陶铸儿的人，他比他更真实，更强壮。他以不可违逆的能力操控着现实中他的思想和行动——只要米三梅一离开他的视线，他的心便骤然不安起来，就好像被孤零零地悬挂在某一处诡异的地方，那儿，阴风怒号，雪雨肆虐。

有一次，大概是五年前的一个早晨，在陶铸儿熟睡的当儿，米三梅被人叫去帮忙做“摇钱树”和“金山银山”，那家人刚死了亲家公。她回来的时候差不多九点钟了。那时，陶铸儿正坐在床沿上抽烟。陶铸儿朝她瞄，她到底是他的尤物，哪怕只是短暂的分开，他都会想她。天哪！米三梅的裤子上竟然有一块豌豆大的白色斑点！陶铸儿迅速对这个白色斑点的来历产生了浓厚的兴趣。在他的研究持续到第三分钟时，内心的恐惧膨胀到极点，进而演变成愤怒。陶铸儿咬定米三梅趁着给人帮忙的当儿偷偷和野男人媾和，并且由于匆忙或者不慎留下了罪证。他不由分说冲到她背后拦腰把她抱住，把她扳过来，使她面对着他。

“给老子交代，那人是谁？是谁！是哪个狗娘养的？”陶铸儿疯了一样抓着她摇晃，试图把那个卑鄙无耻的男人摇晃出来。

“交代啥？哪个人？”米三梅在听到陶铸儿的质疑后随即放弃了反抗，她用那一双小而肉的眼睛盯着他，死死地、凶狠地盯着他。

“裤子，裤子，你看看你裤子！”陶铸儿被强大的悲怆压迫着，嗓音也变得沙哑起来。

米三梅使劲儿扭着身子才看到那斑点。她没有惊慌，而是露出了轻蔑的微笑。他知道那笑里长出了刀子。之后的许多年，那刀子从没停止过生长。

◦ 七 ◦

陶铸儿知道自己的心态很危险，起初，他煞费心思地遏制它们。即使在看到兄弟辈儿的年轻人和米三梅聊闲篇时也装出一副满不在乎的样子。其实，他的内心像爬满了蚰蜒和虱子。但为了家庭和谐，为了在父老乡亲面前争口气，为了能在夜晚拥抱着米三梅制造栗子花味道，他尽最大努力和自己做斗争。

但那些蚰蜒和虱子愈来愈密集，它们肆无忌惮地啃食他。在它们把他掏空之后，陶铸儿彻底失去了和自己对抗的耐心和力量。

陶铸儿忍不住开始在男人们和米三梅聊闲篇时板起脸来，而全然不顾他们是本家兄弟还是同姓叔伯。这样一来，年轻汉子们再也不敢轻易迈进他的家门。当然，他们也不再把油光肥胖的蝎子送到米三梅的小瓮里。结婚之后的第五个月就是蝎子横生的夏季，为了补贴生计，米三梅做起了贩卖蝎子的行当。领导对他的“毛病”有所察觉，好心地把他调到离家近的区域。这样，他可以天天回家，再也不用睡在僧垴儿的窝棚里了。

婚后第三年的一个中午，在第二遍巡视完管辖区域之后，陶铸儿鬼使神差地提前回了家。他被内心的焦躁搅扰得痛苦不堪。他迫不及待地推开笨重的铁大门，它像往常一样发出沉闷而悠长的声音。天哪，他看到了他父亲正掀开东北屋的竹帘子走出来，而那间房正是他和米三梅的卧室。父亲看了他一眼便若无其事地回到自己房间。陶铸儿留意到父亲的目光和平常毫无二致，是慈祥而亲切的父亲的目光。他进了屋发现米三梅正横躺在床上熟睡，她面朝里，上身只穿着一件棕褐色文胸，下身裹着一条淡绿色割绒毛巾被。

“睡嘞？！”陶铸儿像钢钎一样僵硬地戳在地板上。那当儿，他脑海里尽是父亲掀开竹帘子走出去的画面。

“你咋回来了？猪儿，我困嘞睡不醒！”米三梅恍恍惚惚地坐了起来，她一边揉搓眼睛，一边摸索着把衣服穿上。米三梅喜欢叫他“猪儿”。他觉得这是她最有风情的创意了，除此之外，她木讷得像块石头。

“以后睡觉的时候记得拴门，拴上门啊，梅！”陶铸儿觉得自己的一张脸火辣辣地燃烧起来。他不知道父亲为什么趁米三梅熟睡的当儿来到房间，更不知道他要做什么。但从表象上来看什么都没发生。但他心里那些蚰蜒和虱子似乎一下子多了好几十倍，它们噬咬的速度和力度也增加了不少。

“梅，睡午觉的时候别脱衣服，啊，千万别脱衣服啊，梅！院里不干净，有鬼！”

“你这是咋了，猪儿？”米三梅怔住了，她呆呆地看着陶铸儿，先是有眼泪扑簌簌地流下来，继而，脸上的肌肉剧烈地颤抖起来。

“神经！你这个死神经！”她突然像一只狂怒的豹子冲陶铸儿大喊。就是从这一次起，她再也不“猪儿，猪儿”地唤他，而是恶狠狠地称呼他“神经，神经，神经病！”久而久之，陶铸儿便感觉自己真的患上了精神方面的疾病。

也是从那一次起，陶铸儿从心底认定鳏居多年的父亲不是街坊邻居们口头上赞赏的那样，他的本质龌龊不堪，他也更坚定了母亲的死完全是拜他所赐——他使母亲失去了活着的勇气和希望。

陶铸儿咬牙切齿地恨他。他禁止米三梅给他做饭，禁止给他送肉馅或鸡蛋馅的包子、饺子，禁止给他洗衣服……他总是和他摆出一副难看的脸色，在买地基、翻盖房子、外出打工等重要事情上也不和他商量，不再喊他“爹”……也不让当时才一岁多的小陶远接受他买来的风车、陀螺、棒棒糖……总而言之，他要和他划清界限。

父亲曾无数次试着和陶铸儿交流，但他根本不给他一分钟解释的机会。终于，父亲背起行囊远赴北京郊区的工地打工走了。那一年，他六十二岁。

父亲到底由于急性坏死性胰腺炎猝死在工棚的单人床上，那时，距离他离家已三年零九个月。这期间，父亲一次也没回来过。陶铸儿丝毫不感觉惭愧和悔恨。他坚信是父亲把一块坚实的暗影牢牢地糊在他心上。

据父亲的工友讲，他长期酗酒，每天的中午和晚上没半斤八两的 53 度散装白酒过不去。陶铸儿从他父亲的黑提包里发现了一张建设银行存折，存折上的数字告诉他，父亲每个月的二十号会准时存入 2500 块钱。三年零八个月，整整十一万！存折里面还夹着一张烟盒纸，烟盒纸的空白处歪歪扭扭地写着两行字：陶铸我儿，那次，爹想到你屋找镰刀，地边的圪针树太高了，偷墒。存下的钱不多，给陶远盖房子。

陶铸儿披麻戴孝跪在装着父亲尸体的柏木棺材前面哭，哭得天昏地暗、头昏脑胀。

但哀痛是暂时的。显然，那块糊在陶铸儿心上的暗影非但没有随着父亲的离世消散，相反，它以迅猛的速度蔓延开来。他不是不相信父亲临终之前写在烟盒空白处的字。陶铸儿不能相信的是除了他死去的父亲之外的任何一个男人。他们全都长着一双淫邪的眼睛。陶铸儿不敢想，但想象这玩意儿像血液一样，只要人活着，它就会流动，流到全身各处，流到他活着的每一分、每一秒。

◦ 八 ◦

北京时间二十三点，寂静如死的樨勒木之夜！又到了陶铸儿和米三梅微信视频的时间。尽管，他意料到米三梅已经睡了。但，这又如何？起码，他名义上还是她的丈夫。一个忍受着巨大孤独的丈夫凭什么就不能在临睡之前看看妻子，听听她的声音。哪怕看到的是一张因为发怒而扭曲变形的鬼脸，哪怕听到的是恶毒的诅咒和谩骂。只要她接受他的视频邀请，并且出现在对话框里就够了。想到这儿，陶铸儿禁不住有点儿兴奋。

这是一天之中的第三次微信视频，第一次和第二次已分别于上午九点半和下午三点整进行过了。那两次微信视频并没有什么意外，她的表情很正常，甚至，她还好心地冲他笑了笑。

这已经是一天之中的第三次微信视频了，也是最后一次。尽管陶铸儿知道她接通视频的可能性很小，即使接通，她也不会有好脸色。但他还是忍不住想看看她，确切地说是看看她身边有没有别人。

“神经，神经，神经病！”米三梅一边打哈欠一边愤愤地骂，在骂完这七个字之后，她果断地按了结束键。她对他表现出的赤裸裸的抵抗和蔑视使他难过。但他瞧见七尺长的大床上的的确确只有她和陶素两个人，他安心极了！

短暂的快慰之后，陶铸儿的脑子里又开始翻江倒海，他懊恼极了，憎恨像血液一样到处流窜的胡思乱想！但他显然只是它们横行无忌的载体，而非它们唯命是从的主人！他只能眼睁睁地任由它们摧毁他和米三梅辛辛苦苦建立的城堡，任由它们摧毁他作为一个男人的自信和尊严。

现在，他像个被遗弃的流浪汉一样躺在樨勒木煤矿的一间小房子里，窗外是绵延无尽的寒冷和暗夜。这是一间有二十四年历史的老房子，并不显得太旧，内墙是在四年前他刚到这儿的时候新粉刷的，柜子和床也是新买的。而他的职务也变为安保科科长，有十八个身强力壮的小年轻听他差遣。他们低眉顺气地称呼他“铸哥”。这天大的馅儿饼砸到他并不是没有一点儿原因。

十年前的一个傍晚，那时，陶铸儿还是洛尔庄水库的巡视员。他划着小筏子路过距离僧垴儿一公里左右的河心洲时，一阵急促而沉闷的划水声惊到了他。他几乎没费什么劲儿就把一个人从水里弄了上来。那时，那人的呼吸已经相当微弱了。他从来没有遇到过类似事件。但他觉得必须救活他！他不能眼睁睁看着一个不到三十岁的男人死在他面前。于是，他使劲儿冥想那些早就忘干净的溺水急救方法。他把他平放在一块大石头上，解开他的衣扣和皮带，把手指伸进他嘴里，掏出来一团水草，之后，他又把他舌头拉出来以保证呼吸道的畅通。但那人还是不醒！他急坏了，捏住他的嘴疯狂吹气。记不得在第几轮吹气时，他醒了过来！

陶铸儿救起的男人就是榉勒木露天煤矿矿长的小舅子。但他当时眼拙，也怪那人长得太没特点，穿着也稀松平常。在他感恩戴德地要与他"义结金兰"时，他不假思索地答应了。说实话，陶铸儿根本没指望这"情分"的持续性和爆发力。他只是想让他心无挂碍地离开。分别前，那小子亲自把手机号存到他手机上，并拍着胸脯意气风发地说："哥，今日兄弟，终生兄弟，只要哥有事儿就没有弟摆不平的！"

四年前，米三梅像拒绝一切有毒的、有害的、肮脏的恶心物一样拒绝了陶铸儿。她残忍地把他推到一个暗无天日的深渊，而她不知道这对于一个身强力壮的男人意味着什么！她像一切妻子那样把家务操持得井井有条，在乡邻和亲友们婚丧嫁娶等事宜上也表现得端庄体面。她从不使他难堪。为了掩盖他们的貌合神离式的婚姻，她甚至故意在众人面前"猪儿，猪儿"地唤他。而一旦背过人，她则恶狠狠地称他为"神经，神经，神经病！"

陶铸儿没想到米三梅的反抗来得这么彻底又决绝。

《爱情公寓》里面有一句经典台词：人们往往因为要逃避一个错误，而去犯下另一个错误！而陶铸儿正应了这句台词。他选择了逃避！

那时，他陷于可怕的迷惑之中不得解脱，而又忍受不了米三梅对他采取的“身体制裁”和巨大漠视。所以，陶铸儿主动联系了那跟他“义结金兰”的兄弟。他的热情和底气使陶铸儿觉得找对人了。果然，他的安排大大超出了他的期望。正可谓芥纳须弥。就这样，陶铸儿顺理成章地当上了樨勒木露天煤矿的安保科科长。他认为这太富有戏剧性，但没有人质疑，就连前任科长也点头哈腰地表示了对他的欢迎和支持。

◎ 九 ◎

四年前，陶铸儿到这儿的时候正是全国煤矿产业出现震荡收缩、价格大幅下滑之际。但他对这一切毫不知情。直到有一天，他的副科长神秘兮兮地问他：“兄弟，你啥来头儿，这倒血霉的形势下，矿长能给你开这么多，一定有啥来头儿吧？”陶铸儿这才知道，随着国家在环境保护和治理方面及优化能源结构方面的要求不断提高，国际煤炭市场呈现供大于求、煤炭价格偏低之势，这些造成了樨勒木煤矿的经营陷入了巨大的困境。他曾试着向矿长提出降薪要求，绝对实心实意。但矿长以一句“瘦死的骆驼比马大”随随便便地就打发了他。

都说“久别胜新婚”“距离产生美”，但这样的美好愿景并没有应验在他身上。相反，米三梅对他的抗拒和漠视愈加强烈了！院门之外，她表现得完全像他的妻子；院门之内，她则对他摆出一副陌生人的姿态，甚至，连必要的交流也省略了。她旁若无人地做着一切事情。之前，在她还没有朝他亮出刀子之前，砍掉院子里多余的竹子，给葡萄做架子，把茅坑里溢满的屎尿混合物担到村西的菜地，这样一些明显应该由男人操持的活儿，都是他来做，她最多搭个帮手儿。而现在呢？她自己干得有声有色，并且像模像样。她不再需要他——她完全脱离了对他精神上和肉体上的依赖。她变得静默、冷酷、独立！而这完全出乎了他的意料！

这简直太可怕了！陶铸儿开始思考自己的存在算什么？他又为什么而活着？为自己？显然这不可能，要知道，他是个除了抽两块五一盒的大前门外，对别的消费毫无兴趣的男人！为陶远和陶素？他几乎没管过那俩孩子，没给他们买过衣服和玩具，就是他们的生日，他也常常由于忙碌或者粗心大意而忽略掉。

陶远初中没毕业就辍了学，据说在学校干尽了谈恋爱、聚众打架、偷盗学生宿舍物品之类的坏事。现在，他在远离市区的思帝乡温泉度假村后厨做配菜工。而陶素呢，她表现得倒是乖巧，成绩也算不错。但他对她口味的咸淡，喜欢的衣服的款式，是不是惧怕昆虫和蛇等这样一些问题几乎一无所知。为米三梅吗？他一直把她当作他的私有物，他妄图她心悦诚服地顺从他，把他的生活习惯和处事方式奉为模本，直到她变成另一个他。

陶铸儿本来以为米三梅会把自己当作了他的私有物，会心甘情愿地听从于他，会以一颗爱他之心理解他、包容他。他暗自认为米三梅是他捡来的一头小母牛，而他手里攥着一根操纵她的细细的绳子。只要她稍不听话，他便拽拽绳子，而绳子的另一头连着她的犄角。但这只是他的一厢情愿！当他发现，她竟然由一头小母牛变成了强悍的母老虎！现在，她时时刻刻朝他暴露出锋利的牙齿，那是完全可以切断绳子的利刃！这使他有点儿恼怒，但有什么办法呢？

有一次，不记得到底是看十二生肖的书还是有关动物的书，陶铸儿曾惊心动魄地看到了这样的描述：

> 雌虎反抗雄虎的性交。当雄虎主动向雌虎的领地靠来时，雌虎不会出门迎接，它还在做着交配前的最后准备。雄虎一点点逼过来，围着雌虎绕着圈子，雌虎也站了起来。交配后，雄虎有了继续留在雌虎领地的借口。当然，雄虎也有好的表现，它像一个尽责的丈夫一样开始与配偶一同出门围猎，一起过着好不容易凑在一起的美好时光。它们还会继续交配，不会有惊心动魄的场面，仿佛只是程序上的一种补充，是一种仪式，必须完成。短暂的婚期终于结束，雌虎下了逐客令，雄虎也失去继续居留下去的兴趣，于是，雄虎说走就走了，毫无牵挂，走得坦坦荡荡，一如来时的随随便便。

起初，米三梅并没有反抗陶铸儿，而且，在僧瑙儿的风雨之夜，她亲自把自己送到他床上。这和雌虎表现得完全不同！但之后，特别是在几年的婚姻生活之后，具体是在四年前的那一天，米三梅就像雌虎一样对他下了逐客令。

确切地说应该是陶铸儿自己对自己下了逐客令。虽然，他的确没有像雄虎那样失去继续留下的兴趣。但他却像它一样走了。只是他并非毫无牵挂，坦坦荡荡！

陶铸儿天真地以为眼不见心不烦，事实上，完全不是这样。他的烦恼比之前强过一千倍、一万倍！他本指望在进入沉睡状态的两三小时中能获得短暂的安宁，可就连这点儿渺小的愿望也落了空！梦，可恶的梦没完没了地朝他砸来，每一个梦里都有米三梅。有时候，她赤裸着身子站在房顶上跳舞，一边跳一边狂笑；有时候，她赤裸着身子躺在院子的大石板上任人观看；

有时候，她赤裸着身子悠闲而散漫地走在田野里，与每一个路过的男人做爱……

这些梦使陶铸儿疯狂！使他在醒着的时候很难把心思收拢在工作上。但为了陶远的房子，他必须像个正常男人一样干活儿。幸好，他的副科长兢兢业业地辅佐他。有他思虑周全、冲锋陷阵，四年多来，陶铸儿在工作上从没出过纰漏。但他心里苦。

陶铸儿觉得自己没救了！但他必须活着！即使死一样地活着，他也得活着！他不是怕死，而是早就知道死是这世界上唯一一本万利的好事情！

陶铸儿的母亲死于绳索，她的死给家族蒙上一层厚厚的阴霾。一直到米三梅生下陶远和陶素，那层阴霾才逐渐消散。所以，他不能死，即使死一样地活着，他也得活着。

◦ 十 ◦

陶铸儿没有一丝困意，思维仍然淙淙地流着。失眠已经伴随他好多年了，自从来到樨勒木之后，他的失眠症愈加严重。

自从看过马塞尔·普鲁斯特的《追忆似水年华》和威廉·福克纳的《喧哗与骚动》之后，他就怀疑自己患上了“意识流肥大症”。他从马塞尔·普鲁斯特和威廉·福克纳那儿得到了慰藉。他曾一度怀疑他们也和他一样患上了“意识流肥大症”，但事实上他们都安然无恙。他却被这飘忽的、非逻辑的、非理性的胡思乱想害惨了。他们的胡思乱想成就了“文学家”的称号，而他呢，他被米三梅恶狠狠地骂做“神经，神经，神经病！”

有一阵子，陶铸儿认为自己真的患上了米三梅说的“神经病”。但网络上是这样诠释“神经病”的：神经病是指解剖学上周围神经损害表现出的病理特征，其主要特征是周围神经有器质性的病变，从而表现为疼痛、麻木，或无力、瘫痪等症状。在非专业领域中，神经病通常与精神病相混淆。他健康得像一头正值青年期的驴子，丝毫也没觉得疼痛、麻木、无力等症状。莫非，自己患上的是“精神病”？如果自己患上的果真是“精神病”，那米三梅这四年来的咒骂完全是错的？她竟然像白痴一样错了？一想到这里他便觉得沾沾自喜，就好像他已经把打击报复的拳头砸在米三梅那溢满肥肉的脸上！

陶铸儿又在手机浏览器的搜索栏输入“精神病”三个字，它给出的答案是：精神病指严重的心理障碍，患者的认识、情感、意志、动作行为等心理活动均可出现持久的明显的异常……经过一番客观公正地比对，陶铸儿并不情愿把自己归到“精神病”患者之列，但他也不能把自己干干净净地排除在外。虽然，他还能正常地学习和工作，但显然，他的生活已经糟糕得一塌糊涂。

窗外的黑暗和他房间的黑暗没什么两样，它们混合在一起酝酿出一种巨大而沉重的压迫感——无限轻，又无限重。

樨勒木的午夜两点一刻钟，陶铸儿仍然没有丝毫睡意，脑袋胀得厉害，就好像里面长出一团絮状物，它一会儿变成橘黄色，一会儿变成暗黑色，一会儿又变成青紫色……它们带刺的表层不时地袭击他的头皮。他能感觉到，它们是真的，是比现实还真实的真实。

陶铸儿不想再想关于米三梅的任何事情了，即使她果真如梦里那样赤裸着身子站在房顶上跳舞，赤裸着身子躺在院子的大石板上任人观看，赤裸着身子悠闲而散漫地走在田野里，与每一个路过的男人做爱……他也实在不想再想了，他怕听到“嘭——”的爆炸的声音，怕看到血淋淋的五脏六腑像冰雹似的落到地板上。

“睡吧，睡吧！十一点的时候，七尺长的大床上的确只有米三梅和陶素两个人。他的好岳母前不久还用那种诚恳到低贱的语气跟他说：“陶铸儿啊，三梅不是那种人，你可千万不能再胡思乱想了啊，会毁了的！她要是那种人，我这个做娘的就立刻死了去！”想到这儿的时候，陶铸儿的心宽慰了许多，脑子里那团絮状物也乖巧地收缩了不少，它呈现出一种淡淡的乳白色，优雅而亲切地抚摸着他。

“睡吧，睡吧，陶铸儿，我的孩子，赶紧睡吧！我以一个死人的名义向你起誓，米三梅是干净的，就像天上的水一样，她是干净的！你睡吧，踏踏实实地睡吧！”陶铸儿也不知道这个声音来自哪儿，总之，他听到了。他判断是他那早死的母亲的声音，因为从来没有哪个人称他为“孩子”。她一定看到了他身边的火焰和陷阱。她是拯救他的天使。

房门缓缓敞开，一束强烈的阳光也射了进来，只见一位穿着蓝花小袄、黑色长裤的女人走了进来，她皮肤白皙，圆脸庞，大眼睛，嘴角漾起甜甜的笑意。

她径直坐到床前的椅子上，伸出一只手抚弄他的前额、鼻梁、脸颊。

陶铸儿曾在父亲睡觉的那间屋子的北墙上看到过这个女人，父亲告诉他，那是他娘。

“娘——”陶铸儿刚一张口，那个穿着蓝花小袄、黑色长裤的女人便消失了！而他也从一个绵长的梦里醒了过来。

在海塭堡的另一种人生

◦ 一 ◦

当我从一种浓郁又强烈的孤独中醒过来时，我发现自己躺在一块灰色长条岩石上。因为眩晕，我感觉身下的岩石像一艘飘摇在波浪中的小船，它载着我像风一样狂奔。几分钟，也许是几小时后，旋转着的天空、山峦、树木才静止下来。这时，我才能够坐起来审视和思考。我发现自己赤裸着身子，骨瘦嶙峋的双腿、稀疏枯萎的腿毛、皴皱凹陷的肚皮直晃晃地闯进我的眼睛，这让我万分羞愧。我还不能判断这里是天堂还是地狱，但我确定我死了。我清楚地记得我像一片羽毛脱离了那具受尽病痛羞辱和人间苦难的身体。在那短暂又虚妄的间歇里，我不停地出入它，试图和围拢着我的那些人做最后一次交流，或可称之为临终告别。但我发不出任何声音。陌生又剧烈的疼痛感掠过之后，我感觉到一种从未体验过的平和、安详、愉悦，它们像月光一样覆盖了我。随即，我悬浮在一个深阔、幽静、酽冷的黑暗维度之中。之后，我听到李惠曼嘤嘤嗡嗡的哭声，她的哭声生动含蓄，简直像一支美妙的乐曲。我想她，是那种激烈跳动地想，就像噗噗噗噗往外喷的泉眼。

别哭了，李惠曼，趁我还没硬成棍儿，赶紧给我穿衣裳吧，不要那套给死人穿的上七下五绸缎装，要另一套，我平日穿的那套，就在五斗橱中间格子的塑料袋里。

李惠曼什么也听不到。她哭得愈加沉闷、猛烈，像痛失了挚爱的伴侣一样。我清楚地看到明晃晃的液体浸满她脸上的沟壑，随着胸部颤动的延续，它们断断续续地落到她的衣襟和地面上。我祈祷李惠曼最后一次听从我的指示，把我事先放在五斗橱中间格子里的那套中山装给我穿上，而不是那套上七下五的绸缎装。一辈子了，李惠曼不打折扣地听命于我，就像一个被驯服的动物和奴隶一样从来不会思考和决断。我厌倦了她这副俯首帖耳唯命是从的样子。我曾经不止一次真心诚意地恳求她，希望她能够反驳我，或者拒绝我，在适当的情况下，也可以像其他泼妇一样朝我一哭二闹三上吊。可她就是忍着，像道路和石头那样。在我健康得像一头壮年期的骆驼时，我就不止一次向她流露过这种想法——我死时要穿放在五斗橱中间格子里的那套中山装。她不止一次爽快地答应了我。可就在我的身体由绵软变得坚硬的那三十分钟内，李惠曼却背叛了我！这简直出乎了我的意料，一个从来不会反抗的人为什么执意违逆了丈夫最后的请求？她以为我死了，彻底看不到她对我遗愿的亵渎和违逆。其实，那段时间，我一直以羽毛的形式存在，眼睁睁地看着她把那套上七下五的丝绸装一件件穿到我身上。我恨得咬牙切齿，发出山崩地裂的祈求和呐喊。但李惠曼对这一切无动于衷，她铁了心要让我穿上她从市里一家殡葬专卖店里花重金买来的绸缎套装。或许，她认为那是她对我表达情深似海的爱意的最圆满的方式，是我辛苦一生应该得到的犒赏和尊严。

显然，她白费了一番好意。因为，我是赤裸着身子在一块灰色长条岩石上醒过来的。这个死婆娘，要是她像我活着时那样听命于我，她还能把那套不翼而飞的老衣转让给别人，至少可以换回一些钱以备不时之需。她平生第一次自作主张便铸成大错，实在是愚蠢至极！之前，我还是人间一人时乐意控制她，因为我没能力控制除她之外的任何其他人。她也乐意被我控制，因为除了我之外，没有任何一个男人愿意对像她这样身材矮胖、稀眉小眼、不苟言笑的丑女人奉献爱意。那时，尽管乐意控制她，但眼见得她变成没有思考和决断能力的废物之后，我也十分懊悔。但，总有一种无形又巨大的力量蛊惑着我，推动着我，我迷恋对她做出指令，或者迷恋于对她正在做着的事情强力干预时产生的那种满足感和成就感。而她，好像对我的控制极为欣赏，从不顶嘴、反抗，也没有任何要求，最后发展成芝麻大点儿的小事都要向我征询意见，比如打卤时用几个鸡蛋，剩饭要不要倒掉，点种时不同农作物坑与坑之间的距离……

我从没想过她会在我咽气后决绝地违逆我。这仅有的一次违逆看起来像个笑话，因为我在一块灰色长条岩石上醒过来时赤身裸体,而那件她深情款款地为我穿上的华服已经不翼而飞。现在，我愈加确定对她管控的必要性和合理性，她实在是个缺乏管控就要犯错的人！为此，我在人间时产生过的那点儿懊悔之情顿时烟消云散。

岩石四周的植物、房屋和赤裸着身体笑吟吟地向我打招呼的人都十分熟悉，这让我万分惊诧，就好像又回到了我的故乡西上庄。那是个渺如逗点，但是比南天井、崔峪、落尔峪等更小的村庄大一些的地方。不知道怎么回事，我看到赤裸着身体的乡亲时一点儿也不害臊，就好像人本来就应该这样“赤条条来去无牵挂”一样。当然，他们也不害臊。我抬起头并转动了一下脖颈儿，继而连续做了几个扩胸运动。就在我跳下岩石准备往半山腰的石头房子那儿走的时候，一条黑狗直冲着我扑了过来。它来势凶猛，就像看到了久违的猎物一般。我根本没有时间躲闪，就被它摁倒在地。我吓坏了，整个身子筛糠似的颤抖，只知道用两只胳膊紧紧地抱住头部。我等待这庞然大物的撕咬，既然躲不过就听天由命吧。就好像我在人间的最后一年患上食道癌，手术之后又被吻合口瘘纠缠不休，而最终死在市肿瘤医院重症监护室的病床上那样。对于一个刚刚死去的人，难道还怕死吗？再死一次，或者一千次、一万次又能怎么样？

然而，我等到的却是一阵狂热又急躁的舔舐。它一边舔我一边发出娇狞的声音。我立刻判断出它是我养过十年的柴狗“铁犁”。我从自家茅坑里把它拽上来时，它干瘦如柴的小身体裹满了臭烘烘的粪便，像一摊黑污泥趴在地上瑟瑟发抖。我认定它是上天赐予的礼物，以安慰我不能像别的孩子那样坐在教室里读书的愁苦和愤懑。我用兑好的温水给它反复清洗，之后又在院子里架起火给它烤干。之后，我向母亲提出平生唯一的一次请求，我要养它！

一向仁慈善良的母亲动了怒，她无论如何都不答应一贫如洗的家再添一张嘴，何况还是一张狗嘴。“人还吃不上嘞，留它作孽啊！”母亲说着话拿起墙角的铁锨就朝它抡。饥饿把她的爱心和善良挤跑了，或者，出于母爱的本性，她绝不允许一条狗来抢子女们的食物。眼看着母亲的铁锨就要落到它的身上，而它却不躲，只是瑟缩着身子扭过头看我。它眼睛里面清澈的哀求和恐惧打动了我，除此之外还有信任。来不及制止母亲，也来不及思考，我趔趄着冲上去护住它，用整个身体为它搭建起一个壁垒。就在那时，它立刻伸出小舌头轻舔我的脸，那股痒滋滋、湿润润的感觉使人感动。母亲从我七八岁时就不亲吻我了，她的亲吻已经变得陌生且遥远，这是时光之流中每一个母亲和孩子的悲剧。显然，母亲下了死力，她并不是虚张声势地做做样子。因为我感到背上突降了一片疼痛，火烧一般轰轰烈烈地蔓延开来。“啊——”我大叫了一声，脸色在瞬间变得惨白，我感到翻滚着的黑云朝我涌来，它们裹挟着密密麻麻的毡针和利刃。那是我第一次遭受来自母亲的暴力，显然，并非母亲本意。那次，我的脊椎并未受到重创，但是肋骨就没那么幸运了。在卧床修整的一个月之内，我不敢剧烈咳嗽，不敢放声大笑，也不敢深呼吸。在人生的最后一年，我因食道癌住进了市第一医院，那是我平生第一次住院。我对这家肿瘤专科医院寄予了厚望，但它不仅夺走了我的性命，还使我受尽了各种莫名其妙的折磨。但我弄清楚了一个事实，胸片显示我的右侧第三、四、五根肋骨陈旧性骨折，也就是说在我十二岁那年，因为铁犁，我被母亲打断了三根肋骨。

“娘，我自己给它找食儿，不麻烦家里。”我躺在床上不住地恳求母亲，我长到十二岁还从没求过她。她本来就是个仁慈善良的女人，也许是为了弥补失手对我造成的伤害吧，总而言之，母亲思虑再三之后决定把它留下来，并承诺以全家之力喂养它。但全家之力也微薄惨淡，那可是1961年!

父亲上溯三代是地主，之后家道逐渐衰败，他幼年时读过几年私塾，为此嗜书如命，孔子、老庄等先秦诸子和董仲舒、韩愈、朱熹等人的著述都是他阅读的对象。即使在被饥饿和繁重的劳作折磨得痛苦不堪的那些年月，他也会在痛苦的夹缝里与他们对话。父亲没有因为“富农”身份被批斗，因为到他这一代，已经沦落为地道的农民。由于父亲对田地有着浓厚而炽热的感情，所以在耕种技术上表现出过人的天赋。若不是因为在“红卫兵”搜查时，父亲为了保护那些“旧”书而表现得太过极端,他也许能多活二十年,或者三十年。父亲是上吊自杀的，他没死在自家房梁上，而是选了摩天岭上的一棵柿树。那儿依山傍水，视野开阔，是个好地方。父亲死的那一年是1968年，他四十岁，而我仅十九岁。父亲誓死保卫的那些书终归还是被付之一炬，但他给我救下的柴狗起的名字一直在，就叫“铁犁”，因为那时候，父亲非常渴望能有一杆铁犁，这样他就能开垦出更多的地，种出更多的粮食，以抵抗那漫无边际的饥饿和贫困。真正的铁犁终归没有因为全家人的热切呼唤而到来，但柴狗铁犁却与我们度过了将近十年的时光。

“铁犁！”我太兴奋了，就像在他乡遇到了故知，我的嗓音是颤抖的，心脏是颤抖的，整个身体都处在激烈的亢奋之中。

它的尾巴快速抖动，从嗓子里发出的那种娇狞的声音也愈加欢畅。果然，它就是铁犁，它在人间时就是这样，即使只有半天不见，它也会表现出这一副急切难耐的夸张姿态来。铁犁把整个身体扑进我怀里，它不安分地用力拱，就好像要钻进我的身体。

“旋风，旋风，旋风——”

随着铁犁嘴巴的微微翕动，一种我从未听过的声音包围了我，像小狼的号呼，急切又哀伤。天哪！铁犁竟然能开口讲话了！它知道我的外号叫“旋风”，在人间的所有人都叫我“旋风”，李惠曼也这样叫。这是我曾经千思万想都不能实现的事儿。那些年，特别是父亲死后，母亲的精气神瞬间被抽走大半，她时而静默着一言不发，时而对着摩天岭自顾自地傻笑，时而蜷缩在土炕的暗角小声哭泣。后来，她完全失去了一个正常人应该有的一切能力，就连拾柴、洗衣、做饭这样最简单的事情她都不会，更别说下地挣工分了！村里人都说她得了疯病。那一年，大妹十六岁，小妹十三岁，铁犁七岁。我们所在的三队队长是父亲的好兄弟，他长着一个吓人的大酒渣鼻，两片厚嘴唇像硕大的豆青虫，因为面相丑陋，他没能像父亲一样幸运地娶妻生子。但他力气大，心眼儿好，被村民公推为三队队长。他顶住各方面压力，把队里最好的活儿分给我。即使有他的关照，凭我一己之力也养不活一家四口，何况再加上一条狗。我每天跟着大人们上工，农忙时收割、碾场，不忙时采石、垒水平沟。我一直觉得父亲的死是个阴谋，一直想为父亲讨个说法。但父亲的好哥们儿狠狠地告诫我要闭嘴，并且押着我到父亲坟前发了誓。那时，只有铁犁像个影子一样忠心耿耿地跟着我。十六岁的大妹把自己嫁给了父亲的好哥们儿三队队长，她带走了十三岁的小妹。而我得到了二百块钱和五斗粮食。从那儿之后，日子好过多了，但我几乎像母亲一样不再开口说话，因为不知道哪句话说出去之后就会变成刺伤自己的刀剑，而母亲和铁犁还需要我照顾！但我要憋死了，就像在一潭黏稠又酽冷的死水里挣扎。那时，我不止一次抱着铁犁哭，而它则用潮湿又有力的舌头舔我的手和脸。我哭得急，它舔我的频率也随着加急；待我缓和下来，它便紧贴着我眯缝上眼睛。我多么希望它能开口说话！即使像驴叫那样难听也无所谓，但它始终像一坨泥、一棵树、一堵墙一样闭口不语。

“我在这儿等你好久了，一直等，我就知道你迟早会来，十有八九的人都会来这儿，只有一两成的人才会下地狱。”

铁犁一边说话，一边蹦跳着走在前面带路。我很快适应了铁犁能说话这个事实，竟然没觉得丝毫悖谬，就好像没觉得赤裸着身子有任何不自在一样。从方向上判断，我们的目的地应该就是半山腰的那所石头房子。山脚下那条小溪距离我们越来越远，那潺潺湲湲愉悦的水流声也逐渐稀薄起来。一些大大小小的浅塘仰躺着，夕阳给它们镀上一层橘红色。奇怪的是，我没有看到槐树、橡树、杨树、枣树……取而代之的是一些我从没有见过的树和果子！

“这是哪儿，铁犁？”我忍不住问它。

“海塭堡，这儿是海塭堡。”铁犁头也不回地朝前跑，卷着的尾巴快速地抖动，一副欢天喜地的样子。

◦ 二 ◦

到达山腰的石头房子时，天色已经暗了下来。铁犁应该一直住在这儿，它径直到墙根儿处的一个大瓷碗里喝了些水，然后就躺到一棵长着一簇簇剑形叶子的树下呼哧呼哧喘气。这个院子像极了我生前居住过的那个，它坐南朝北，墙面由差不多大小的红岩石砌成，上房三间，东西厢房各两间；大门开在北围墙西北角；围墙东北角有一个不太大的鸡窝，鸡窝外是一圈木棍围成的栅栏，顶上铺着防雨的油毡，两个底部垫着麦秸的瓦缸放在地上，它们是母鸡们的温床；一群鸡，大概有十只，它们在里面悠闲地踱着步子……就在我仔细打量小院的时候，我听到房门开了，随后有细碎的脚步声朝我走来。我一回头就看到一张笑意盈盈的脸，那脸真俊，比我生活了一辈子的西上庄的任何一个女人都漂亮！眉眼像极了奶奶庙里的三皇姑，眼睛细长，鼻梁高挺，天庭饱满！从年龄上判断她最多四十岁，或者更小。

“你来了，旋风叔？回屋去吧，饭早做好了，桌子上晾着呢！”她轻轻抓住我胳膊往屋里推，就好像我是她久别重逢的亲人一样。她一边推我一边说：“本来以为你下午就能到呢，没承想到了傍晚，铁犁捣乱了吧？这东西最念旧了！”

起初，我以为进错了院子，心里不禁一紧，但听到她叫我“旋风叔”，又提到了“铁犁”，我不得不相信这儿可能就是我的新居所。但我的确不认识眼前这个为我做好了晚饭的年轻女人。她也和别人一样赤裸着身子，在见到一样赤裸着身子的我之后竟然一点儿也不害羞。因为年轻，她的皮肤紧凑、光滑、细腻，像瓮里的水和天上的云。那两个雪白的肉蒲团像粘在那儿一样，一点儿也不下垂。她浑身上下没有一颗痣，干干净净的。李惠曼即使在年轻时也没有过这样吹弹可破的皮肤，她身上一共长了四十八颗大小不一的痦子，脖颈儿、胸前、后背，甚至大腿根处……就在几小时前，我还强烈地想念李惠曼，我那还在人间受罪的妻子。可现在，我竟然对这个来路不明的女人产生了好感，也许不是好感，只是视觉上舒适罢了。因为我的身体并没有那种火燎的羞涩感，而是安静得像一块铁。我只是觉得她像奶奶庙里的三皇姑一样俊。我觉得有必要弄清楚一些问题，她是谁？为什么在这儿出现？和我有什么关系？

我在那张熟悉的绿漆小方餐桌旁的小板凳上坐下，并不急于吃饭，而是像打量院子那样扫视了一下房间摆设，也和我生前大致没什么变化。房屋的西墙和北墙各有一个窗户，不大，放不进来足够的光；西头是大土炕，炕的北边放着一个因年代久远呈暗黑色的坐柜；灶台紧挨着炕，和北墙相连，灰白色的气体正从锅里“滋滋滋”地往外冒；南墙正中间的条儿也呈暗黑色，条儿上方挂着一幅色彩鲜艳的山水画；紧挨条儿的是没上漆的槐木碗橱，分三层，上面一层放着干粮和点心，中间一层放着油盐酱醋等各种调料，最下面一层放着碗筷和锅碗瓢盆等炊具。趁我打量房间的工夫，女人已经把饭菜端了上来。我瞥了一眼，大米饭、番茄炒鸡蛋、糖醋排骨，外加一盆玉米碎粒清汤。非常可口，是我在人间时最喜欢吃的饭菜。除此之外，我还喜欢吃油泼面和韭菜肉馅的饺子。我知道肚子里空空的，死前半个月我就不能进食了，而完全靠着一个接一个的“小白瓶”活着——医生叫它“白蛋白”。我那唯一的儿子夯砣每次进监护室看我的时候都愤恨恨地盯着那“小白瓶”，两眼往外冒火。有一次，在我似睡非睡之际，我听到了不该听的噎死人的话。护士们肯定认为我听不见，但我千真万确地听到她们说我儿子不愿让我再吃“小白瓶”了，他哭着恳求医生别再给我开那要他命的药了，甚至，他跪在他们面前鸡啄米一样磕破了头。我那可怜的熊儿子，他一定是穷怕了！穷，有时候会变成刀子，削铜剁铁，让人六亲不认。后来在我半死不活时，我儿子夯砣趴在我耳朵边一边哭一边念叨：“爹呀，不是当儿子的狠心，是这药不能报销哇，一个‘小白瓶’四百块钱，你老头儿一天就得四瓶。四瓶哪！算一下吧，一千六百块钱，是吧？我的亲爹呀，差不多是我半个月的血汗了，唉，对不住了，爹，你老头儿早些到那边享福去吧，别怨儿啊……”我那熊儿子夯砣哭得相当伤心，他一向善于装蒜，以致我根本辨不出他是真情，还是假意。其实，我还有三张折子，每张折子上都有一万块钱，那是我生命的最后几年替人说媒赚的，说成一对儿收一千块钱，差不多撮合成了三十来对儿。常言说，天上无云不下雨，地上无媒不成婚。千里姻缘一线牵，十代不忘做媒人。说到底我总算是个有功德的人，可怎么就得了这要命的病？唉，老天不长眼哪！李惠曼大字不识一个，她只知道我存了点儿养老钱，并不知道具体数目。我挺后悔的，竟然没教教她识数，一辈子了，她连存折都不认识，更别提存折上的数字了！想来我可真不是个玩意儿，本来指望着死在她后头，让她图个消停，可……眼下……唉，我饿极了，胃里好像空了，但还是有一股生猛的劲道来回蹿腾，弄出咕噜咕噜的响声。就在我思忖着先吃饭还是先弄清心中的疑问时，那女人倒先开口了，说实话，她的声音也比李惠曼好听，轻声细语，甜美温柔，不像李惠曼那样粗门大嗓的，像个破锣。就在几分钟前，我对她产生了好感，确切地说可能只是视觉上的舒适。

“吃饭吧，旋风叔，再不吃真要凉了！”她再次催促我。

我顺从地端起碗。那时，她已经坐在我对面的小板凳上，笑吟吟的，像盛开的白荷花。白净细长的右腿压着左腿，小腿肚上隐约趴着几道青色的藤，顺着藤往上，再往上，一蓬深棕色的草尖从两腿间拱出来，油亮又坚硬。我从没见过像她这样得体的女人。我刚开始吧嗒嘴，铁犁就循声跑了过来，它像在人间时那样用一只前爪拨拉我的胳膊，并且从嗓子深处发出咕噜咕噜的乞食声，尖细又绵软，让人不忍拒绝。我赶紧给它扔了一块儿排骨，它脑袋一晃又准又稳地接住了。记得当时训练它接食物时只用了一把南瓜子，刚开始我从它头顶冲着它的嘴往下扔，等它接得精准了，我就故意往它脑袋两边扔，它再次接得精准之后，我便往更远处扔，它很快又能跳跃着接得精准了……那女人吃起饭来细嚼慢咽，时不时抿一下嘴唇，抿嘴的时候嘴角斜上方就会出现两个小坑，好看极了。我怎么也想不起来她是谁，有一点可以确信，她不是西上庄人。但她喊我“旋风叔”，能这样喊我的应该都是熟人，但我确信我在人间时没有见过她。她于我完全是个陌生人，可又不完全陌生，她唤醒了我身上的某种情感，我也说不清到底是什么。反正，在见到她之后，我就觉得自己和人间的那个“我”有了区别。

“旋风叔，不用忸怩，这儿是海塭堡，是个没有疾病、寒冷和死亡的好地方！并且，每个人都在朝年轻里活，一直到活成个小婴儿，再转世到人间受苦。我叫酪苏，死的那一年四十二岁，现在三十九岁了，再过几个月就三十八岁了！在人间时是个摄影师，哦，你不知道摄影师是个啥，对吗？照相的，我就是个照相的，咔嚓咔嚓——”女人一边说着话一边温和地笑。

海塭堡，没有疾病、寒冷和死亡……这地儿听起来像天堂，除了天堂再不会有这么好的地儿了！我在人间时就琢磨这事，尤其是在吻合口瘘修补手术失败以后，那时，在我儿子夯砣的强烈要求下，“小白瓶”也断供了。我的身体虚飘飘的，脑袋也昏昏沉沉，我确信自己要死了，说实话，我害怕得很。我怀疑我最后的死是因为害怕，而不是病和疼。我想死后能上天堂享福，再也不愿在人间没完没了地受罪了！可我不信基督教，天堂的大门想必不会为我敞开。死前，我绝望透顶，没人的时候一直偷偷流泪。尽管我没做过任何一件奸淫抢掠的坏事儿，但我真不确定能不能上天堂。一直到断气，我都在担心能不能上天堂的事儿。这个叫酪苏的女人说这地方叫海塭堡，但显然和我想象中的天堂没啥区别。女人说她叫酪苏，西上庄周围十几个村，没有一个女人的名字带“酪”的！我默默地咂摸“酪苏”这俩字，使劲儿想把它从记忆的碎片里抠出来，但显然白费工夫。我根本想不起来能和她挂得上钩的一星半点的物件儿，她根本就是从天上掉下来的，可能是云变的，或者星星。

“酪苏是我的笔名，就像旋风是你的外号一样，被别人叫得多了就成了真的！”酪苏只吃了平塌塌的一小碗米饭。我又想到了李惠曼，她的饭量要顶得上三个酪苏！所以，她才长成一副粗拽拽、圆溜溜、笨拙拙的水桶样儿。酪苏没有像李惠曼一样等待我吃完饭，而是自顾自地扭身到院子洗碗了。看起来我也得自己把碗洗干净。我再一次想起李惠曼，在人间时，她从不让我干一星半点的家务活儿，把我伺候得像个太上皇。那唯一反常的一次违逆至今还使我心悸，我确信受到了巨大的惊吓。那是我患病后的某个傍晚，我戴着胃管儿躺在炕上抻着头看她做饭，眼瞅着她把水多添了多半瓢，这使我大为恼火，要知道这多添的多半瓢水将造成浪费。我本来打算忍的，因为这该死的病抽走了我的底气和威风。但那邪火呼呼地往外蹿，于是我像平常一样大声地呵斥她，骂她败家娘们儿，并命令她把多添的半瓢水舀出去。按照常理，她应该哆嗦着赶紧行动——她一贯对我百依百顺、唯命是从。但那次，我完全没料到她竟敢反抗我，只见她气急败坏地“嚯嚓”一声就把锅盖盖好了，然后拿起一只边缘磨薄了的铁勺子朝我抡过来。我清楚地看到她眉毛倒蹙、小眼冒火，牙齿咬得咯嘣咯嘣响，那个样子真丑，真骇人！当然，那破勺子停在距离我头顶十厘米左右的半空。“老旋风，你给我好好躺着，再多事儿我敲烂你脑袋，哼，你看我敢不敢！”那时，她面露的凶光简直能把我杀死。我被她的阵势吓出一身冷汗——她怎么突然就疯了？而且疯得骇人！惊吓过后，我镇定下来，本来想再压她一下，但着实摸不准她的来路，便没再吭声，而是扯起被子把头捂住，假装什么都没发生。事后我猜想，她可能被我的病拖垮了，精神完全像草一样烂掉了，或者她骨子里原本就藏着这股子野蛮劲儿，只是惧怕我强壮的身体和坏脾气才有意隐忍的。是的，我不止一次在她身上耍下三烂的嘴皮子或者施展拳脚，比如嫌饭做得多了、晚了，地里的玉米苗旱死了，风把麦子刮倒了……反正只要我心情不好，她就得倒霉。唉，这样想来，我真是有罪之人，真不该来到这么好的海堧堡！

在我沉思默想的时候，酪苏从院子里回来了。她体态好，走路轻盈，胸前的肉蒲团儿随着步子颤颤地晃，因为坚挺，晃动的幅度并不大。这身板真诱人！她面带笑意赤裸裸地朝我走来。我真想霍霍地燃烧，但心里偏偏横着一片湖，湖水清凉凉的，像天一样蓝。我想可能是因为我频繁地想到李惠曼，而完全不是因为我年龄大。的确，我六十六岁了，是个地道的老头儿了。但我一想到李惠曼，那片湖就变成一团火，身体从内到外簌簌地迅速膨胀。患病之前，我和李惠曼每个月还会亲热一次，虽然比不得年轻时候，但总比那些恨不得把头拱到土里的“老干柴”们强多了！他们早就厌倦了男女之事，或者确切地说，他们对男女之事早就无能为力了！现在，面对一副绝好的身板，我竟然像块石头一样一点儿动静也没有，这实在不太正常，简直是一种莫大的羞辱！

酩苏斜坐在炕沿儿上，她随手拿起一本书专注地看。一个照相的也这么爱看书，真不知道书里有啥稀奇古怪的东西！吃完饭，不等她催促，我就收拾了碗筷拿到院子北围墙东头，我看到酩苏就是圪蹴在那洗涮的。待我走到近处，发现那儿流着一条二尺来宽的小溪，水不急，清澈凉爽，沉稳无声，像一条沉睡着的大蟒蛇。

铁犁一直形影不离地跟着我，时不时地跳起来用头和前爪撞我的后腰。它告诉我，在分别的四十来年里，它一直生活在海塭堡，既没有变老，也没有更年轻。因为在海塭堡，那些被人类驯服，并为人类服务过的动物不用再轮回到人间受苦，只要不泄露那个秘密，它们将永远以死时的年龄无忧无虑、无拘无束、无灾无难地活下去，像不死之光和不竭之水一样一直活下去！

“人嘞？能像狗一样永远活着不？”我问道。铁犁的话震到了我，我多么想能像狗一样无忧无虑、无拘无束、无灾无难地永远活着，而不转世到人间受那没完没了的罪孽。的确，人间的苦简直不是人受的，没完没了的体力活儿倒是小事，还得生杂病，看脸色，说鬼话……唉，一不小心就活成了畜生不如的东西！但多少人做梦都想永远活着，哪怕活得不像个人也不想死！牛得福因为怕死用一辈子的积蓄买保健品吃，苦瓜养胰素、通脉化糖丸、田葛芪参胶囊、仁合胰宝……结果呢，吃死了！死于肝肾功能衰竭！老光棍赵疙瘩在六十五岁那年突然怕起死来，怕被电死，怕跌倒了摔死，怕天上掉石头把自己砸死……死前的多半年他彻底不再出门，也不让任何人进门，结果呢，饿死了！最近的一个怕死也死了的人是刘汉庭，他死前一直哭，有时候像狼那样大声嚎叫，有时候像娘们儿那样小声嘟哝。临死的那天晚上，我在那儿了，那时，他已经哭不出眼泪和声音了，只是从他喉咙和脸部的动作能够推断出他仍然在哭，直到咽气都没停止。我嘲笑他怕死，是个地地道道的怕死鬼。但他的老婆胡心愿却不认同，她一听到我把尖刻的话甩给一个死人就怒了,一脸的皱纹立刻小波浪一样翻腾起来，泪珠子吧嗒吧嗒往下掉。那个在丈夫死时都没掉泪的女人向我哭诉："你冤枉汉庭了，他根本不是怕死，也不是地地道道的怕死鬼！他完全是为了我才哭，他怕我不能好死，怕我得了黏缠人的赖病，怕我受不住病的疼，怕孩子们伺候得久了给我摆脸色……他哪儿是怕死嘞，他早就想死了，一辈子过个穷粑粑样儿咋还有心劲儿活哩？"

刘汉庭死后七八年，他担心的事儿就应了验，胡心愿得了黏缠人的赖病。据说开始只是肝硬化，因为得不到一星半点的治疗，很快就拖成了肝癌。我死时胡心愿还活着，听李惠曼说她已经瘦得没个人样儿了，脸色暗黄、干巴，眼神像蒙了灰，眼珠子一动不动，颧骨、锁骨、肋骨……各处骨头都从身体里支棱出来，臭气从屁股、膝盖、脚踝处的褥疮散发出来。凭着我六十六年的见识，她离死不远了！

"不能！"我恍惚听到了铁犁的回应。但因为专注思考我的老伙计刘汉庭的事儿又不太确定，随即又追问了一遍："人嘞？能像狗一样永远活着不？”

“不能嘞！”显然，铁犁意识到我对它的回答并不满意，或者，在海塭堡，它学会了更精准地察言观色。它扑到我怀里，使劲儿拱，舔我的脸、前胸、胳膊……在铁犁的安抚下，我平静下来。酪苏每隔一会儿就翻一页书，她并不参与到我和铁犁中来。后来，翻书的声音渐渐消失，我朝炕的方向瞥了一眼，她已经侧躺着睡下了，光溜溜的后背，腰部凹下去，屁股滚圆，两条细长的腿微微蜷曲。我从没见过这么好看的身体，真正的女人的身体——酪苏的身体。可我很平静。我更愿意和铁犁待在一起叙旧。

“为啥？说说为啥？”我一边问一边把它推出去，手上用了不到两成的力道。它知道我跟它逗着玩儿，再一次扑上来往我怀里钻。

“很简单啊，为了让你们赎罪！杀，盗，淫，妄语，绮语，恶口，两舌，悭贪，嗔恚，邪见是罪；傲慢，嫉妒，懒惰，虚假，无信，自弃，暴食也是罪。”铁犁说这些话时表现出一副一本正经的“先生”样子，它收紧身体板板正正地坐在我面前，湖泊似的眼睛专注地看着我，尾巴不时地左右摆动。我万万想不到铁犁到了海塭堡后会有这么大的变化，要知道它在人世间时是个默不作声看人脸色的畜生啊！根本不敢对我指手画脚。可是现在，它既能说话，又能思考，还有不转世到人间受苦的特权，也许它还有别的什么特权呢？只是还没暴露而已。想到这儿，我不禁伤感起来，为前世生而为人而非狗类而伤感。尽管我想极力掩饰，但还是有一小股灼烧感从脸上滑过。

◦ 三 ◦

第二天早晨，当我从一个漫长又恐怖的梦里醒来的时候，铁犁正蹲在炕边用那双湖泊似的大眼睛盯着我，仿佛要把我吸进去。一听到我发出声音，它便热切地站起来转了几个圈，之后“蹭”地跳上炕，俯下身子，用舌头寻找我的脸。

“去去去——”我狠狠地搂过它之后又把它赶开。要是不赶它，它会没完没了死皮赖脸地和我纠缠。刚结婚那阵儿，李惠曼每天晚上都像它一样闹腾。本来，我认为我会反感，一个丑女人哪儿有资格祸害男人呢？但我竟然轻而易举地接受了她对我的祸害，并且越来越迷恋她，又穷又苦的烂日子也有了不一样的嚼头。后来，儿女们一个个地从她肚子里蹦出来，眼瞅着她把精力和热情完全投入在那些小崽子们身上。但使我感动的是她并没有因此冷落我，隔三岔五，她就会表现得像铁犁一样对我柔情蜜意。这让我觉得周身充满着力量，任何烦琐辛苦的农活儿，我都能又快又好地完成，为此，西上庄的村民们赐我外号“旋风”，当然不是“黑旋风”李逵的“旋风”。他长相寒碜，性格粗野，我虽然不是仪表堂堂，但也面目周正，性格算不得上等好，但总归是进退有度。

我感觉饿极了，肚子里好像有一股硬邦邦的邪气在翻卷，甚至，刁钻古怪的疼痛隐隐地捶打着我的前胸后背。我朝那张熟悉的绿漆小方餐桌瞄了一眼，那儿干干净净空无一物！这使我懊恼极了，就在我准备大声呼唤酩苏的时候，我忽然想起来酩苏不是李惠曼，她不会也没有义务对我俯首帖耳。想清楚这个问题之后，我心中的懊恼很快消失了，取而代之的是对酩苏不辞而别的疑惑。我不得不亲手为自己准备早餐，这是我在人间自生而死都没做过的事情。李惠曼做饭时从不允许我插手，她老觉得我碍手碍脚，这一点儿倒是正合我意。但我喜欢看着她烧火、淘米、炒菜、蒸馒头……正因为看得多了，所以我毫不费力就做好了早饭：南瓜粥、锅贴饼、青椒炒土豆。一直到吃饭时，酪苏也没回来，这使我心中的疑惑又增添了一层，像有一块暗黑的云糊在了胸口上，憋闷，沉重，但毫无办法。我试图从铁犁那儿得到答案，毕竟，我来之前，铁犁和她共同生活在这所房子里。但显然铁犁对此也一无所知。铁犁告诉我酪苏是个独来独往的女人，她从不允许它跟随她，窥探她。

我突然很想念比我先死的那些人，比如我爹和我娘，其次就是牛得福、赵疙瘩、刘汉庭等一起吃过大苦、受过大罪的老哥们儿。他们应该也在这个叫海塭堡的地方，并且有可能就在附近的某一间房子里。

“铁犁，我爹和我娘咋的没在这儿等我？”

“你爹呀，他早就转到人间受苦去了，对，就是奥运会那一年，可惜，他是个屁娃子，没能看见‘鸟巢’造型的国家体育场内华灯灿烂、流光溢彩的壮观场面哪！现在嘛，他应该十岁了，生活在成都，父母都是国家干部，好着呢！”铁犁摆出一副先知的模样，他快活地跑在我前面，就好像知道我想去哪里一样。

“那我娘呢？她在哪儿？”我很想知道我那彻底疯掉并且死于肺病的母亲去了哪里，她有没有像我父亲一样转世到一户富足的人家，过上有保障、有尊严、有价值的好日子。

“我一直没见过她，也许，她到‘那边’去了吧？总有那么一小撮人要去‘那边’的！”铁犁回头看了看我，很像是在安慰我。我突然明白了它所说的“那边”很可能就是“地狱”。但我不明白我的母亲为什么会被分配到“那边”，要知道，她可是个勤俭本分的女人，一生都没犯过不可饶恕的大罪过。她死时的惨状至今都使我心有余悸，我本来想卖掉耕牛和缝纫机把她送到县里的医院好好治疗的，无奈拗不过乡亲和亲戚们的劝说，他们都说我娘的病是死病，花钱治死病和烧钱差不多。于是，我眼睁睁地看着我娘像一截木头一样渐渐地腐烂、变质、死去。最后那段日子，她被疼痛熬煎得扯着嗓子哭喊，声音时而尖厉如鬼，时而低沉如鼓，简直恐怖极了。她不停地咳嗽，有时咳得半天上不来气儿，痰里带着黑乎乎的血块儿。有好几次，我都想伸出手扼住她的咽喉，死命地扼住，直到那些可恨的痛苦从她身上消失。但我终究不敢下手，毕竟，她是我母亲，她还活着。终于，在持续高烧了三天之后，她永远安静下来。照理说，她应该到这海塭堡享福的，可世事无常，她却去了“那边”。

我们穿过新修的固坡线拐入一条狭窄幽深的巷子，这条巷子两边多是废弃的破旧房子，只有少数几个由于年老多病而失去创造价值的老人还在这儿住着，他们多是忍受不了孩子们的嫌弃，或者即使孩子们不嫌弃，他们也不愿心安理得地接受孩子们的照顾，从而主动搬回到祖上留下的老房子苦熬岁月，而把耗费大半生积蓄盖起来的新房子留给孩子。走到巷子中间位置时，我看到一个竖着的大碾盘，碾盘旁边的竹架子上攀爬着一些长势旺盛的藤条，藤上长着一些绿色或者紫色的梅豆角，它们看起来水灵灵的，瓷实又饱满。这儿应该是牛得福的家。我来不及思考便推开了虚掩着的院门，由于长年的风吹日晒和雨淋霜打，底漆已经完全剥落，微卷的裂皮密密麻麻地覆在门板上。

“旋风！啊，老旋风，你也来了！”院子东墙边正在下象棋的牛得福和赵疙瘩同时站了起来，他们明显有些兴奋，呼喊着朝我跑来。我们互相捶了对方几拳，之后又像电视里演的那样紧紧抱在一起。在人间时，我们从不这样，而仅以目光或微笑招呼彼此。但现在，在我们死了又相遇之后，我们紧紧地抱在一起，仿佛只有这样才能表达彼此心中的激动和欢喜。他们看起来比死时年轻得多，这没什么奇怪，来到海塭堡的人都会越长越年轻。我们迫不及待地互相交换了许多信息。牛得福的老婆因为先死了二十年，所以等牛得福死的时候，她已经比他小了二十来岁。牛得福把她当女儿看，即使明知道她是他老婆，也对她燃不起一丁点儿的欲望。他们说，时间久了才知道，在海塭堡的男女是没有性别之分的，人们丝毫不会为儿女情长、传宗接代之类的事儿惆怅。自从在海塭堡醒过来的那一刻，人们就被剔除了一切恶的成分，而完全为着真、善、美、自由、平等和正义活着。从老光棍赵疙瘩来到之后，他们俩便结成联盟，劳作和吃住都在一起，当然，他们在闲暇的时候也会到学校学习知识，或者是他们感兴趣的艺术，比如画画、拉二胡、做家具……当然，海塭堡的任何一所学校都是免费的，老师们也是从那些乐于奉献的社会公知中选拔出来的，即使一些没有经受过专业训练，但在某一领域的确获得了较高声望的人也可以参加授课竞选。他们俩在人间时都是地道的文盲，即使在二十世纪五十年代末，他们都参加了扫盲运动，但也只是浮皮潦草地学会了一些常用字及简单的加减乘除运算而已。在人间时，他们总是不相信“苦尽甘来”，可他们不知道每个人在人间一世都是受苦的，只是“苦”的方式和性质不同而已，有的是暴露的，有的是隐蔽的；有的是被迫的，有的是自寻的；有的是间断的，有的是持续的。反正一直到死，他们也没想到“甘”就在生命的尽头等着。倘若他们知道“甘”在海塭堡的话，他们说什么都不会在西上庄费尽心机地活那么久。在人间时，老光棍赵疙瘩曾说：“女人嘛，俊的、丑的、高的、矮的、胖的、瘦的，褪掉肉都一个样儿，一把骨头一把灰，没个啥差别！”那时，我就暗自嘲笑一个从没尝过女人味儿的男人怎么好意思说出那么不知好歹的话，甚至，为他感到遗憾、悲凉、难受。现在呢，在这个“人仅生而为人，而不分男人和女人”的海塭堡，想必他更无缘消受专属于男女之间隐秘又高昂的快乐了。想到这儿，我不禁更为他感到遗憾、悲凉、难受。

告别他们俩之后，我和铁犁从巷子最北头的拐弯处继续往西走，刘汉庭的家就在这条巷子的最西头。我知道他死不瞑目，虽然我不能带给他可以瞑目的好消息，但我觉得我是关于他妻子胡心愿当前状况的唯一知情者，我有义务告知他。从我患病后便没再来过这条巷子，它愈发显得冷清，时不时便有一股腐烂的叶子或者老鼠尸体的味道传来，强硬地灌入鼻子，之后，肠胃里便翻卷出一股浓烈又恶心的气流。说实话，我对这衰败和死亡的味道很是厌恶，因为我刚刚从一场死亡里活过来，那些绝望和恐惧仿佛还在身上潜伏着。刘汉庭祖上的房子已经在1996年的那场大水中倒塌了，他把全部积蓄都用在给儿子刘顺慈盖房和结婚上了。现在，他儿子一家四口和美安乐地生活在那座像模像样的四合院里。本来，在儿子结婚前，刘汉庭老两口儿也搬去在偏房住，他们的初衷完全不是奔着安逸而来，只是想着尽自己最后的力量为儿子服务，伺候他们的日常，照顾他们的孩子。随着年龄的增长和孩子们的长大，老两口儿愈发觉得自己的没用和多余。尽管平日里他们处处谨小慎微，但矛盾还是莫名其妙地一天多过一天。做饭添水多了，吃饭时吧嗒嘴了，院子扫得不干净了，串门时间太长了……刘顺慈的媳妇总是能以各种理由挑起事端，而刘顺慈完全向着媳妇。为了避免被赶出来，从而招致乡亲们对自己的嘲笑和对儿子的怨怼，刘汉庭和老婆胡心愿商量了一番之后，主动搬到老邻居留下的两间破石头房子里居住。老邻居死去多年，因为成分问题没能娶妻生子，临死前，他立下字据把房子赠予了刘汉庭两口子。

在西上庄，几乎所有的老人都是这么想的，也是这么做的。他们终生没有自我意识，只知道为孩子们奉献出炽烈的爱意、无穷的时间、有限的财富……只要他们拥有并且掌握着分配权，他们就会毫无保留地奉献出来。而他们往往对自己极为苛刻，每一分钱都必须用到必需的物品上。甚至，即使是必需的物品，他们往往也犹豫再三，能拖便拖。有人把小病拖成不能医治的大病，有人因舍不得烧电取暖而苦熬寒冷的冬天，也有人因惦念着在外务工的孩子而寝食难安……总之，自从当上父母，他们自己就以一定的形式死去了，死得决绝又彻底。但这无疑没起到好的作用，甚至，完全朝着相反的方向发展。

我一想起我那唯一的儿子夯砣在我半死不活时趴在我耳朵边说的那些混账话，我的心就痛得晃荡，就好像千万个蝎子同时把毒针刺在心上，并且疯狂地放毒、翻搅。我儿子说那些混账话时哭得相当伤心，连我这个濒死之人都觉得不落忍责怪他。从他一坠地，我就给他起了个小名叫“夯砣”，原本指望着他能够像块秤砣一样夯实可靠，可谁知道他长着长着就“裂瓜”了，当然不是说他长难看了，而是把村里人祖祖辈辈流传下来的好品质弄没了，他变成个好吃懒做、人情寡淡、利欲熏心的玩意儿。我确信他是在离开西上庄到城市打工后才开始变的，因为，他在西上庄的那些年的确是个好孩子，从不顶嘴撒谎，干活儿卖力肯吃大苦，很为我挣得了一些面子。乡亲们经常在我面前竖起大拇指：“旋风，你养了个好儿子，好好活着，你有好死。”那时，我心里就像吃了定心丸一样踏实。二十一岁那年，我的儿子夯砣被鬼迷了心窍，他执意要去城市打工。的确，从西上庄出去务工的小伙子们有一些人赚到了不少钱，他们不仅穿着时髦、拿着新上市的名牌手机，有的甚至把俊俏又大方的姑娘带了回来。我知道夯砣心里痒痒，他不止一次恳求我，向我说尽了好话。说实话，我从没去过城市，根本不知道城市是个啥样。使我心里没谱的是因为另一些孩子，当然只是很小的一部分，他们不仅没能赚得一星半点的财富和荣誉，有的甚至沾染上了偷盗、赌博、嫖娼等恶习，从而使家族蒙羞受辱。当时，我就知道城市是个拿捏不准的大黑洞，它能把人变得更好，也能把人变得更坏。但我的儿子夯砣铁了心要去闯一闯，有好几次，他哭着跪在我面前发誓：“爹，你就相信我吧，我出去赚大钱，盖房子，娶媳妇，让你和娘过上人人羡慕的好日子！”我终究没能拗过他，心一软就把他放了出去。

◎ 四 ◎

可我被蒙蔽了！我怎么也没料到，他一离开我的掌控就失了方向。他天生就是需要管制的人，一离开管制就会变坏。可能每个人都需要管制，我的老婆李惠曼一辈子甘愿受着我的管制，而我也甘愿受着贫穷和土地的管制。直到我死，我的儿子夯砣都没给我交过一分钱，真不知道他把自己的血汗用在了什么地方。

单靠我自己的能力是万不能在西上庄给他盖起一个小院子的。而没有一个像样的小院子是万不敢想娶妻生子这样的好事儿的，由此，他对我怀恨在心。虽然他从不明说，但我从他恶狠狠的像刀子一样的眼神中推断出他不会善罢甘休。果然，为了报复我，他长年累月地不回家，就连逢年过节也摸不着他的人。他对我和李惠曼的死活不管不问。更为过分的是，他明知道我们惦念他比自己的命还重要，还故意跟我们玩失踪。记得有一年夏天，在他失踪一年零五个月后，我从邻村一个姑娘那儿打听到消息，她说在市里城隍庙附近一个叫“福鼎香”的酒店见过他，他好像在那儿做服务生。这个消息无疑拯救了我和李惠曼，因为那时，我们俩已经被他的失踪折磨得生不如死了。白天，我们没心劲儿干活儿，也吃不下饭，简直就像两个热锅上的蚂蚁焦躁不安。夜里，我们几乎不能闭上眼睛睡觉，而是没完没了地互相埋怨、争吵，吵得最厉害那次，我竟然掐住了李惠曼的脖子，直到她脸色青紫，眼睛也冒出血丝时才停手。每当有人问起夯砣时，我们还得碍于面子硬撑起一张笑脸说着敷衍的话。邻村那姑娘的话把我们俩从黑洞里拉上来，我们马上决定到市里城隍庙附近那个叫“福鼎香”的酒店找他。尽管我们从没去过城市，但为了找到夯砣，我们没什么惧怕的。

那的确是我和李惠曼的第一次出门远行，我们本来指望着当天就能找到他，所以只带了几张烙饼。我们先到的城隍庙，尽管我们俩啥也不信，但还是恭恭敬敬地朝城隍爷、正殿八大将、判官、牛头、马面、黑白无常、钟鼓神以及十殿阎王、十八司等诸神们一一磕了头，为了表示诚意，我们磕头时十分用力，一圈头磕下来，我们俩的额头都起了一个桃子般大的包。城里人在我们问路时表现出极大的热情和耐心，所以几乎没费啥工夫我们就找到了福鼎香酒店。但在冲进去之前，我们俩着实犹豫了一阵子，相互埋怨对方没有理一下乱糟糟的头发，没有穿上最得体的衣服和鞋子，我们一心想的是会不会使他难堪、给他丢脸。他们说我们心心念念寻找的儿子两天前辞职了！这个消息无疑像个带刺的霹雳炸晕了我们。但我们并没灰心，想到他总是需要干活儿糊口，我们决定把所有的酒店找一遍。幸亏是三伏天，倒是不至于挨冻。夜里，我们随便在广场或者公园的长凳上对付，蚊子丝毫也不比西上庄少，但找不到儿子的焦灼很容易就盖过了它们的叮咬。白天，我们拖着极度疲惫的身体，在烈日的暴晒下造访一个个酒店，忍受着慢待、冷漠，甚至奚落和嘲讽。开始的几天，我们的信念就像钢铁一样坚硬，即使一日三餐仅以馒头和榨菜凑合，心里也翻滚着剧烈的喜悦。但七八天过去之后，我们的心就像一个巨大的黑洞一样无着无落。我们不甘心，一想到要灰头土脸地回到西上庄，心就抖擞个不停，伴着的还有一阵阵怪异的疼，山一样压着喘不过气来。但到底我们还是花光了带着的几十块钱，不得不灰头土脸地回到西上庄。

后来，他自作主张倒插门到媳妇家。我们的脸面彻底被他丢尽了，但为了让他心里舒坦，还是通知了所有的亲戚参加了他的婚礼。媳妇模样周正，勤快本分，是四乡五里公认的好姑娘，唯一的缺点就是脾气太好。亲家两口子老实本分，拿他当亲儿子对待。但显然，那个婚姻只是他的阴谋。自打结婚那天起，他就没有正经干过一天。其实，我心里明镜儿似的——他结婚前的几年就已经变成一个浪荡子了！他没有耐心在一个工厂踏实本分地做下去，而是频繁地更换工作。几年下来，他连铺地板、贴壁纸、做防水这样简单的家装活儿都没能掌握。有一段时间，他患上性病又丢了工作，从而陷入困境。于是，他偷偷回了一趟家。那天，我和李惠曼应该在山上给板栗树剪枝，好大的风，冷飕飕的，能把人吹透！我们回到家时，他已经走了。家里并没什么异样，所有的物品都在应该在的位置，所以，我也并没起疑心。只以为他是想家了才回来的。一直到第三天，我打算去小卖部清账时才发现丢了两千块钱，要知道家里从没招过贼，而那些钱又掖在两个座柜之间的缝里。因为大门和房间的门锁都没被撬，屋子里面也没有太明显的翻找的痕迹。我当时就蒙了，不愿相信是我唯一的儿子夯砣干的。可西邻居说夯砣的确回来过，从他家屋顶上跳过来，顺着梯子下到院子……那次，我觉得我的天塌了！都说父母是孩子的天，可在孩子长大、父母变老之后，孩子就变成父母的天了。我感到天塌下来的那一刻，有心像电影里的师傅把不肖徒弟逐出师门那样和他断绝关系，但终归下不了狠心，并不是李惠曼哭哭唧唧地惹我心烦，而是我心里疼，比石头砸住手指头还疼，真让人戗不住劲儿。

有一段时间，我甚至跪天叩地地诅咒他得一场骇人的大病，或者干脆被车撞个粉碎。但这想法只是一闪念，很快我就为此感到羞耻和愧疚。若不是当爹的没能耐，儿子又怎么会流落成这龟孙样儿！他结婚后倒是回来得勤了，偶尔带着媳妇和孩子，但多数是他一个人。每逢他一个人时，我都苦口婆心地给他做思想教育工作，我试图以先贤古人和四邻街坊家有出息的孩子为例感化他，面子上，他并不反驳，并信誓旦旦地表示一定踏实刻苦、任劳任怨、持之以恒地好好工作，以报答媳妇一家人的厚恩大德。可我还是从亲家愁苦的面容和躲躲闪闪的言辞中探查到了危险，尽管那仁义的兄弟为了保留女婿的颜面而紧闭嘴巴，但我还是从其他人嘴里零星打探到了他的种种劣行。他对媳妇父母及其家人傲慢不恭，借工作之名出入网吧和赌场，还变卖了媳妇的首饰和用以做生意的摩托三轮……最后一次规劝他时，我终于没控制住那些翻搅了多年的怨恨，抄起那把竖在北墙的铁锨，像一头愤怒的牛一样趔趄着朝他冲过去，是的，趔趄着，我已经掌控不了自己了。我只知道我用了好大好大的力气，应该是全部的，我想要打死他，以免他造更大的孽。可是，可是我在距离他两尺远的地方停下了，我看到他蜡黄的脸上有眼泪流下来，那是一张接近死人的毫无血色的脸，像是经受过极大的磨难。他喊了我一声：“爹！”声音苦哀哀、酸涩涩的，眼神也变成晦蒙阴暗的锅灰色。我的力气就是在那一刻涣散掉的。“儿呀！我的儿！爹给你跪下了！”要不是李惠曼及时抱住我的后腰，我果真就跪倒在我的儿子夯砣面前了。我也不能理解为什么要给他那么大的难堪，要知道他可是我唯一的儿子呀！历来都是儿子给爹下跪的，可我，那一刻，是真心想给他下跪。我打心眼儿里心疼他，要是他能看在我给他下跪的面子上改邪归正，我想我跪一百次、一千次都愿意。我到底没能跪下去，李惠曼像个疯子一样把我拖到了炕上。趁我呼哧呼哧喘气的当儿，她转过身子，俯下头，攒足了力量，朝我们唯一的儿子夯砣撞过去。那一刻，我有气无力地歪斜在炕上，眼睁睁地看着李惠曼抡起巴掌朝他脸上和胸脯上砸去。那孽障并不还手，也不辩解，而是像一根石柱子一样僵硬地戳在那儿，他面无表情，嘴角露出轻蔑的笑。那是李惠曼平生第一次对自己身上掉下的肉下狠手，而且是自己凭着心意做出的决定。尽管待一切平静下来之后，她伤心地哭了。以后的日子里，她只要一想起那一幕就断肠剜心似的哭。我们本指望他会念在我们这么痛苦的份儿上洗心革面，从鬼做回人。不承想他只把我们的痛苦当成阴险的表演，反倒忌恨起了我们。很快，我们便频繁地接到厦门、武汉、四川等地的催债通知。我们这才知道他欠下了大小几十笔高利贷！最为过分的是，他竟然把亲家的四合院抵了出去。还款日一过，一些操着外地口音，身上文着老鹰、飞龙等图案的年轻人就上场了。他们白天睡足了觉，专趁夜晚拍亲家的大门，嚎叫着闹腾。为了安抚亲家，也为了我良心上稍微安生一点儿，我把压箱底的五万块钱全拿了出来，还差的三万块钱由亲家添上。我们这两个落难的老哥俩总算把事情摆平了。可他们的婚姻也走到了尽头，任凭我这个以说媒为生的人怎样巧舌如簧地苦苦哀求，也没能阻止他们把我的儿子夯砣扫地出门。

我被一路的胡思乱想搅扰得懊恼又烦躁，即使马上到达老伙计刘汉庭的住处也丝毫不能高兴半分。我仍然为那败家的孽障思虑着，不知道我们密谋过的那件事儿有没有进展。关于那件事，起初我是反对的，毕竟医生完全出于治病救人的意愿，即使果真是由于他们的操作失误造成了我的吻合口瘘，并且导致我为此断送了性命，也不应该恩将仇报去状告医院。但我这个将死之人拗不过那活蹦乱跳的孽障，别看他因为给我买不起“小白瓶”而哭得那么伤心，只有我自己清楚他的眼泪和歉意都是假象，他巴不得我死得快点儿，好大刀阔斧地开始实行那不太光彩的计划。

直到一条一丈来宽的河汊子斜着横在眼前，我才从漫长又焦灼的思虑中回过神来，眼前不正是刘汉庭吗？他正坐在河边的一块石头上搓洗脚上的污泥呢！听到有动静，他机警地抬起头，一看到我，他便放声大笑起来。他的笑声出奇地大，以至于我怀疑从树上掉下的叶子完全是因为他大声笑的缘故。

“老伙计，你可算来了！”刘汉庭急不可耐地蹦跳着上了岸，他先是狠劲儿推了我一把，继而朝我肩上猛拍了两三下子，随后又紧紧地把我抱住。但他很快又放开了我。我想是因为我凸出的骨头把他硌疼了。我身上的肉都被癌细胞吃光了，临死时已经瘦得没了人形。

“咋？等我等得心焦了？”

“哈哈哈——咋能不心焦嘛！这儿——海塭堡才是过日

子的好地方嘛！真不知道你为啥这么晚才来？”刘汉庭又爽朗地笑了，这出自本心而又毫不造作的笑声使我感动。他活着时几乎从没这样笑过，即使孙子降生那天，他也笑得很拘谨。他看起来的确比死的时候年轻多了，身上的肌肉光滑健壮，腿毛黝黑茂密，脸上也不见一丝褶子。在纳闷儿了片刻之后，我突然想起，这是每个人都在朝年轻里活的海塭堡，而不是那个被太行山包围着的穷僻小村西上庄。他比我小四岁，死的那一年五十二岁，十年过去了，他应该四十二岁了，怪不得一副生龙活虎的样子！

河南岸那两间石头房子就是刘汉庭的家，由于没有围墙，房子看起来格外孤单。院子里的青草足有脚踝深，七八只长尾红冠的野鸡悠闲地踱着步子，它们时不时迅疾而有力地把短而尖的喙刺向草丛，片刻之间，那些无辜的蚂蚱、蚁蛉、毛虫们就丧了命。碗口粗的香椿树上挂满了一串串细碎的钟状小白花，几只欢快跳跃着的麻雀听到动静后倏然飞向高空，只留下微微颤动的枝丫。

为了庆祝我终于脱离尘世之苦，刘汉庭决意留我共进午餐。虽然我的造访很是突然，但他还是熟练地准备出三道小菜，醋拌香椿花、红烧野鸡块、豆角茄子大杂烩。从味道和颜色上判断，他的厨艺已经相当精进了。要知道西上庄的男人对穿衣吃饭这样的小事从来不关心，他们只关心建造房屋、耕耘土地、种植庄稼这样的大事儿。女人们也在这样的大事儿中奉献自己的年华、智慧和血汗，但她们不得不额外地承担着生儿育女、洗衣做饭等烦琐事务。她们偶尔也有怨言，但又心照不宣地觉得男人们才是缔造生活的主力，而自己只是他们的附庸，即使由于过度劳累和心理不平衡而稍微反抗，也会在男人们的黑脸和恫吓声中消弭于无形。

◦ 五 ◦

我们喝了好多酒，起初一直也喝不醉，我怀疑喝下去的根本不是酒，而是水。但刘汉庭一口咬定海塭堡的酒就是这个味儿。后来，我们喝得实在太多了，醉意厚了起来。我迷迷瞪瞪记得他说了好多使我感到新鲜和惊诧的现象，比如海塭堡的每个人都要为自己的言行负责；人们不用建造房屋、耕耘土地、种植庄稼，房屋是现成的，庄稼则按部就班地自然生长，需要什么随意收回来即可；每个人刚活过来时都对尘世有着清晰的记忆，但记忆会逐渐惨淡，变成婴儿的那一刻才会彻底消失。他还说记忆的逐渐模糊让他很痛苦，为了对抗这种痛苦，他在木工和雕刻艺术上耗费时间，而这活儿让他获得了更为高贵一些的快乐和满足。

“胡心愿还不死吗？”刘汉庭坐直身体，双手把两鬓的头发朝后拢了拢，双眼也散发着鲜亮又怪异的光泽。他终于问到正题上了，我想。他虽然极力控制，但仍然有一种隐隐的焦躁气味朝四处流窜。在来的路上我还担心要不要告诉他实情，现在，从他的话语中可以明显判断出来，他急切地盼着她死。这样一来，我心中堵着的那团黑云立刻消散了。

“快了，快了，你再耐心点儿！她应该就这个把月的事儿了，熬不过去的。”为了安慰他，我故意把话说得很坚定。果然，他兴奋极了，又朝我胸脯上捶了两拳。但随即，他马上收回了刚才还非常夸张的动作，脸色阴沉可怖，眼睛也黯淡无光，好像整个人都凝固了，思维、血液和心脏都停止了活动。就在我百思不得其解时，天哪，猜我看到了什么？我的老伙计刘汉庭竟然哭了，泪水一波一波地从他两只眼睛涌出来。他使劲把翻滚上来的哽咽声咽回喉咙，使得颈部像吞了青蛙的蛇一样鼓鼓囊囊的。

“她一定很痛苦，是吧？是的，她一定孤零零的很痛苦！是吧，老伙计？”刘汉庭呜咽着。真是个好哭的人，我简直烦透他了，但又不好表达出来，毕竟，他出自对老婆胡心愿的爱意。其实，这样的好男人在人间已经少见了。我突然想到李惠曼，想到那把停在我头顶的破勺子，想到她恶狠狠的警告：“老旋风，你给我好好躺着，再多事儿我敲烂你脑袋，哼，你看我敢不敢！”那时，她面露的凶光简直能把我杀死。现在，她终于摆脱了我，想必应该过得很舒心吧！也许她也舒心不了呢！因为那败家的孽障还活着！也不知道我们密谋过的事儿，那孽障进行得咋样了？想我老旋风一辈子光明磊落，临了却丧了一回良心。我有罪啊，罪孽深重，我应该去我母亲去的地方，而不是来这儿享福……

“老伙计？心愿她一定很痛苦，是吧？她一定孤零零的……呜呜呜——”刘汉庭再次泣不成声。我不禁为他的熊样子感到既好笑又好气，但我一时也不知道怎样回答他。其实，我本打算带着铁犁逃掉的，但良心上又过不去。

“没事儿，你说吧，老伙计。就算她正承受着痛苦，就算她黑夜白天都是孤零零一个人，就算她因为溃烂而招致了苍蝇和蛆，就算……老伙计，这都不算啥，只要她能过来到这儿，到海塭堡来，她遭受什么样的苦都不叫苦，都值得！所以，老伙计，你还是实说了吧！”

“哈，你倒是想多了！我真是看不得你动不动就哭天抹泪的熊样子！实话告诉你吧，你老婆胡心愿是没几天活头儿了，的确，她瘦得皮包骨，精神也塌了底。但她不疼，她亲口说一点儿也不疼。不骗你，谁骗你是孙子！的确是她亲口说的。她也不是孤零零的，你也知道现在的日子好过多了，女人们大多闲了下来，她们轮流着去你家陪伴胡心愿，刮风下雨都有人。你只管放心吧！”我真不知道是怎么说出这些话的，我的本意是告诉他实情，可话一出口就变成了这个样子。这样也好，起码他就不会再哭个不停了。

“真的？真是这样？”刘汉庭立刻平静下来，一张由于刚才的哀痛抽搐着的脸也舒展开来，像一朵缓缓绽放的荷花。

“骗你是孙子！”这句话一出口我就后悔了，在人间时，我是个爷们儿，活得也像个爷们儿，一辈子没干过让人嚼舌根的腌臜事，可现在为了安慰老伙计，我眼睛也没眨一下就咒了自己。事实上，胡心愿已经被晚期肝癌的剧烈疼痛折磨得生不如死，她一次次地陷入昏迷。昏迷时，疼痛会暂时停止折磨，而一旦醒过来，那蚀骨的疼痛马上又开始对她展开新一轮的进攻。醒着时，她只会以含混又颤抖的声音喃喃着重复一句话，那就是“大慈大悲的王母娘娘、观世音、阎王爷，你们行行好，让我麻利利地死了吧，让我死了吧！”但，生有时，死有时，生死皆不由世人。为了堵住乡亲们的悠悠之口，他们的儿子刘顺慈也曾把胡心愿送到医院，但是在医院向他下发了肝癌晚期的诊断书之后，他连夜就把胡心愿拉了回去，安置在那两间破石头房子里。他是被巨额的医疗费吓怕了，主治医生向他透露过至少要准备十五万元进行先期的介入治疗和后期的化疗。他悲哀地想到自己为了节省百八十块钱没有为母亲交医保，而辛苦存下的钱全在媳妇手里攥着，媳妇是四乡五里出了名的“抠搜鬼”，她不仅抠搜，心肠也强硬冷酷。他本来想着让一辈子从没出过门的母亲在医院调理个十天半月，但在和媳妇商洽时遭到了拒绝。那娘们儿放出狠话，胆敢治疗一天，她就带着孩子离家出走。他在把母亲拉回家之前苦思冥想了近一小时，又到医院外面的算命人那儿花十五块钱摇了一卦，卦象显示，母亲难过此关。不用算命人过多解释，他也知道母亲时日无多。既然天命如此，又何必劳心费力又费钱地折腾一番呢？可一想到即将背负上不孝子的骂名，他的身上就一层一层地往外冒汗，心也乱跳。使他更为恐惧的是，村里掌管白事的刘四爷向来六亲不认死板得很，几十年来，他从没对任何一个不孝之子心慈手软过。一般的惩罚就是罚他们跪灵，即向死去的父母亲忏悔、赎罪，从父母亲死的那一刻开始跪，一直跪到载着父母的棺材离开灵棚为止。死去的人一般会在村子停灵三天或者五天，也就是在这三五天的时间内，他们除了大小便之外不能起身。结果自然相当悲惨，三五天下来，他们的膝盖往往肿胀麻木、疼痛难忍、蜕皮结痂，严重一些的甚至会化脓感染，非十天半月不能恢复。相比另一种看似温和实则严酷的惩罚，他们宁可选择跪灵，毕竟，跪灵过后的疼痛及颜面上的损失不会蔓延太久，繁重而又没有尽头的劳作使他们很健忘，而飞驰的时间抖擞下来的灰尘能把一切都湮灭。那看似温和实则严酷的惩罚其实就是乡亲们的沉默和袖手旁观，这在农村是天大的永世不得翻身的耻辱，会被载入村志，以白纸黑字的形式诫勖子孙们。

西上庄建村二百年以来，村志上留名的大不孝之人仅有两个，最早的一个是清嘉庆年间的赵显缙，他听从后妇谗言，误以为母亲八字克子，遂将体格健壮的母亲哄骗至村南一窄小山洞内，以乱石封住洞口，致母亲挨饿受冻而死。另一个则是刘文熙，为养活大小六个子女，逼迫父母悬梁而死。据村志记载，主事儿者挨家相告，凡村民男女老幼皆不得参与其丧事，本家亦不得除外。为此，赵显缙和刘文熙不得不亲自为死去的父母亲挖掘坟墓，在乡亲们的冷眼和唾弃中让那不得善终的苦命人入土为安。

我和铁犁返回时，天色已近黄昏。本来，刘汉庭执意挽留我们吃过晚餐再走，但我不敢久留，我怕一不小心说漏了嘴，从而导致他又没完没了地哭。西边，白沟岭和天空的接连处显现出一种熟悉的色彩，只不过在那翻卷着的绛红之间夹杂着星星点点的青黑，就好像无数的小黑鹿在跳跃。从树叶的摇动幅度上推断，有风，但不大。纺织娘等虫子们紧一阵儿、缓一阵儿地鸣叫，使这条在平日就显得沉闷的巷子更加幽深寂静了。巷子两边纹丝不动的那些石头房子有些破旧，它们很有些年头了，大部分是我父亲的父亲那一辈人留下的。在我死之前，这条巷子已基本上变成西上庄的一条死巷，年轻人大多在村子东西沿固坡线两侧找到了更好的宅基地，他们在那儿建起了宽敞明亮的新式房子，而把老祖宗留下的旧窝宅像擤一把鼻涕那样扔掉了。现在，这条巷子居然复活了，因为，我看到大多数小小的木格子窗户亮了起来。的确，有昏蒙的光黏附在玻璃上，好像还有熟悉的人影在晃动……

我们到家时，天已经完全黑下来，虫子们的叫声似乎更加密集，就好像它们在向即将到来的黑夜示威似的。风也凉爽了许多，树叶在头顶哗啦啦地翻动。一些月光透过它们的缝隙铺在院子里，形状不一的白色斑点轻快地跳跃。铁犁像个傻子一样疯狂地追逐那些跳跃的斑点，简直和它小时候一个模样。我的饿意被铁犁的上蹿下跳撩拨出来，但酩苏并没有像昨天那样迎出来，而饭桌上也空荡荡的。我有些懊恼！这要在西上庄是绝对不可能发生的。但这懊恼很快就消失了，因为我知道摄影师酩苏不是我的老婆李惠曼，她没有义务像李惠曼那样对我言听计从，当然，她也不是那种无所事事的女人。关于这一点，我是从她的眼神判断出来的——那是一种井一样深阔、月亮一样干净、雨水一样潮润的眼神。西上庄的所有女人都没有这种眼神。可她去哪里了？去干什么了？即使不打算回来也总该说一声或者留个条子什么的吧。

“铁犁，你想吃点儿啥不？我虽然从没亲自下手做过，但我看得多了，有句俗话咋说来着？没吃过猪肉还没见过猪跑吗？说吧，想吃啥？烙葱花饼？包饺子？打卤面？什么？你吃饱了？你说你吃月光吃饱了？原来你上蹿下跳地追那些斑点是在吃饭哪！这太让人意外了！可我总得吃点儿什么吧？唉，要是李惠曼在这儿就好了，可她到底不像胡心愿那样是个将死之人，一个看相的说过她眉尾下垂、鼻子长而有势、人中深长且宽阔，是长寿之兆，最少能有八十八岁的寿限哪！”我一边小声嘟囔，一边着手做饭。可一时又不知道打哪儿下手，毕竟，在人间时，李惠曼把我伺候得服服帖帖，我也从没想着给她搭把手，我认为像做饭洗衣服那样的活儿天生就是女人的，男人要是插手是会被乡亲们耻笑的。我还是做最简单的疙瘩汤吧，白面掺些水搅拌成指甲盖大小的疙瘩，放进滚开的水里，再用油炝个葱花……

吃罢饭，我把自己扔在大土炕上，想睡但睡不着，人间的人和事儿从四面八方汹涌而来，疯狂地往我脑子里钻，任凭我怎么努力都安静不下来。铁犁说，我对人间的记忆会越来越浅薄，直到变成婴儿的那一天彻底消失。其实，我能够清晰地回忆起人间的一些人和事儿，对于我来说也算是一种幸福。要是一来到海塭堡就把之前的记忆全部抹个干净而变成一个空人，空人怎么能幸福呢？

乱糟的思想使我很快感觉到疲倦，就在我似睡非睡之际，我忽然听到铁犁在低声念着什么咒语，好奇心立刻驱散了我的困意，我坐起身，把全身的神经紧绷起来。它低声念咒语的时候是匍匐在地的，四条腿直愣愣地伸展着，下颚紧贴在地上，一副“五体投地”的样子。之后，我推断是咒语结束了，它合拢住身子缩成一团连打了三个滚儿，接着挺直脊梁端端正正地坐下来，高高地仰着头朝天上看。我被这阵势惊呆了，在人间时，它可从没有做出过这样有仪式感的怪异举动。“铁犁——”“铁犁——”我扯着嗓子喊它。但它好像什么也听不到，因为它根本都没扭过头看我一眼。我勉强按捺住怒火，要知道，铁犁在人间时根本不敢忤逆我。我勉强按捺住乱窜的怒火，在继续观察了十几分钟之后，决定出去看个究竟。待我走到近前，只见它两眼圆瞪，两耳直立，气息微弱，有一尺长的涎水正从嘴里汩汩地往外流，像小瀑布似的川流不息。说实话，我被它这副模样吓坏了。但它任凭我怎样喊叫和摇晃，就是一动不动地坐在那儿，就好像僵硬了一般。

就在我手足无措的时候，酪苏回来了。她浑身上下只有一个驼色的包包，在月亮那珍珠般光泽的淋洒下，就是活脱脱的美人鱼。我从没见过美人鱼，但我确定美人鱼就应该是此时酪苏的样子。

“旋风叔，在为铁犁担心哪！它没事儿，你不用紧张。你没来时，它经常这样，短则一刻钟，长则两三小时。我问过，但它嘴紧着呢，一个字儿也不露！”酪苏的情绪明显有些低落，她说完这些话就朝院子北围墙走去了，她要去那儿洗漱。她撩水的声音很是撩人，可我的心只要稍微澎湃一下，李惠曼的影子就清晰地出现在我脑海里，就好像她一直住在那儿一样。

我本来想等她洗漱完和她聊一聊，可她径直睡觉去了，全然没了昨天的殷勤和热情。但她脸上那副沮丧愁苦的样子像尖刺一样扎着我，我不知道在这天堂般的海塭堡还能有什么烦心事，以至于她要向一个初来乍到的人摆出脸色。或者，海塭堡根本也不是他们讲述的那个样子，所谓的没有疾病、寒冷和死亡只是表面上的美好。

◎ 六 ◎

海塭堡的白天实在太美好了，美好得使我产生了说不清来由的怀疑和恐惧。半年以来，我经常幻想着能在夜里做一个长长的梦，最好能梦到西上庄和李惠曼，毕竟，他们是我的根和念想，是我在人世间的见证者。但事实上我什么也没梦到，就好像夜晚是静止的，是空白的，是容不下任何色彩和内容的黑幕，所以我每每醒来都是满心沮丧。酪苏只偶尔做一顿饭，经常性地不辞而别。有时候一连消失好几天！我的心里翻滚着火焰，像是要把我烧掉。但这火焰也只会持续两三秒钟，便自动熄灭了。我的理智提醒我她既不是我的亲人，也不是我的朋友，我完全没有任何权利要求她什么。

铁犁像撒娇的小娘们儿一样喜欢蹦跳着拱到我怀里，但我总是提不起一点儿兴趣。有时候只是随便在它身上没轻没重地划拉几下，它便识趣地蹲在一边，用两只湿漉漉的眼睛盯着我，见我没啥更为热切一些的反应，它也只好独自到郊外消耗时间。

刘汉庭几乎每天来我这儿试图打探胡心愿的消息，但我除了知道她快死了，也提供不出别的有价值的新情况。我心里也纳闷儿，按说胡心愿早该死了，早该来到海塭堡过好日子了，但我们就是等不到她。我们俩猜测胡心愿可能迷路了；或者他们的儿子刘顺慈良心发现把她送到医院精心治疗，而她靠着营养药还在艰难地维持着生命；或者她早已经死了，只是没能来到海塭堡。我倒是很少为李惠曼担忧，毕竟我给她留下了三张存折，每一张存折上都有一万块钱，她的社保卡每个月也有一点儿进项。要是夯砣能把医院告倒，怎么也得有二三十万元的赔偿，到时候，怎么也得给他娘分几万吧。不管怎么说，这钱也算是我拿命换来的，无论从道义还是法律上，都有李惠曼的份儿。我们谈论的时候，铁犁总是以一副垂耳恭听的样子端坐在地上，时不时地支棱起耳朵，而它的喉咙里也咕噜着一种奇怪的声音，就好像那里面藏着什么秘密似的。但它并不开口，只偶尔朝着天空吠几声。

这一天，我烦躁极了，虽然说不清究竟为什么烦躁，烦躁的意义在哪里。在人间时，每逢烦躁的时候，我就拿起锄头或镢头到地里猛干，半天下来，就平静了。可是，我猛然想起这是海塭堡，是解放了人的体力而给予人无限尊严和自由的海塭堡。短暂的思考过后，我想到也许写诗可以缓解我的烦躁。对，就是写诗！写诗是我在人间时最大的愿望，从小学一年级一直到死，我都梦想着能写一首诗出来，一首从土地里长出来的独属于我自己的诗。一想到我可以在死后完成活着时未能完成的愿望，我的烦躁便马上消失得毫无踪影。写诗，写诗，写诗，就像种庄稼那样写诗——犁地、刨坑、播种、锄草、浇水、喷药、收割……我迫切地想行动起来，就好像漫山遍野的诗都在等着我签名。趁着记忆还完整之前，我禁不住要抖搂一个秘密——在人间时，我除了种庄稼还反复读一本叫《全唐诗》的书，读着读着就背过了，顺着背，倒着背，一字不差地背。我发现背诗不仅能快速又彻底地缓解疲劳，还能往我苦孜孜的心里灌入蜜汁，使那黑洞洞的深渊透进光亮，感受到温暖。我只背不写，因为知道写诗不是农民该干的活儿，就像研究原子弹的不应该唱戏一样。而现在，在海塭堡，我产生了强烈的写诗的冲动。我要写，写我的所见所感、所思所念、所爱所憎……

锄禾日当午，汗滴禾下土。
谁知盘中餐，粒粒皆辛苦。

天哪！我竟然写出了李绅的诗！我的本意是写自己的诗，无论如何，在人世间种了一辈子地的人在海塭堡应该有个新面目。可脑袋完全不听使唤，就像顺流而下的木筏子一样，掌控不了力道和方向。再试一试吧，我暗暗给自己加了一把劲儿，希望能够写出《全唐诗》里没有的诗。

君问归期未有期，巴山夜雨涨秋池。
何当共剪西窗烛，却话巴山夜雨时。

我清楚地知道我写下的是李商隐写给北方亲人的诗，而不是我自己的诗。我更烦躁了，于是，我疯了似的不停地写。天昏地暗之后，我愁苦地发现我写出的还是那些死去的诗人们的句子，没有一句是我的！这简直太没道理了！一想到我的乡亲刘汉庭能够在木工和雕刻艺术上耗费时间，我就愈加烦躁起来。都是土包子，为什么他就能摆脱土腥味儿，而我却不能?

我气急败坏地朝铁犁要解释，毕竟，它是海塭堡的“老人”，它应该知道一切。

“海塭堡是公平的，不会随便给人‘写诗’这样的惩罚。至于你，老旋风，你可以学学唱歌，或者绘画，或者戏剧什么的，都要比‘写诗’好多了！难道你没听说过，写诗的人还容易精神故障，自杀的人也多得要命！”

铁犁给出的答案使我惊诧，但我还是欣慰地倒吸了一口凉气。毕竟我不是大恶之人，不应该受到像“写诗”这么惨烈的惩罚。但我怎么也得有所作为吧，要是还过着和在人间时一模一样的生活，那还不如不活呢！但我一时半会儿又想不到自己想要做什么、应该做什么、能够做什么，索性什么也不想了。我刚刚死而复生，元气正在凝聚，还是养精蓄锐吧。

“铁犁，你念的啥咒？”我突然想把之前的疑惑解开，毕竟铁犁在昨天晚上的行为太反常了，并且整个晚上它都摆出一副闷闷不乐的样子，就好像的确看到了不能承受的大苦大悲，或者天上有特殊的魔力施加于它，使它摆脱不得。

“没咒，哪有什么咒？”铁犁回答时并不看我，它趴在地上，四肢和下巴都紧贴着地，恨不得把整个身子陷进去。

“到底啥咒？”我不肯死心，又问了一次。

铁犁沉默着，不再理我。我有些恼火，一遍一遍地问它。我知道它禁不住我的死缠烂打，在人间时它从不忤逆我，就像李惠曼一样对我低眉顺气的。它是个有人性的畜生，甚至比我的儿子夯砣都要强多了。

我已经以不同的口气和音调把那问题问了不下一百次了，但铁犁像一块淬过火的铁一样死不开口——看样子它要和我对抗到底了！要是在人间，我一准儿抄起铁锨或者棍子啥的朝他抡去了。但现在，尽管我很恼火，但丝毫没有动粗的念头。不是因为初来乍到，也不是因为年老而变得温顺。我说不清身上的戾气是怎样消失的，但我知道它们的确不在了。但我并不想认怂，一定有办法撬开它的嘴。在我苦想的几分钟里，铁犁悄悄抬头看了我三次，每一次都很短暂，也就两三秒钟，它做贼似的瞄我一眼之后马上又恢复那副死气沉沉的状态。它似乎隐藏着不可告人的大阴谋，这一点我深信不疑——铁犁从没有过现在这样痛苦、恐惧、落魄的表情。

如果我就此罢休而不去逼迫它，我将不会失去它，起码，不会马上失去它。然而，我太自私了。自私是人类根深蒂固的顽症，迟早会把一切毁灭。即使我在海堧堡获得了新生，但新生的只是身体，我的精神世界仍然是狭窄且渺小的，除了偶尔惦念李惠曼之外，根本不去思考更为宏大的问题。所以，我以近乎可耻的手段战胜了铁犁，也失去了铁犁。

“铁犁，你要是死硬撑着不告诉我，我就死硬撑着‘写诗’，一直写，直到变成婴儿那一天。你知道我脾气，别不信，哼——”我恶狠狠地把这句话甩给它。本来没指望会有奇迹出现，因为我也并不打算死硬撑着写诗，毕竟我不是那块儿料。

“别别别，老旋风，你让我想一下！”铁犁起身站到我面前，用前爪交替着抚摸我的脸和手臂，它的眼睛湿润得像要流出水来。“老旋风，我告诉你。我不是念咒，而是在唱歌，歌词只有几句：咪乌昂，咪内斯。咪啦无嘿呦门，咪啦无弗兑。怎么样，老旋风，你记住了吗？对对对，一句也没错！还是人聪明，我当初为了学会这两句歌词整整用了两年呢！连着唱九遍，别松劲儿，一直唱！你的嗓子简直像个破锣，不过不碍事。现在你往天上看，是不是有个漩涡似的洞，像烟袋锅，碧绿碧绿的，你使劲往里看，盯着看，专心地看……老旋风，你会看到你想看到的。其实我什么也不想让你看到，倒不是因为怕死。死又何惧？何况为了主人！我没时间了，再会了，老旋风……”

等我从那碧绿碧绿的漩涡似的洞里费劲地抽出眼睛，我几乎要坍塌在地，就像被泥石流击中的建筑。那时，铁犁已经死了。我看到它的四肢渐渐变得僵硬，枝杈一般朝四个方向伸展开来，眼睛在合上之前似乎睁开了一下，但随即就严丝合缝地闭上了。我顾不上为它的死悲伤，因为我从那洞里看到了更使我悲伤的事情！

我无论如何也料不到我的老婆李惠曼会产生上吊自杀的

念头，并且，她已经在试着往房梁上系绳子了。我急得要死，全身的神经紧紧地绷了起来，它们激烈地相互撕扯，随即，一阵灼热的麻木感像电一样从脚底窜到耳根。等我回过神来，才发觉张着的双臂正筛糠似的激烈颤抖，两个拳头因为攥得太狠，好几个指甲嵌进了肉里，有血冒了出来，滴滴答答往下坠。但我顾不得这些，我的老婆李惠曼已经在试着往房梁上系绳子了。那是一条结实的尼龙绳，是我死前两年从古墓岭集上买回来的，我本来是用它从井里汲水浇村头的菜地的，可这个傻娘们儿竟然拿它寻死。我活着的时候，她从没产生过寻死的念头，即使我经常给她不自在，把她像牲口一样使唤。但现在，她竟然在试着往房梁上系绳子了。也许是她对我太依赖了，是我对她的全面干涉和控制害了她。我的死使她六神无主、心灰意冷，从而产生了这可怕又可耻的念头。她死了也好，趁我的记忆还健全，也没有变得太年轻，也许我和她还能像在人间时那样和睦相处。如果那样，我肯定不会再管制她，不再把她装在套子里，而让她活成天上的鸟儿或者水里的鱼。

我一走神，就从那碧绿碧绿的漩涡似的洞里退了出来，确切地说，是被一种魔力排挤了出来。待我再想细看时，李惠曼和绳子都消失了！天空也只是天空，除了飘浮的云朵什么也没有。这使我怀疑刚才我的所见也许是假的，是因为我过分惦念李惠曼所导致的幻觉。但铁犁的尸体告诫我一切都是真的!

我必须弄清楚李惠曼的死活，毕竟，她已经在试着往房梁上系绳子了！多吓人，人间说得好，好死不如赖活着！所以，我又把“咪乌昂，咪内斯。咪啦无嘿呦门，咪啦无弗兑”唱了九遍。果然，那漩涡似的、烟袋锅状、碧绿碧绿的洞又出现在天上。刻不容缓，我赶紧把两只眼插进去，一探究竟。

幸好，没发生什么悲惨的事情。我再次看到时，李惠曼已经系好了绳子，但是由于没有经验，她把绳套系得太低了，从而导致踢掉凳子之后，脚还踩在地面上。“傻娘们儿，果然离开我啥也干不了！”我不禁窃喜。然而，她并不灰心，而是把凳子扶正在房梁下，再次费力地站到凳子上试图把绳套系得高一些。我的心再次提到了嗓子眼儿，这可怎么办？再傻的人，只要一心求死总是能如愿的！就在我六神无主之时，铁犁出现了，它是从地面上长出来的，先长出头，继而是脖颈儿，继而是整个身体，就像植物从土里长出来一样。它好像被眼前的场景弄蒙了，但并没有失去理智。凄厉的狂吠之后，它疯狂地撞击凳子。这样一来，李惠曼在摇晃的凳子上根本稳不住身子，她不得不坐下来，大口大口地喘着粗气。铁犁上前欢快地亲吻她的手，它把头紧贴在她胸前磨蹭，喉咙里发出急切又娇柔的声音。显然，铁犁没有因为转世到人间而伤怀痛苦，它有的只是与旧主人重逢的欢喜和惬意。李惠曼见到从天而降的铁犁，马上就终止了正在进行的不光彩的事情，并摆出一副热情又快乐的面孔，就好像铁犁是远道而来的亲戚或朋友。她羞愧地清理了现场，然后紧紧地把铁犁抱在怀里，在哭了一小会儿之后，放开它转身往厨房去了。

之后，我又把目光挪到胡心愿居住的那两间破石头房子里——空了！房子里空荡荡的，脱了漆的条凳和四方桌胡乱地翻倒在地，床上团着的破棉被像一堆烂树叶等待着燃烧，黑黢黢的墙面泛着清冷又瘆人的油光……胡心愿死了——她到底死了。

本来，我应该为胡心愿的死和李惠曼的化险为夷而感到庆幸，但李惠曼和铁犁的一番对话使我愈加伤感，甚至，竟然像刘汉庭盼着胡心愿死得快一些一样，我也盼着李惠曼赶紧结束了那条贱命，来到海塭堡和我团聚。我无来由地埋怨铁犁的愚忠，它干吗救下一个一心求死的人呢！要是它变得铁石心肠，很可能这时候李惠曼已经在海塭堡的另一块大石头上醒过来了，而我也不必再一个人孤苦伶仃地过日子。

就在我愁眉不展的时候，突然觉得眼前闪过一片过分耀眼的亮光，我赶紧四下里张望，但什么也没看到。由于沮丧，我神思恍惚，一阵一阵波浪似的眩晕感从头顶往外冒。

我顾不上寻找那一片过分耀眼的亮光来自哪儿，此时此刻，我的心完全乱了。李惠曼的哭诉使我难过，她说那鬼儿子夯砣为了告倒医院请了个有名的律师，他们搜集了充分的证据，进行了无数次演练，终于赢了官司。医院不得不支付给他二十八万元的赔偿。听到这里时，我是松了一口气的，想我贫贱一生，临了，还赚了这么多钱，也总算没在世上白走一遭。这笔钱按理说应该一分为二，李惠曼和夯砣各得十四万元，这样两个人都有活路。老话说虎毒不食子，但子毒要吃虎啊！丧天良的夯砣把钱全攥到了自己手里，这还不够，他还设计骗走了那三张存折和李惠曼的社保卡。他总算还有点儿良心，说是每个月给李惠曼三百块钱生活费。但三百块钱够干啥的？李惠曼身体不好，因为血压、血脂、血糖都高，所以她常年吃着赖诺普利、阿托伐他汀、二甲双胍，光这些药就得二百来块钱，剩下百八十块钱连米面油都不够的，更别提蔬菜水果了。由此，李惠曼的活路硬生生断送在亲生的儿子手里，她觉得在乡亲们面前丢了脸，再活着也是天大的耻辱，索性死了干净。

◦ 七 ◦

一夜无梦。但这不是造成我失眠的根源，的确，即使我把羊数到一万只，即使我闭上眼睛强迫自己忘掉一切，我还是不能睡——纠缠着我的除了陷入绝境的李惠曼，还有刚刚死去的铁犁。它出于对我的爱和忠诚甘愿掉入我的圈套，而我出于对李惠曼的爱不惜违背良心设了圈套。爱的本质是什么？牺牲？抑或自私？或者是一种复杂的存在？它应该识破了我，可它到底成全了我。一想到它为了向我表忠心而背叛不能背叛的海塭堡，从而受到惩罚，我就感到羞耻。这羞耻像滚烫的岩浆灼烧着我，使我悔恨，也使我疼痛。

人间的黑夜蔓延到了海塭堡，我看不到铁犁，也看不到李惠曼。我相信有它在，李惠曼绝不会再轻易自寻短见。一想到他们即将面临的窘迫，我的悔恨和疼痛便又加深了一重。而我什么也做不了，只能像一截树桩一样苦苦等待。我真希望记忆能在瞬间消失，消失得干干净净，可显然，这只是我的痴心妄想。在海塭堡，记忆是逐渐惨淡起来的，并且直到变成婴儿的那一刻才会彻底消失。不管怎样，我可以在唱过九遍“咪乌昂，咪内斯。咪啦无嘿呦门，咪啦无弗兑”之后，能够通过那个漩涡似的、烟袋锅状、碧绿碧绿的洞看到他们，这于我来说也算是天大的恩惠了！尽管为此丢掉了铁犁的性命，而我也背负了沉重的包袱。但毕竟，人总要比狗重要，我是这么认为的。

第二天一早，尽管明媚的气息扑面而来，鸟儿在泛着光泽的绿意间轻快地鸣叫，溪流奏出的音乐比往常还要美妙，然而，失眠造成的眩晕仍然牢牢地困扰着我。我本来打算这一天什么事都不干，而是翻来覆去地通过那个洞看着他们。但我的计划被酩苏打断了，她一反常态地为我做了一顿丰盛的早餐，大米饭、番茄炒鸡蛋、糖醋排骨，外加一盆玉米碎粒清汤。我突然想起来这餐饭和她初次迎接我时一模一样。不知为什么，冥冥之中，有一丝模糊的不祥之感划过心头，像流星一样，倏忽一下就消失了。她破天荒地露出笑容，似曾相识的久违的笑容，眉眼像极了奶奶庙里的三皇姑。

“旋风叔，你看！”就在我诧异她的表现时，她递给我两张脑袋大的彩色照片。我突然就明白了，她的变化来自这两张照片。她说过她在人间时是个摄影师，而能够使一个摄影师露出笑容的自然是满意的照片，就好像农民种出满意的庄稼一样。

我在一张照片上看到了我——一个陷入思索和痛苦的愁眉不展的老人！丑陋无助且惊骇万分！原来我眼前闪过的那一片耀眼的亮光来自她！或者，她时不时地消失一直是假象，而她实际上一直像等待捕食的兽类一样潜藏在某处窥探着我，等待着某个值得她按下快门的场景出现。另一张照片上则是死去的铁犁，只见它的眼睛紧紧地闭着，僵硬的四肢枝杈一般朝四个方向伸展开去，毛发也变得毫无光泽。使我迷惑不解的是她为什么要拍下这样不堪的瞬间，并且对此表现出一副心满意足的样子。难道摄影师不喜欢美好的事物，而偏爱不美好的事物？这一点和农民完全不同，农民只会对饱满的麦穗、谷穗、高粱穗、玉米棒等带来的伟大的丰收产生自豪感，而干瘪又贫瘠的收成会把他们推进暗黑的深渊，或者这暗黑的深渊能把他们活着的尊严和勇气碾压成碎片，从而给家庭和亲人带来深重的伤害。

在听了酩苏的讲述之后，我才算真正认识了她，也真正理解了摄影师的含义，并且对她萌生出激烈的敬佩之情。

酩苏说，她在人间时酷爱摄影，在大学期间深受悲观主义影响，决定要以毕生精力和智慧拍摄出人们的悲苦。她之所以经常性地玩失踪，完全是因为职业惯性所驱使。于海塭堡，她这个初来乍到者还保留有关于人间的清晰的记忆，为此，她一天天外出寻觅，就是为了能够找到苦厄和黑暗。可海塭堡毕竟是海塭堡，而不是人间，在这儿，尽管她全心投入工作，甚至比在人间时花费的心血更大,但她一天天的什么也拍不到。为此，她在不知不觉中变得冷漠又神秘，并且经常性地不辞而别，有时一连消失好几天。后来她凭着常年积蓄下来的职业敏感感觉到我身上有“货”，于是，便像等待捕食的兽类一样潜藏在某处窥探着我。于是，有了我眼前闪过的那一片耀眼的亮光。于是，有了那两张照片，也有了今天丰盛的早餐和她破天荒露出的笑容。

她曾受雇于一家报社，在社长的欣赏和鼓励下，她拍下了大量揭露社会底层不为人知的生活照片。后来，她把镜头对准了环境污染，拍下了被污染的河流、浓烟滚滚的工厂、漫天飞舞的黑色铁雨、濒临死亡的尘肺病患者……社长先于她收到了恐吓信，但他不为所动，一如既往地支持她，甚至还在报纸显眼位置大肆报道，为此彻底激怒了一些人。在一个由于加班而晚归之夜，四五个蒙面大汉把他围在电梯里暴打了十几分钟，导致他三根肋骨骨折，脾脏破裂，大脑出血，幸亏送医及时保住了性命，但他出院后就从这个世界上蒸发了。一直到她死，都没能见到他。

在暴力和恐吓面前，她没停下来，反而暗下决心要和那隐藏在暗处的恶势力周旋、较劲。社长失踪后，她也过上了颠沛流离的生活。即使身处险境，她也没有放弃以影像记录和揭露那些存在于现实中的罪恶和不堪。

有一次，她被人抓住，那些人捆绑住她的手脚，把她扔在一个废弃的机井房里。当时正值寒冬腊月，透骨的冰凉和剧烈的恐惧立刻钻进了她的身体，但她强忍着不挣扎，也不喊叫，而是冷冷地看着他们……她以为她熬不过那一次，可谁知他们误以为她死了，在几番试探之后四散而去，幸亏她命大又活了过来。

第二次遇险是在一个综合性商场，当时，她和一群女人挤在搞促销的床上用品前，她平时喜欢这个品牌，却苦于价格不菲而舍不得购买。她的确太大意了，她的心思全在那柔软润滑的布料和精美大气的花样上面。等她感到胸前一阵剧痛，鲜血随之喷涌而出时已经晚了。她一直记得医生把一枚黄铜色子弹扔到白铁盘子里时发出的短促又刺耳的声音，那枚子弹没有任何弹跳便静止了，像渗着血的眼睛一样盯着她看，似有不甘，又似有愧疚。经过这些骇人的事件，她曾想过放弃，也像社长一样消失于无形。毕竟，消失不可耻，而众目睽睽之下的退却更无耻。可这短暂存在了几秒钟的念头却使她羞愧——这个世界上谁都可以鄙视她，唯有她自己不能！ 她的灵魂属于相机，她爱它，甘愿为它担惊受怕，甚至牺牲性命。由于是小口径手枪，或者是她肩负的使命的护佑，她再一次逃脱了死神的魔爪。但开放性气胸给她造成了严重的后遗症，她的肺部抵抗力严重下降，这使得她出院后备受胸口疼痛的折磨。这种剧烈的刺痛时不时就会袭击她，不分白天黑夜，她实在熬不住的时候就把前胸狠狠地抵到桌角，靠着桌角的力量使疼痛略微减弱一些。她还得小心翼翼地规避感冒，要不然很容易惹上肺炎，进而导致更为棘手的胸膜炎。

在她静养的那段时间，她沉浸在舒伯特的音乐之中，《小夜曲》《野玫瑰》《音乐瞬间》……她一首接一首地听下去，甚至，她感觉自己被那私密的、清晰明了的、炽热又浪漫的调子征服了。它唤醒了身体内另一个自己，一个喜欢安逸、宁静、简单的小女人，甚至，她站到她面前试图说服她，恳求她，命令她放弃记录那些罪恶和不堪。就在她的意志即将松动之时，贝多芬的《命运交响曲》和第八号钢琴奏鸣曲《悲怆》彻底改变了她的下坠状态，那雄厚又悲壮的力量把她托举起来，激励她挑战并抗争命运，超越并升华现实，坚持并实现理想。

之后，一个偶然的机缘，她卷入了一宗诈骗房产案。涉案的多是六十岁到九十岁的老人，他们用自己毕生积蓄买来的房子，莫名其妙地变成了别人的财产，还被强行赶出家门，而不得不露宿街头。她就是在一个雨夜目睹了十几个老人跪在广场上痛哭的场面之后，才决定再次以身犯险的。那些跪着哭泣的老人丝毫不惧怕雨淋，他们像木头一样，对雨从小到大的变化毫无觉察，即使膝盖泡在水里也岿然不动。为此，她拿出多半的积蓄雇了一个情怀深重且没有家庭拖累的古稀之年的老头儿充当她法律意义上的父亲，那机敏又勇敢的老头儿在每一个环节中都表现得非常出色，他裤兜里的录音笔和嵌在拐杖龙头处的针孔摄像头起了关键作用，而她轻而易举地获得了真实又充沛的第一手证据。就在她向公安机关报案后的第二天，她死了，死于车祸。车祸现场很简单，她在绿灯时走上人行道，而一辆本应该静止等待的车全速驶向她，就好像她并不存在一样……她没有看到肇事司机脸上的漠然和冷笑，但在场的其他人看到了。她死了，死不瞑目！她本以为自己白死了。可事实上，她花重金雇的老头儿继续了她未竟的事业。他带着厚厚的资料跪倒在公安局门口并恳求他们为那些失去房子的老人们做主，并且为死于横祸的她主持公道。他跪在伸缩门旁一动不动，不吃不喝，像一块石头一样高举着“为民请命 死而后已”的牌子，不辱骂，不呐喊，他以沉默呼吁、对抗。最终，诈骗房产案得以成功告破，涉案房产八十余套。她并不知晓这些，毕竟，她死了，她已经生活在海堡堡。案件侦破之日，她在海堡堡遇见了老头儿。他告诉她，事儿办完了，办好了！她先是惊愕，毕竟她从没委托过他。但随即她就笑了，她笑着扑向他。老头儿说为了庆祝自己平生以来干得最出息、最光彩、最伟大的事儿，他犒劳了自己一整瓶五粮液，不承想自己的消酒能力已经大大萎缩，不像年轻时那么旺盛，所以一睡便再没醒来。

酪苏的讲述结束之后，她跟我说要以游泳的方式犒劳一下自己，毕竟游泳能够使人彻底放松。自从重生在海塭堡，由于挪不开心头的暗影，她从没正儿八经地游过泳，只是偶尔跳进院子里那条像蟒蛇般匍匐着的二尺来宽的小溪中潦草地冲洗一下而已。她以此惩罚并警醒自己。现在，她终于可以放松了。她笑着朝我挥挥手，转身朝院门走去。她轻快的身影美妙极了，像水，像云，也像仙鹤。我真希望能够从心底产生那种火燎的羞涩感，但心底偏偏像覆盖着一层迷雾，待我拨开迷雾，却发现李惠曼在那儿躺着，她朝我露出诡异又迷人的微笑。

湛蓝的天空和红岩石的墙面静默着，院子墙根处的大瓷碗里残存着一些水，但它再也倒映不出铁犁伏身喝水的姿态了；那一簇簇剑形叶子看起来比平时愈加坚硬，颜色也苍翠了许多；母鸡们躺在木栅栏下洗尘土浴，它们不时发出沉闷或欢快的叫声……此时，没有酪苏，没有铁犁，一切仿佛静止了——尽管一切片刻都不会静止。我第一次感到寂静，或者说寂寞带给我的不安，这不安持续扩大，像水落在宣纸上，迅疾又不可阻止地渲染开去。

“咪乌昂，咪内斯。咪啦无嘿呦门，咪啦无弗兑。”我不由自主地唱起来，尽管音调悲怆，但我知道唱过九遍后，我就能看到辗转一夜想看而不得见的东西。生怕这咒语失灵，我一遍比一遍唱得卖力。就在我唱到第七遍时，由于按捺不住激动，我稍微有点儿分心，而把目光瞥向院门处。天哪！

刘汉庭正倚着院门朝我这边看，他瞪瞢着两只眼睛，嘴巴微微张开，脸上的皱纹散了开去，看样子他来了有一会儿了！一想到他可能知晓了海堡堡的秘密，我立刻感觉到四肢瘫软，心脏也擂鼓似的上蹿下跳。铁犁临死前叮嘱我任何情况下都不能泄露秘密，除非甘愿提前转世到人间，从婴儿开始重新体验生、老、病、死、求不得、爱别离、怨憎会、五阴炽盛之苦。我还没体验过从年老活到年轻直到变成婴儿的过程，还不能仓促转世，毕竟在人间的那一生要经历太多不堪承受的重负。

“你神神道道念叨个啥嘞？我一个字儿也没听清。老伙计，你瞧我带了啥？哈哈，咱们老哥俩喝两口，好好喝两口，不想人间的烦恼事儿了。除了胡心愿，我已经忘得差不多干净了。”

听到这儿，我那擂鼓似的上蹿下跳的心顿时平稳下来。还好，刘汉庭什么也没听到。使我不解的是，胡心愿明明死了，按照常规，她应该能够来到海堡堡和刘汉庭相聚，毕竟，她和我母亲一样也没犯过不可饶恕的大罪过。但我母亲还不是被分配到了“那边”？我本来打算一见到刘汉庭就把胡心愿已经死去的消息告诉他，好让他舒畅舒畅。可我不敢，我怕他又没完没了地哭。他那样的哭，我在人间时就听腻了。

“铁犁嘞？”我们喝到脸皮微微发麻时，刘汉庭忽然想起了铁犁。是啊，搁在往常，铁犁应该趴在地上，或者欢快地穿梭在我们中间。难道我能告诉刘汉庭它为了忠诚于我泄露了海堡堡唯一的秘密，从而轮回到人间受苦，并且它还救了李惠曼一命？为了我自己，我要像攥紧布袋口一样攥紧我的嘴巴。

我沉默着不说话，任凭我的老伙计刘汉庭一遍遍地盘问我。甚至在他发火过后终于哭起来，我也没有丝毫动摇过。

“喝吧，老伙计，喝吧，喝吧，喝吧！”刘汉庭放弃了对铁犁的追问，他一杯一杯地劝我喝酒。有好几次，我看见他让酒顺着下巴流下来，一直流过脖颈儿和前胸。我以为他喝多了控制不了自己，并没多想。可我到底低估了他。

“说吧，老伙计，说吧，有啥好隐瞒的？铁犁嘞？”在我醉得歪倒在地时，又模模糊糊地听到了刘汉庭的盘问。他到底没喝多，他是清醒的。

“死了！都死了！”我不知道为什么说出了真相。但他不相信胡心愿死了，更不相信她可能去了“那边”。为此，他非要刨根问底，非要像我一样亲自看看。

“‘咪乌昂，咪内斯。咪啦无嘿呦门，咪啦无弗兑。’唱吧，唱吧，唱吧！你唱九遍！连唱九遍！”泄露了海塭堡的秘密之后，我立刻清醒了，但我知道一切已无法挽回。

当我的老伙计对着湛蓝的天空吟唱那美妙的咒语之时，我的身体开始萎缩，我能确定的是我并不后悔，也不再恐惧——铁犁忠诚于我，而我忠诚于他，有什么错呢？他高亢顿挫的音调像忽闪着大翅的鹰隼飞跃树梢和层云，我仿佛看到那碧绿碧绿的漩涡似的洞徐徐开启……

狗油，狗油

当黑暗压向大地的时候，从那所依山而建的旧石头房子里传出一声接一声的叹息，这叹息沉闷、绵长而又渗透着淡淡的绝望。尽管它们穿不透这渺无边际的黑暗，也不能博得花草树木们一丁点儿的同情，但它们总是准时而又顽固地响起。

“咋也得试一下吧，不试咋能知道呢？”老爷爷蜷缩着身子坐在炉火旁的小板凳上，炉火燃得很旺，昭示着一种年轻又倔强的生命力。火光在他那张皱纹丛生、黯然枯槁的老脸上跳跃，噗噗噗，时而缓和，时而急促，偶尔有火星四溅开来，它们很快又熄灭在硬邦邦的泥土地上。他把一口黏痰愤愤地吐向地面，那力道，恨不得要把地面砸出一个坑，好掩埋那些挥之不去的苦闷。

“唉——”老奶奶在应声之前先深深地叹了一口气。这口气从两年前就在她的气管里上蹿下跳，它们无休无止地撞击她，使她慌张、疼痛、枯竭。

“你就不能出去找个狗？一棍子下去就死了！为了小臭臭儿，唉——我苦命的孙儿啊——”老奶奶本来在刷碗，但她突然停止了，显然，她又一次陷入了没有尽头和光明的思考之中。两年以来，她时常被这思考搅扰得不得安生。她把干涩又浑浊的目光固定在老爷爷脸上，期望从那张被岁月浸泡得生了锈的黑皮囊上看到点儿什么，比如深黄又黏稠的狗油，它们足以盖住老爷爷的脸，像小瀑布一样缓缓流下来，不停地流……而她呢，她开心极了，甚至，她像个孩子雀跃着、颤抖着把它们接在一个搪瓷盆里。她用小细毛刷为小臭臭儿涂抹，轻柔、细致、耐心，唯恐弄疼了他。那个脑门儿饱满、鼻梁高挺的俊俏孩子，安静地躺在那儿，脸色苍白，表情困倦，一些密密麻麻的斑点覆盖在他赤裸的小身体上，它们组成了奇妙而漂亮的花纹，有的像蝴蝶，有的像盘子，有的像套环。他似乎并不忧伤，正在小声哼唱《月亮河边的孩子》，那轻快柔美的旋律从他喉咙里跳出来。虽然有些跑调，但依旧使人快慰得落泪。他把喉咙关闭之后马上冲奶奶笑了笑，纯洁而清澈的笑容，像三月的嫩芽，像初生的小羊羔，像飘过山腰的薄雾……“奶奶，你给我涂抹的是什么？能治好我的病吗？”孩子问得有些漫不经心。两年以来，他尝试过太多种治疗了，显然，效果并不明显，这使他有些灰心。“狗油！孩子，是狗油！不——啊，能，能治好你的病！”她本来想表达不确定的意思，但终于没忍心。她宁可欺骗他，也要在他心里置入一道光亮，哪怕这光亮转瞬即逝。

“喂——老婆子！喂——喂——你不要手爪子了？喂——”直到老爷爷焦躁又粗狂地大喊起来，而那时，老奶奶的脚面上已经狠狠地挨了一烧火棍，疼痛也像滴在宣纸上的墨汁一样缓缓洇开。她这才回过神来。此时，她那双一直泡在铁锅里的手感到一阵阵钻心的疼痛——铁锅放在燃着的炉火上，水温趁她愣神的当儿已经接近八十度了！而她还像个木偶一样沉浸在给小臭臭儿涂药的幻想里——她迷恋小臭臭儿的歌声和笑容，实在不忍从那儿抽身出来。

老奶奶将一双通红的手伸进墙角的水瓮里，沁心的冰凉霎时围裹了她。她缓缓舒了口气，但随之而来的仍然是浓厚而呈胶状的忧虑——狗油，狗油，从哪儿能弄到狗油呢？

“偏方对症也能治大病，老辈儿传下来的老理儿得信！獾油治烧，狼油治喘，猪油治疣，狗油治疮！狗油，狗油，咋也得弄到狗油啊，老头子，不能眼睁睁地看着那孩子毁了啊，多好的孩子，咱们的孙子……”老奶奶一边自言自语，一边使劲儿地来回搓手，多少年了，她在焦躁无助的时候总习惯这样。

炉火已经熄灭，透骨的寒冷立刻充斥了整个房间。房屋建于二十世纪二十年代，石木结构，四米来高，四面墙壁用黄泥涂抹。由于年久，冷空气很容易穿透松懈了的黄泥缝隙，它们可不管年老、病痛、忧愁啥的。其实，只要老俩在炉膛里填满黑炭，十几度的室温便能持续一夜。但他们舍不得，尽管院子的东北角堆着的黑炭足有两吨。那是小臭臭儿的父亲买的，他是他们唯一的孩子，也再三叮嘱他们夜里要舍得烧炭。他们也面带微笑地答应了他。但他们只是为了宽慰他的心随意应承一下而已，除非雨雪肆虐的鬼天气一连持续几天，否则，他们绝不会动那些小山似的黑炭。他们只会不知疲倦地从山上捡树枝或者荆柴疙瘩。即使这么寒冷的冬天，他们也只在一日三餐时才舍得把火点起来。

“你老让我找狗，老埋怨我，可你咋不找哩？难不成找狗这事儿非得孩子的爷爷干？你这个当奶奶的就没份儿？”老爷爷已经钻进冰凉透顶的被窝儿里，此时，他正咬着牙忍受自己的体温被冰凉的被子掠夺。十几年没换过棉絮的被子能不冰凉吗？他仰着头躺着，在得不到妻子的回应之后便陷入沉思。他把目光凝注在那些黑黢黢的大梁和檩条上。他不由得羞愧难当——老天爷对人最大的不公平就是让人衰老，让人失去尊严和力量，让人像猪狗一样死去！

“唉——”老奶奶又深深地叹了口气。其实，她也知道叹气不管用，可是自从两年前小臭臭儿惹上红斑狼疮时，她就添了这毛病。

“老叹气老叹气，管啥用！叹得人心烦！烦得要死！”本来仰躺着沉思的老爷爷忽然翻过身子趴在炕沿儿，他用两只胳膊支撑着光秃秃的酱红色脑袋。这颗脑袋曾经装满无穷的威严和智慧，如今，却只是个干瘪的空壳子了。他一听到老伴儿的叹气声就心烦，就莫名地控制不住情绪，所以他的语气听起来像在训斥人。

“本来你妹妹答应帮忙的，她家里养着一条柴狗，可——可她在年前中煤气死了，那狗也跑没影儿了！按说她那房子死不了人，门头和窗户都不严实，太奇怪了！你说说，操劳了一辈子的人咋就不能有个好死呢？！唉——狗油的事儿也就泡了汤。让你偷你又不愿意，说啥一辈子没做过下贱的贼猫子。人老了还要啥脸哩？老头子，要不——要不咱自己养条狗？养得胖胖的，到时候能多熬点儿油，还干净！”老奶奶已经完全不在意老爷爷的语气了。四十多年了，她对身边这个爱干活儿、私性大、认死理儿的倔巴老头儿已完全习惯了。即使他每天像呵斥狗崽子一样对待她，即使他从不协助她做一丁点儿家务……她也从没想过把他扔到半道上离开。她就是这么一个善良又没有主见的人，甘愿做丈夫和孩子的奴隶。

“自己养？嗯——这倒不是不能，可——可——可到最后谁下手？要知道，狗可是个灵性物儿！”老爷爷从土炕边的小盒子里摸索出来一个洗衣粉袋子，那里面放着旱烟丝和一沓剪成长方形的纸片。他捏了一撮烟丝在纸片上，摊平，折叠，半分钟不到，一个锥形烟卷便成型了。散淡的烟圈从他常年不刷牙的嘴里冒了出来，它们轻盈地散开去。但那些困扰老两口儿的苦闷却像磨盘一样压在他们心口上。夜愈深，它们便愈清晰、愈沉重、愈恐怖。

“嘶——”每当十分犯难的时候，老奶奶便轻咬住牙关使劲吸溜空气，从而制造出这种怪异的声音。也许是屋子里的空气太冷了，也许是用力过猛，她感觉上下牙龈发凉，一直凉到了咽喉处。

“这可真是个事儿咧！嘶——嗯！还是你动手吧，谁让你是爷们儿咧！”

“你想让我折寿？你个死老婆子，看我死了你咋好活！”老爷爷使劲儿把烟蒂喷到地上，那烟蒂落地之后又向前滑了十几厘米。从力道上完全可以推断风烛残年的老爷爷身板硬朗，他依旧有能力照顾自己的女人和土地。

“那我死了你就能好好活着嘞？死犟筋，你连个馍馍都不会蒸，还不饿死你！”老奶奶没好气地白了丈夫一眼。在她看来，像杀狗这么恐怖的事儿理应由丈夫动手，这没什么好纠结的。

“你下手，还是得你下手！”老爷爷的口气像是在命令，他已经被瞌睡虫折磨得没多少耐心了，尽管他的心上压着一盘磨，但他在劳累了一天之后的确困倦极了。毕竟，岁月不饶人，他都六十七岁了。

“我不！”老奶奶不假思索地回了一句。

“哼——怕死鬼转的！”老爷爷厌恶地闭上了眼睛，“就得你下手，你忘了你杀过鸡？为了给儿子吃上无公害鸡肉，你心狠手辣地杀了三只母鸡。我还记得在它们没死绝的时候，你就把它们摁在开水盆子里，有一只还扑棱了出来……那时也没见你怕过呀！老婆子嘞，你有杀生经验，必须你下手！这事儿没得商量！”

“哼，怕死鬼转的！狗还没影儿呢，睡吧睡吧——”

二十世纪七八十年代，那时，家家户户养狗。而且，狗儿们拥有绝对独立的自由权，它们可以无拘无束、悠然自得地生存、发情和交配。主人们根本无暇顾及它们的温饱及孕育在它们肚子里的崽子，他们只知道没日没夜地去地里干活儿。因为他们知道，只有土地才能回馈给他们尊严和希望，尽管逢上旱灾和水涝，这尊严和希望会渺如逗点。

短短几年工夫，狗儿们便泛滥成灾。母狗在大街上，甚至人们的眼皮子底下，向公狗们献媚。它们太醉心于自由了，这样，害处与危险很快便显露端倪。一开始，成群结队的狗由于饥饿整日里狂吠。它们只是以最简单的方式呼唤食物，并不敢有任何轻举妄动。后来，饥肠辘辘的肠胃指使它们背叛了忠诚于主人的好德行，它们偷吃笸箩里的玉米面团子、红薯、煎饼等一切能够下咽的东西。当然，这没什么好下场！主人们在举起棍棒朝它们抡下去的时候绝不心慈手软，甚至，有个特别倒霉的家伙当场殒命。再后来，它们中的一小撮表现出精神沉郁、反应迟钝、吞咽困难、唾液增多等异常症状，这种糟糕情况持续一两天之后，它们彻底变得狂暴不安……最后，它们中的一小部分疯了，它们朝牲畜、家禽和人们进攻……而疯狂需要被控制，或者被消灭！

打狗队就是在那时进驻村子的。那时，夫妇俩不到四十岁，而黑狗“木锨”已经十一岁了，有可能再有四五年，它就寿终正寝了。仅仅两天，大街上便清净了许多，据说打死一百三十二条狗。夫妇俩实在不忍心“木锨”送命。起初，他们把它拴在北墙边的梧桐树上，为了防止它狂吠，他们在每次出门前都不会忘了用麻绳把它的嘴缠住，以防它发出叫声把打狗队引来。让人欣慰的是，夫妇俩从地里回来之后，麻绳总是安然无恙地缠在“木锨”的嘴上。晚上，即使在打狗队的人熄了灯之后，他们也不敢解开缠绕在“木锨”嘴上的麻绳。“坚持两天，总不会饿死的！”他们宽慰自己。第二天，夫妇俩仔细检查了麻绳的松紧度，在确信万无一失之后，他们照常下地了，并且，给那常年敞开着的木大门上了一把铁锁。然而，当他们干了一天活儿回来时，还是被眼前的血腥场面惊呆了！狭小的院子里到处都是血，就连墙上都被甩满了血点子。从血迹散布的状态可以判断出“木锨”并不是一枪毙命，中枪后的疼痛促使它产生了巨大的爆发力，像陀螺一样疯狂地转个不停。它转呀转，怎么都转不出死亡的圈套！据说村民们并没有告密，而是“木锨”自己咬断了嘴巴上的麻绳，从而招惹了打狗队。

夫妇俩强忍着心头的悲伤，十一年的陪伴不是一时半会儿能割舍得清的。他们小心翼翼地把“木锨”的尸体抬到一块石板上，用清水一遍一遍冲洗它身上的血。之后，妻子用梳子细致地梳理好粘在一起的毛发。他们用一领崭新的席子裹住它，把它葬在屋后的空地上。它是唯一一条避免了被扒皮吃肉的狗，是一条幸运的狗！

“唉——要是有点儿先见，那时把‘木锨’破了膛熬了油就好了！唉——狗油啊，狗油！愁死了！”老奶奶几乎每天晚上都在老爷爷的耳朵旁叨叨这句话。大多时候，老爷爷并不搭话。只有少数时候，老爷爷才心不在焉地小声附和：“是啊，是啊，要是有点儿先见就好了。”

一个月前，老两口儿到儿子打工的城市去了一趟。由于没打招呼，他们见证了儿子一家的城市生活——住的是偏僻小巷子里的破旧平房，狭小又昏暗，由于年久，涂料粉刷的墙壁到处都爆裂得斑斑驳驳。靠着东墙的布沙发中间部分凹进去一个皮球大的坑，没有电视，没有电脑，没有冰箱。他们不明白儿子一家为什么要在城市过这种乞丐式的穷生活，而让田地和山坡都荒着。直到现在，他们都没能从那次探望产生的巨大黑洞中挣脱出来，就仿佛那黑洞一直在生长。尤其揪心的是小臭臭儿，那个一贯活泼的孩子面部僵硬、沉默寡言，他除了给他们打了声招呼之外便再没说一句话，只是安静地蜷缩在床上的阴影里。他喜欢阳光，但他的病惧怕阳光。他们想看看他身上，但小臭臭儿不肯，他把自己裹在被子里嗷嗷地低声叫唤，那声音里满是痛苦和绝望。儿子说小臭臭儿的病发展得太快，他们赚的钱根本供应不上那种中西医结合治疗法，只好用非甾体消炎药、抗疟药、免疫抑制剂类的西药控制，但效果太不乐观。他的身上已经没有一块儿好地儿了，肌肉和指关节经常酸痛，半个多月没去上学了……

老两口儿迫切想要一条狗，为了儿子一家的生计，也为了那可怜的孩子。但是，自从打狗队走了之后，十来年里几乎没人养狗，都说伤不起那心。他们逢人就打听，甚至做着伴转悠遍了附近的十几个村子，倒是寻到几处有狗崽子的人家，但人家都知道他们有个患了疮病的小孙子，谁都不肯把狗崽子送给他们。转眼间三个月就过去了，老两口儿还是没能找到一条狗。就在他们近乎绝望的时候，事情有了转机。他们在距离村子一公里处的山坳里发现了一个狗崽子，尽管它看起来不足一个月，瘦溜吧唧的像个干巴老鼠。但他们还是兴奋地把它带回了家。

在老两口儿的精心呵护下，短短两个月时间，这条寄托了他们巨大希望的狗便很快地长大了。这并不匪夷所思。因为，老两口儿像照料亲孙子一样照料着它，他们从来不让它吃剩饭，更不让他吃屎，而是喂给它和自己一样的饭食。甚至，每隔两三天，老奶奶就会偷偷地往狗盘里面磕一个生鸡蛋。她觉得生鸡蛋能够驱除掉狗体内的火，从而保证熬出来的狗油质地纯正。她一想到某一天，她用新买来的小细毛刷把深黄又黏稠的液体涂抹到小臭臭儿的身上，那孩子身上的“蝴蝶”“盘子”“套环”就像风一样消失得干干净净，便由衷地感到幸福，微妙又真实的成就感也就霍霍地升起来。

她从不把它当成畜生，尽管它的确只是一个畜生。

老两口儿唤它“仙药儿”，它本来就是他们的“仙药儿”。起初这样喊的时候，他们还感觉到了一丝良心上的不安，为这赤裸裸的罪恶感到羞愧。但时间长了就习惯了。这完全是为了在最后动手的时候不至于心如刀绞——“仙药儿”嘛，就是用来治病救人的！他们喊它“仙药儿”时语速较快，语调生硬，以至于乡亲们都误以为他们在喊“小幺儿”“小幺儿”。那狗对“仙药儿”这个称谓一点儿也不排斥，它很快便认定了这两个字儿就是自己的名字。每当听到这个词儿的时候，它都快活地高频率摆动尾巴，或者屁颠屁颠地用脑袋磨蹭他们的裤管，或者四脚朝天地躺在地上用湖水一般清澈的眼睛盯着他们……

“仙药儿”已经五个多月了，它嘴巴尖短，额头平坦，镰刀状的尾巴经常卷着，只有在遭到呵斥时才会耷拉下来。它长得健硕肥大，已经完全像一条成年狗了。现在，它趴在旧褥子上睡着了，眼睛闭得严严实实，它不想看那两张忧郁又疲惫的脸，也不想听那没完没了的唠叨。

“咋把它弄死呢？”老爷爷每天晚上都像往常一样喃喃自语。两个月以来，他们每天就“怎样弄死仙药儿”进行争论。老奶奶觉得这事儿理应由男人动手，毕竟弄死一条狗和杀死一只鸡不一样，而老爷爷以自己从不杀生为由断然不肯下手。他们每天都盼它死，盼它死于除了疾病之外的各种意外事故，比如不小心掉进深井溺了水，或者跑得太快撞了墙，或者被山上那些套兔子的铁丝勒住脖子……但它偏偏能巧妙地避开这一切，而像一棵小松树一样蓬勃有力地活着，长着。

“用刀子？嘶——太疼了！用绳子？唉——也不行啊，太慢！……”老爷爷朝睡得正酣的“仙药儿”冷冷地看了一眼，恨不得自己的目光变成一把能够穿透它心脏的利剑，这样他就不用再为怎样弄死它而犯愁了。显然，“仙药儿”被老爷爷的喃喃自语惊着了，但它只是慵懒地朝那老头子乜斜了两眼，随即，便翻转身子又睡了。

“老婆子，喂！你这死老婆子！嗨！困劲儿咋这么大咧？听我说，我想好弄死‘仙药儿’的办法喽！不过你得配合。”老爷爷沉浸在想到好办法的喜悦之中，“我把它吊在树上……”

老奶奶没睡着，但她并不接话，只是缓缓地背过身子，把一个干瘪瘦弱的背影甩给黑暗。最近，她老得太快了，呈现出一派死气。那个秘密摧残着她，她一时半会儿还不能和任何人分享。尽管她知道说出来也许更好些，但她偏偏决定严防死守。她背过身子无非是图个心静，但显然清净不了，只要一静下来，那一幕便呈现出来。

然而，她又看到了睡在旧褥子上的“仙药儿”——它四脚朝天躺在那儿，脑袋使劲儿向前仰着，眼睛闭得死死的，整个身体呈现出一种极度放松状态。那模样真像个孩子！老奶奶直愣愣地看着它，一分钟、五分钟、十分钟……直到她的两只眼睛酸涩得流出了眼泪，直到她又看到自己死死掐着“仙药儿”的那双手，直到身体又不明所以地颤抖起来，她才收回目光。

“仙药儿”好像有点儿感知，它将眼睛错开一条缝，但，随即又缓慢地闭上了，直到外面的细尘、味道、焦虑一点儿也进不到里面去。这是一双清澈得使人恐慌的眼睛！它对主人的忠诚像石头一样坚硬。

罪过啊！她曾向“仙药儿”伸出过罪恶之手……老奶奶望着这双紧闭的眼睛，再一次陷入了渺无边际的沉思。

深秋的夜空静谧而浩瀚，看起来既光滑又柔和。老奶奶深信，天上悬挂的无数只眼睛正直勾勾地看着人间。一想到自己对“仙药儿”做过的荒唐事儿可能被某一只眼睛看见，那涌起来的焦虑和慌乱就变成锋利的刀子切割她。她几乎整夜整夜不能睡觉，但白天的一大堆农活儿催赶着她。老爷爷像个奴隶主一样驱使她，而她从不反抗。为此，她被繁重的体力劳动和持续的睡眠不足折磨得没个人样儿。

“老婆子呀，奇了怪了呀，嘶——你说这‘仙药儿’最近咋一看见你就像个龟孙子一样开溜了呢，咋弄的？难不成它有啥预感了？”老爷爷不止一次询问妻子。但老奶奶的嘴闭得严严实实，她总能机敏地错开话题，而老爷爷并不爱刨根问底，所以老奶奶的秘密被保存得安然无恙，久而久之，就连老奶奶自己也淡忘了曾经对“仙药儿”做过什么。但“仙药儿”没忘，它再也不到她面前撒娇献媚，再也不允许她触碰，再也不把她倒映在自己清澈的眼睛里。在老奶奶面前，它每时每刻都像犯了错误的孩子，一见到她就低着头拖拉着尾巴逃开，或者钻到闲置的炕洞最深处，或者干脆到大自然中消遣时光。

老爷爷的鼾声逐渐由微弱变得强劲，他已经睡熟了。老屋四壁挂满了色彩浓艳的山水画、伟人画。每年腊月二十八之前，老爷爷总会从画贩子手里买几张画回来。他不舍得把旧画从墙上揭下来，而是直接把新画贴上去。

之前的几十年，老爷爷的鼾声是老奶奶的催眠曲，她总是能够在这快意、舒畅的奏鸣曲中安然入睡。然而，自从她向“仙药儿”伸出罪恶之手时起，她便再也睡不着了。只要一闭眼，

“仙药儿”那翻着的白眼、粗重的喘息和那胡乱蹬弹的小腿儿便清晰地浮现在脑海里。

一个月前的中午，那时，饱餐了一顿鸡蛋打卤面的“仙药儿”躺在院子北墙根儿的一堆梧桐叶子上睡觉。刚开始它还半闭着眼睛保持警惕，后来，浓浓的睡意把它的意志打败了，它紧紧地闭上了眼睛。老奶奶就是在这时候来到它身边的，她像贼一样蹑手蹑脚地来到它身边。她坐在距离它二尺左右的小板凳上，小板凳的四条腿松动了，凳面上沟壑横生。老奶奶坐在和她一样病态的小板凳上盯着它——它可能在做着美梦！而她，正密谋着一场谋杀！

那是一个宁静的、毫无人性的中午，也是狗油肆意流动的中午……

老奶奶的心没有在这近乎恐怖的宁静中平息下来，相反，她的心随着“仙药儿”腹部的起伏而激烈跳动。为了使自己平静下来，老奶奶伸出干巴、皲裂的手掌轻轻抚摸着“仙药儿”。她不止一次这样温柔而又耐心地抚摸它。“仙药儿”从气味上判断出是女主人在爱抚它。所以，它既没抬头，也没睁眼。也许是太困了，也许是出于对主人百分之百的信任。老奶奶的眼睛里溢满爱意，就好像在抚摸那个头发微黄、脑门儿饱满、鼻梁高挺的俊俏孩子。

她只带了那孩子五年，那是个腼腆、胆小，但十分聪慧的孩子。自从他跟着父母到城里生活之后，脸上的笑容就僵硬了许多。在患病的前一年中秋节，他跟着父母回到山里看望他们。就是那一次，他像个小疯子一样提着空啤酒瓶子在院子里飞跑，跑啊跑啊，他看起来那么快乐。然而，水池旁的苔藓把他滑倒了，手中的瓶子也在瞬间碎成残渣。他的手硬生生地按在碎成渣儿的啤酒瓶子上，惨叫声顿时充满了整个院子。他的伤口长得很快，只是在掌心顺着生命线的走向生成了一道疤痕。老奶奶自责了好长一段时间，说要是不惯着老爷爷喝啤酒的臭毛病就好了，或者她要是能及时把那些空瓶子扔到河沟里就好了。

一年后，就在老奶奶差不多忘掉酒瓶子事件之时，小臭臭儿的手上起了几个小红点，之后迅速发展到全身。那个喜欢轻声唱歌的孩子被打垮了。他拒绝出门和见人，像秋天里的狗尾草一样了无生机。小臭臭儿的父母起初瞒着老两口儿。他们辗转市第一医院、中医院及犄角旮旯里的各种小门诊，但孩子的病丝毫不见起色。有一段时间，他们每天花 150 块钱带他去泡药澡。小臭臭儿赤裸着身子浸泡在泛着浓烈气味的黑水中，他紧绷着小脸一言不发。但老奶奶最终还是知道了孩子的病情，还从儿子口中死磨硬套出了引发这种疾病的几个因素：遗传、感染、代谢障碍、免疫功能紊乱、外伤……她想当然地认为小臭臭儿的病和啤酒瓶子有关系，而正是由于自己的疏忽……

老奶奶抚摸“仙药儿”的力道加大了，连她自己都没有觉察到。“仙药儿”有所察觉，但它仍然动也不动地躺着，它太信任主人了！毕竟，她把它从死亡的暗道里拯救出来，她给予它光明、食物和爱意！她使它活得快乐而有尊严！以往的好多次，他们把脚放在它的脖子上，它一动不动地等待他们增加力量……它从不反抗，因为它知道那力量总会在它不能承受时及时消失。

“狗油！狗油！狗油……”那个中午，老奶奶满脑子都是那深黄色黏稠的液体。她那着了魔的手停在“仙药儿”的脖颈儿处，用力、用力、再用力……她的脑袋充斥着一片白茫茫，意志也混沌成了散发着煳味的糯米粥。“仙药儿”的喉咙咕噜了一声，短促而沉闷！老奶奶吓坏了。显然，她被“仙药儿”这短促而沉闷的咕噜声惊醒了。但这瞬间的醒悟很快消失了。

她的手又剧烈地颤抖起来！她不松懈。她只想它能快点儿断气。“仙药儿”翻着白眼，粗重地喘息，胡乱地蹬弹小腿儿。本能的反抗使它陷入一团慌乱，它那胡乱蹬弹的小腿儿使劲儿地抵住了老奶奶的胳膊。但老奶奶几乎把全身的力量都用在了胳膊上，“仙药儿”的反抗无济于事。

几分钟过后，“仙药儿”就像它身子底下的那些树叶一样安静下来。它用呆滞而湿润的眼睛看着昔日喂它生鸡蛋和喷香饭菜的老奶奶，它看着她，彻底放弃了抵抗。其实它完全有力量像小狼一样挣扎、咆哮、反击。但它没有继续，它乖乖地放松了自己的身体……它等待死亡来临……它不再动弹，鼻息消失……

老奶奶感觉到手底下一派寂静的时候才收回力道。她茫然地看着一动不动的“仙药儿”，看着它棉絮般摊在地上。她的喉咙升起一股血腥味的气流，眼睛也模糊成一片蛛网。她用右手反复地划拉着自己的胸脯，以此安抚那受到重创的心脏。终于，她如释重负地叹了一口气，甚至，一丝快意影影绰绰地浮上来。她小跑着到屋里拿剪刀。等到她紧攥着剪刀出来的时候，天哪！不可思议的一幕出现了——“仙药儿”摇摇晃晃地站了起来，它循着动静朝老奶奶看了一眼，只匆匆一两秒钟的时间，便耷拉着尾巴逃掉了。它钻到一堆木头的缝隙里再也不肯出来。由于受到突如其来的巨大惊吓，它的小身体瑟瑟地抖个不停。老奶奶的眼泪顺着脸上的沟壑扑簌簌地落到前襟上、鞋面上、泥地上，她像个孩子似的嘤嘤哭起来——哭小臭臭儿的病，哭自己的狠心，哭“仙药儿”的活着。从此以后，“仙药儿”便时时处处躲着她，而她则日日夜夜不能安睡。

再有个把月就入冬了，大地呈现出一派衰败、低迷的气象。

空旷和寒冷催生着人们的坏情绪。老奶奶心里充满了不祥的预感和忧虑。果然，她意外得知在煤矿当协议工的儿子由于企业效益不好被强制解除了劳动合同，这意味着儿子一家每月少了五六千块钱的进项，而房费啦、水电费啦、生活费啦……这些开支一样儿都不会少！那些暗红的蝴蝶状、盘子状、套环状的斑片已经布满了小臭臭儿的全身，它们还在快速蔓延，试图把一个活蹦乱跳的孩子变成一潭死水。那孩子的嗅觉已经完全消失，再也闻不到任何气味。而且，他时不时就会发起高烧，总要烧到抽风才肯罢休。他的四肢由于关节的肿胀、疼痛已经不能自如地活动。而他们的儿子死死地隐瞒着这一切，像隐瞒着自己在城市生活得辛酸、艰难、屈辱一样。他实在不忍心往老两口儿的心里撒盐，这么多年，父母亲一直在盐水里泡着，还从没过过舒坦日子。但老奶奶还是从儿子的发小那儿辗转得到了消息。那一刻，她的心都要碎成胡麻籽粉了。作为一个母亲，在儿子的困顿面前，她几乎无能为力，只能眼睁睁地看着儿子一家人朝着泥淖里陷。她感到莫大的羞愧和苦恼。但是，她能做什么呢？她连一条狗都弄不死，她还配是个母亲吗？她也不配当那孩子的奶奶！

日渐迫近的年关加紧了老奶奶的焦虑，像被绳子扼住的咽喉，她甚至被这焦虑搅扰得喘不过气来。如果儿子家的窘境得不到缓解，他们势必不回故乡过年。一想到他们已经连续三年没回来过年，她就伤心起来。乡亲们都不是傻子，谁都知道只有混成孬包怂蛋的蠢货才没脸回家过年。他们本来指望今年能把丢掉的脸面捡起来，但看来要再一次事与愿违了。但老奶奶并不甘心，她深信天底下再难的事儿都难不倒一个母亲。母亲就应该是孩子的靠山和光亮。她决定再试一次，并且务必不能失手。为此，她每天都把那把锋利的斧头拿出来，紧紧地攥在手中，朝着一截半干的老榆木狂砍。她明显感觉手上的力道一日比一日大，这种变化使她信心倍增。在杀狗这件事上，老奶奶从没指望过自己的丈夫，纵然他表示过和她一起动手的意愿，但她更相信那个私性大、认死理儿的倔巴老头儿怕死得很，他真怕因为杀生而被折了寿命！

腊月二十三的夜晚，北方农村庆祝小年的烟花爆竹声已经稀薄下来。老奶奶把新做的年糕归拢在一个小黑瓷瓮里，之后，她和老爷爷一起跪拜了灶王爷。几个月以来，老爷爷再也没提过怎样杀死“仙药儿”的事儿。他在等待老奶奶下手。一辈子了，他拿捏自己的女人准得很！

老奶奶像一具僵尸一样硬邦邦地躺在炕上，她睡不着，满脑子都是黄灿灿的狗油默不作声地流着，像千万条细细的黄花蛇在撕咬着她。她时而感到胸口像搁着一堆熊熊燃烧的炭，时而又感到那燃着的炭变成了冰。“狗油！狗油！狗油！……”她太想得到狗油了，即使这道听途说的偏方仅有百分之一的希望能够解除那孩子的烦恼，她也要再试一次。她必须把“仙药儿”变成狗油。

那千万条细细的黄花蛇仿佛又变成蛹虫在她的五脏六腑间钻来钻去，它们噬咬她，催促她，命令她。她感觉自己一刻都不能等了，再等下去就要爆炸了！于是，她像一个头重脚轻的鬼魅一样从被窝儿里爬出来。那把斧头就放在炕头上，和针线笸箩里的剪刀一样锋利。她抓起它，就像抓着熠熠生辉的希望……

然而，当她从疯狂中清醒过来，却发现“仙药儿”不见了，就像凭空消失的一个梦！而“仙药儿”躺过的地方干干净净，一丝血迹也没有。失落之余，她感到一丝微茫的喜悦和慰藉。

第二天，儿子打来电话，说是一个月前就在一家物流公司找到了新的工作，而小臭臭儿赶上了北京协和医院在当地搞的一次公益性医疗下乡活动，一个姓王的年轻医生提供了既经济又见效的治疗方案。现在，小臭臭儿身上那些蝴蝶状、盘子状、套环状的红斑已经淡了下去，很快，它们就会像风一样消失……

一个人的平安夜

现在，丁酉年的平安夜，偌大的三居室只剩下她和“妹妹”两只会呼吸的活物了。“妹妹”，在多次祈求她带它下楼撒野无望后便折回到小窝里睡觉了。它四脚朝天、小头微仰，睡得安然而放松。“妹妹”是一只泰迪犬，它的母亲是“咖妃”。“咖妃”原来的主人是一个常年混迹男人堆的放荡女人。据说那女人没得好报，她患上一种羞于启齿的病，由于她日常依附的男人们谁都不肯站出来支付医药费，她只好黯然无声地死掉了。

“咖妃”来的时候，罗梦湘和李桥宋还是地道的夫妻关系。虽然，在他们婚姻关系存续的十年时间里，曾无数次相伴着去往民政局，但总是由于种种原因没能把那“围城”里的人渴望的绿皮本拿到手。她记得第一次去民政局的时候哭了一路，在李桥宋的摩托车后座上，她一边默默地哭一边回忆那个脾气暴躁、没多少能耐且死要面子的臭男人的种种好处——第一次去她家时，他带了两箱十八酒坊，两条硬白沙，两袋全脂奶粉，两箱方便面，这使她在家人面前赚足了面子；坐月子时，他一日六次变着花样给她做饭，并且包揽了所有洗尿布的活儿，以至于他的双手患上了严重的类风湿；每年生日和情人节，他总会费尽心思为她献上礼物，有时是一束自叠的玫瑰，有时是一个精致的小抓卡，有时是一套简而不俗的内衣……那次，他们心照不宣地掉头回去了。第二次去民政局的时候，她依然在李桥宋的摩托车后座上默默地哭，但他们执意到了那儿，遗憾的是他们只带了身份证而没有带户口簿，于是，他们不得不继续贫瘠而枯燥的日子。第三次受阻的原因大概是没准备好离婚协议。常言说：好事多磨。然而，坏事也不例外。

罗梦湘已经记不起来他们到底是第几次去民政局的时候拿到的绿皮本，但她记得是在“咖妃”生下“妹妹”后不久，那时的“咖妃”已经被重度营养不良折磨得奄奄一息。李桥宋喋喋不休地抱怨由于她不肯为已经做了母亲的“咖妃”加餐羊奶粉、瘦肉、鱼肝油、骨粉等营养，而使“咖妃”丧了性命，从而也使“妹妹”和它同胞的哥哥、弟弟永远失去了母亲。

那次，他们发生了激烈争吵，她记得自己说出了平生最恶毒的话：“你倒是买啊，你个怂蛋，也不摸摸自己的腰包！亲生的儿子也没享受这么高的待遇，向一只破狗献啥殷勤呢？中邪了还是？哦，是不是你和那没得好死的女人也有一腿？”

“是啊，是啊，我就是想让她在那边安心，怎么的吧？你这小气又专制的疯婆子，我早就受够了！”李桥宋也恶狠狠地回击。

“我小气？我小气还不是因为你没钱？你有钱试试，谁不会花钱哪！”罗梦湘再也抑制不住在胸中澎湃的怒火。结婚五年以来，她一直过着囚禁式的封闭生活，事实上她并不甘于心无旁骛地做个家庭主妇，她一直怀揣着梦想。但苦于儿子李在简无人看管，而李桥宋又是偏执狭隘型男人，所以她只好暂时委曲求全。而背地里，在儿子李在简睡觉的间隙，在那浩渺而幽深的夜深人静时，她一直偷偷自修关于现代酒店管理的基础课程，并且，她已经顺利通过了管理学原理、餐饮业管理、前台运作和酒店人力资源管理四门课程。

就在激烈争吵的当天下午，她翻找出身份证、户口簿和早已准备好的一式三份协议书到了民政局。负责办理离婚证的那个中年妇女已经不止一次看到过他们，她断定他们的婚姻真的走到了尽头，所以，她并未像之前那样苦口婆心地规劝。于是，他们如愿以偿地变成了“自由人”。

那一天大约是癸巳年八月中旬，而现在已经是丁酉年的平安夜。在离异后的一千五百余个日夜里，他们仍然苟且在一起。起初，他们仍然像夫妻一样相互体贴和干涉。在人的动物性无限膨胀的时候，他们也搬到一起卿卿我我。他们几乎一致地感觉到离婚后的两性生活要比之前和谐美妙得多，他们并不知道导致这情况出现的具体原因，他们也不屑知道，因为生活中需要知道的实在太多了。

后来，他们吵架时不再避开小在简，甚至，他们都逼问过那个十来岁的孩子“爸妈分开后你跟谁”的问题，在得到小在简“不要爸爸妈妈分开”这个大家都不满意的答案之后，日子又毫无生气地朝前逡巡一段。然而，再后来，目光短浅的李桥宋在经济萧条时辞掉了五险一金的正式工作，为此，罗梦湘没少费口舌、没少流眼泪。最后李桥宋不耐烦地说：“你凭什么管我？我的事不用你管。我们离婚了，离——婚——了——”罗梦湘感觉自己被彻底击垮了，她深刻意识到自己忍辱负重扮演的角色滑稽而可憎，简直就是个小丑！尽管她全心全意为他好，但他似乎并不领情，他执意走向另一条未知祸福的路。那时，罗梦湘已经在本市最豪华的燕泽大酒店任客房部经理，每月有不到五千元的收入。他们的儿子李在简也在一所贵族寄宿学校读初中一年级，儿子继承了母亲的勤奋和智慧，每次考试都能取得优异成绩。

罗梦湘感到这个平安夜弥漫着一股莫名的肃杀之气，这肃杀之气除了来自窗外那俨实而无尽的寒冷，还来自郁结于心底的那深不可测的孤独、委屈、愤懑和无望。虽然，“妹妹”很可爱，大多时候，它屁颠屁颠地跟在她身后，撕咬她的脚后跟和裙摆；有时候，它干脆四脚朝天躺在她面前的地板上撒欢；偶尔，它会用双眼皮的眼睛含情脉脉地盯着她。但它毕竟不能言语，它对主人的喜怒哀乐全然不知。此时，“妹妹”已经蜷缩着身体睡着了，有微弱而均匀的呼吸声传入罗梦湘耳中。

“还有必要和那个人生气吗？”罗梦湘将下颚放在支起来的双手上，顿时，来自手指的冰冷使她不得不从毫无意义的回忆中醒过神来。已经三年了，开发商承诺的地暖还不能兑现，一些耐不住寒冷的业主们自己花钱安装了壁挂炉。而她先入为主地认为壁挂炉会产生噪声——燕泽大酒店的嘈杂使她心烦意乱，她希望能够在家里享受到安静，所以，她拒绝安装壁挂炉而甘愿住在冰窖似的房间里。再说冷有什么可怕的吗？难道还能比没人爱，也爱不上人的孤独、委屈、愤懑和无望更寒冷吗？

“没有必要和那个人生气了，真的，没有一丁点儿必要了，一丁点儿必要都没有了，还能有一丁点儿必要吗？”罗梦湘一边喃喃自语，一边将两只冰冷的手狠劲儿地搓了又搓，但摩擦出的一丁点儿热量又在刹那间消散了。“妹妹”胸前的卷毛像微风轻拂的湖面有规律地荡漾着细波，它喉咙里发出一阵娇软的呻吟。“妹妹”两只眼睛闭得严实，这意味着李桥宋的耐磨橡胶底儿运动鞋还没踏上楼梯。

两小时前，罗梦湘听到李桥宋跟人打电话约酒，他用那种她厌烦极了的死乞白赖口吻跟电话里的人说：“老弟，弄两口？你出俩小菜儿，我拿酒，咋样？我穷得只能出得起五块钱一瓶的。哦，好，二十分钟吧，好吧？准到！”罗梦湘听到他穿冲锋衣的声音，接着是他和“妹妹”告别的声音，之后是防盗门撞击门框的声音。他唯独没有向她告别，就连一句简单的

“我出去了”这样敷衍的话都没有。

李桥宋连一句简单的告别语都不屑跟她说了，他以顽固得近乎痴愚的沉默表达着自己坚硬而蓬勃的反抗。他到底反抗她什么呢？反抗她不甘于平庸而自学酒店管理学的阴险狡诈？还是反抗她跻身燕泽大酒店高管层的那份游刃有余？或者，他反抗的是她横空出世的雍容气质？再或者，他反抗的是那些向她大献殷勤的掠艳者们？他丝毫不觉得对她蔑视和冷漠是一种精神虐待和犯罪，甚至，他幻想能够通过这下三烂的手段使她回心转意。是的，在十几年婚姻生活的大小纠纷中，她一贯是那个率先示弱的人。即使毫无过错，她也会放低身段委屈求和。她清楚地知道，自己求和并不意味着软弱可欺，她只是不喜欢冷战的尴尬使清贫枯燥的日子再填一层霜雪，何况，小在简的健康成长也需要和谐温情的家庭氛围。李桥宋依仗一份并不丰厚的收入和狭隘易怒的脾性心安理得地受用着妻子的宽容和隐忍。直到有一天，肯定存在那决定意义的一天，具体是哪一天，就连罗梦湘自己都想不起来了——她决定慷慨回击，以女人的尊严、智慧和方式。她如愿实现了命运的大逆转。而他，在执意辞掉本来能够维护他男人责任和面子的工作之后很快陷入困顿。在辞掉工作后的头几个月里，他给一个代理地板砖的私人老板开车。他像一只亡命陀螺一样将自己的满腔热情寄托在那个乳臭未干且支配欲望超强的小青年身上，但他始终换不到小青年老板的赏识和信任，更别提尊重那回事了！于是，在一场差点儿升华为暴力事件的小事故之后，李桥宋愤然离职了。辞职后的李桥宋不得不安于无所事事的清闲日子，因为他既没有充实自己身价的高学历，也没有习得一技之长，在自身修为上也低俗得一塌糊涂，所以他只能一天天消耗着那点儿微薄的积蓄，很快，那不到五千元的积蓄便消耗殆尽了。然而，他并不愿承认失败，也不深刻反思由于自己的草率而造成如此尴尬的窘境。他仍然优哉游哉得像个神仙一样生活。使罗梦湘不能忍受的除了李桥宋在赚钱上的无能之外，还有一些生活细节。自从两个人正式解除婚姻关系之后，李桥宋就把自己变成了这个家的客人。他再也看不到那覆盖在地板上、茶几上、电视柜上等任何地方的细尘，更不会好心得像之前那样将它们清理干净。他也不会到厨房里一边哼歌一边做几道程序烦琐而味道可口的菜肴。至于坏掉的水龙头、马桶盖儿、壁灯啥的，他也根本不屑一顾。在他们命运的大逆转之后，李桥宋也把自己逆转了一番。

“真的没必要和那个人生气了，一点儿必要都没了，一丁点儿一丁点儿都没有了！罗梦湘，一切都结束了，别贱不拉几地自寻烦恼啦！”罗梦湘狠狠地鞭策了自己一番。之后，她坐到老榆木书桌前准备学习《酒店财务管理和成本控制》。但她发现她根本不情愿像往常那样满怀热情地打开它，并向它奉献上自己的耐心和智慧，她再也不能沿着那被墨香浸染的小径寻觅到光明和力量。她平生第一次感觉到书里尽是些密密麻麻的黑陷阱，那些无限黑的陷阱里布满了刀子和尖刺，而她还不想死。所以，她将它合上，并用手轻柔地抚摸它的封面。平安夜，这浸淫了暧昧、欲望、激情的美好夜晚使她完全乱了方寸。在窗外那遥远而亲切的黑暗里，有多少对情侣们正在做着只有情侣之间才有的亲密举动啊！他们互相沉陷在对方柔情蜜意的注视里，他们沉陷在那凝聚着力量和激情的拥抱里，他们沉陷在那癫狂得近乎使人窒息的亲吻里。就连沉睡在冰冻的土地下的生命都被惊着了，但它们旋即害羞地闭上了眼睛！它们不忍心惊扰这神圣而甜蜜的晚上啊！

罗梦湘心烦意乱……

就在罗梦湘心烦意乱得近乎崩溃的当儿，从她手机传出舒缓而愉悦的《高山流水》的音乐声。这是让人瞬间宁静的奇妙乐曲，为了使它能够将心底的烦恼和失落涤荡得彻底一些，罗梦湘并没急着接电话。“妹妹”被吵醒了，它总是灵敏得滑稽。它并没有像白天里那样一听到动静就心急火燎地跳起来，而只是慵懒地抬了抬头，随后又把小脑袋贴在垫子上，然后就慢慢地闭上了那双清澈、黝黑、漂亮的眼睛。

“会是谁呢？谁会在平安夜的晚八点打电话过来呢？没有谁呀！实在没有谁呀！难道是打错了？”那串纯净而优美的音乐在她的思忖中安静下来。罗梦湘瞄了一眼手机屏幕上那串不显示名字的陌生号码，她实在对它没有任何印象，就像她那永远模糊了的两周之前的记忆一样。

罗梦湘再次打开《酒店财务管理和成本控制》，她试图动用自己超强的意志力——那关于梦想和荣誉的奇妙力量，她试图在它们的鞭策下将注意力集中到她迫切需要掌握的知识当中。因为她知道知识是自己心灵的眼睛和梦想的守护神，知识不会使自己误入歧途，它就像太阳一样给予自己无私的照耀和真挚的陪伴。在自己超强意志力的逼迫下，罗梦湘勉强看进去一小段，实在太寡淡无味了，那在平日闪耀着异彩的句子突然变得污泥般黯淡无光，甚至，它们一个个捂着奇丑无比的嘴巴向她发出阴冷而恐怖的讪笑。

此时，在这荷尔蒙肆意泛滥的夜晚，罗梦湘疯狂渴望自己能够陷在一个男人的怀抱里，那是充满着爱意和力量的怀抱。在那儿，她任由他修长的手指拨弄自己的头发、鼻头、嘴唇或者其他任何部位；在那儿，她甘愿像一尾醉酒的小鱼沉陷在他幽深而热烈的目光里；在那儿，她这个在爱情的盐碱地苦命挣扎的肉体和灵魂的混合物任由他蛮横而粗暴地侵略……

一股淡淡的咸而暖的味道充斥在她周围，它们羞涩而欢快地荡漾开去。

燥热，合着迷蒙、冥顽、痴狂意味的燥热从她脚底缓缓朝着小腿、膝盖、胸脯、脸颊、发梢弥漫，它们像盛夏里徘徊在麦田上的风，它们使她窒息……

“只要手机再响一次，我就接。最好是个我不太讨厌的男人……”在那股淡淡的咸而暖的味道的冲击下，罗梦湘禁不住渴望手机铃声再次响起。她朝平放在桌面上的手机瞟了一眼，黑魆魆的屏幕像窗外的夜晚一般沉默。失望透顶的罗梦湘并没有急躁地将手机上的未接电话拨回去，她深信那沉默在桌面上的手机一定会再度响起。

一分钟……两分钟……十分钟……在这被那诱人的欲望无限折磨的十分钟里，罗梦湘完全被一种邪恶的力量控制了，它支使她打开了《废都》。果然，她看到了那些裹着熊熊烈火的文字，它们像被严寒和饥饿困久了的野兽一般疯狂地撕扯着她的心，她的意志，她的灵魂！

罗梦湘完全沦陷了，像轰然倒塌的城堡，又像袅袅升腾的云雾，一会儿在深不可测的深渊里呻吟，一会儿又在噼啪作响的火焰上舞蹈……

罗梦湘感觉自己要死了，有一种像极了死亡的力量完全把她攫住了，她恐惧，她迷醉，她兴奋！她那被钳着的喉管即将完全封闭，此时，一息尚存的惊喜又使她清醒过来。那股淡淡的咸而暖的味道愈加浓厚，它们像来自西南部地区的洪流一般迫不及待地冲向窗外的黑暗。

罗梦湘疲倦极了，她懒懒地靠在椅背上。此时，悦目、柔和、温馨的光线从那台有着磨砂玻璃罩的台灯处漫溢出来。它们像母亲的爱一般围裹了她。她从来没有感到如此幸福，为此，她又闭上眼睛沉醉了一会儿，她把双腿紧紧抿在一起，她用力不使它们分开，她想留住那些美好的战栗，使它们阳春白雪般流淌在血液里。

就在罗梦湘昏昏欲睡的当儿，她又听到了从自己手机传出的熟悉而舒缓的声音。她轻蔑地朝它瞥了一眼：哼，会是哪个混账东西呢？她本来毫无兴致，但她又对手机对面的人充满了好奇，甚至，她怜悯他的逡巡和执着。

“喂，哪位？”罗梦湘的语气格外清冷淡定，就好像刚刚穿雨而过。

“是梦湘吗？罗梦湘？你是吗？”手机里面的男中音明显由于激动而颤抖不停，“我费了很大很大力气找到你的号码，真的，费了很大很大的力气！差不多送出去八条软中华，哦，那算什么呢？不算什么！梦湘，多好的名字啊，和你的人一样……”

“先生，我们认识吗？”罗梦湘没有被对方的热情打动，她用清冷淡定的语气果断地打断了他。

“哦。你不认识我，是的，你不认识我！我是个商人，做家具生意，有几个小钱。告诉你吧，我是在李敬泽《青鸟故事集》发布会上注意到你的。那天，我喝多了酒，我本来想找个茶馆，但——唉，命运哪，就是这么巧！我竟然进了书店！在那儿，我看到了你。只一眼，罗梦湘，就那一眼，我就断定你是我——你是我——唉，咋说得出口呢！当时，你用一个蓝色的布卡子挽着头发。我记得你的目光，清澈得很哪，还很柔和，娴静，淡雅……哎呀，你看我想不起来那么多好词儿！我想说的是，静读斋茶社秋波媚房间，有惊喜等着你。静读斋知道在哪吧？西华街与司静路交叉口，路南！我等你！”那个男人急切地说了这么多，他渴望得到肯定的答复。

罗梦湘耐心地听完这陌生的却对她怀有明显觊觎之心的倾诉，在沉默了短暂的几秒钟之后，她没有做任何答复便挂断了电话。

一丝微笑从罗梦湘嘴角荡漾开去，那是杂糅着神秘、鄙夷、骄傲的像蒙娜丽莎的微笑……

你每天这么幸福

自从他得知我的名字叫茜金后，只要在那条裸露着水磨石子的小路上相遇，他总是漫不经心地给我打招呼。我于去年二月初搬到这个只有三栋楼的袖珍小区，这实在是个绿化面积严重不足的低档小区，但羞涩的钱囊不允许我朝位于黄金地段的那些配套齐全的高档小区窥伺，尽管我随波膨胀的虚荣心已经燃烧得霍霍有声——我仍然果断而残酷地克制住了它，并将它狠狠按压到一百八十层地狱。

“茜金呀，你每天这么幸福！”每次在他经营的社区门诊口遇见，他总是不厌其烦地重复这句话，就好像他平生只会说这一句话一样。我推测可能是由于我习惯上翘的嘴角使我的面部表情显得过于温和淡定，以至于他产生了真实到近乎顽固的误解。我生就一张向世人张扬着幸福的嘴巴，它并没什么过错，至少，它帮我抵御了不怀好意者怜悯的目光和虚假的引诱。

我很诧异为什么每天总能遇见他，如果没有紧急采购油盐酱醋、接来访朋友之类的特殊任务，要知道，我每天仅仅上下班这两次从他经营的社区门诊路过。但他就像春秋时期痴情的尾生一样，仿佛是为了一个约定刻意等在那儿似的，又好像不是，因为他在向我说“茜金呀，你每天这么幸福！”时并没有表现出丝毫暧昧之意。

每天早晨七点半左右，当我挎着海蓝色高仿香奈儿包路过时，他正全神贯注地擦着一辆紫钻黑色的车。只要我走到距离车子 10 米左右时，他一准儿优雅地抬起头冲我微微一笑，然后一种不明意味的声音便抵达我的耳膜——“茜金呀，你每天这么幸福！”每天晚上六点左右，我依旧将那海蓝色高仿香奈儿挎在右手肘处，尽管我在路过时尽可能绕过停在他诊所门口的车，但他总能不失时机地推开玻璃门冲我招呼：“茜金呀，你每天这么幸福！”

“我每天这么幸福吗？”他每次给我打招呼过后，我都会陷入沉重而复杂的思索之中。我扔不掉没有意义的酒席、虚情假意的亲戚和不爱我的男人。更可恶的是我任由一份毫无意义的工作消耗着我的生命和青春，而宝贵的晚上，又被我以种种卑劣的借口浪费掉。这样的我能幸福吗？我果真每天这么幸福吗？但出于礼节，我每次总会在报以他一个短促的微笑之后迈着轻快的步子走开，就仿佛我每天真的这么幸福。

我不知道他执着地向我打招呼的原因，我根本不想知道，因为这世界上莫名其妙的事情多如牛毛。

由于体质太好，我相信是幼年时期的繁重劳动使我的身体坚不可摧，至今，我不知道痛经和胃疼的滋味，我也没有像高中时代的女同桌那样心悸过。所以，我几乎没机会走进他经营的小诊所。说实在话，我没有一丁点儿兴趣试图和一个诊所小医生建立联系。我喜欢体格魁梧的欧美男人，并且他要有上进心和正义感，如果，他心地善良而又喜欢小动物，那我可能考虑把他纳入我的亲密好友或终身伴侣之列。而一个身高不足一米七 O 的诊所小医生能有什么上进心呢——他日复一日地和感冒、痢疾、风湿之类的小毛病打交道。难道一个人为了糊口就能甘愿忍受这种毫无意义的机械重复吗？可又有哪一个人不是为了糊口在忍受毫无意义的机械重复呢？我相信有那么一小撮良心和责任感高度融合的艺术家们，只有他们甘愿为了艺术的风格、形式、观念迥于现有而辛苦尝试。

而他——我至今不知道姓名的诊所医生，他仅仅为了糊口而不得不日复一日地陷入枯燥无味的重复，并且，他从来不为这种枯燥无味的重复内疚、忏悔，反而，他总是显出一种自得其乐的满足感。虽然，他每天孜孜不倦地向我重复“茜金呀，你每天这么幸福！”并且，这句话的确给我增添了意想不到的自信和快乐，但我仍然不能客观公正地对待他。促使我对他产生厌恶情绪的原因在于我小外甥女中指上的小燎泡，他为了对付那个不起眼的小燎泡竟然昧着做医生的良心给她开了三十块钱的药物。要知道，那玩意儿只需要反复扎破挤出脓水就能解决。从看到小外甥女拿回来的一大堆药物起，我便决定永远不和他打交道，并且不再理会他那句似乎没有终止意味的话。

如果不是在酒席上表现得过于豪爽，如果不是因为我那一任性便辞掉工作的前夫还想回到负债累累但咬牙苦撑的原单位上班，我根本没必要喝那场酒，也不会由于醉酒而着凉咳嗽，更不会找那个每天向我打招呼的小医生看病。

“喝成这样作死啊！”我记得我喝完酒回到家时，我的前夫王敬正坐在客厅的幽暗里看《甄嬛传》。我每一次喝醉都会把他激怒，他愤怒的时候便会用刻薄而肮脏的话骂我，我实在不想把那些以粪便为主要构成组织的语言罗列在此，因为，我是个死好面子且又有些虚荣心的女人。其实，自从办完离婚手续之后，我就厌倦了喝酒。但为了使我的前夫王敬早日结束没有工作的困顿，我主动张罗了一场酒席，为此，我邀请了朋友圈里一些有头有脸的艺术家们作陪李品学部长。他是直管王敬原工作单位的上级部长，据说是个正直而雷厉风行的人，并且热衷于和艺术家打交道。由此，我凭借国家级美协会员的身份邀请到了他。那是一次相当成功的酒会，李品学部长不仅结交到一批本市最优秀的艺术家，而且，他收获颇丰。当然，他并不是个善于索取的人，是我的那帮艺术家朋友为了促成王敬的事儿甘愿奉献，而我在醉酒的状态下也没忘记承诺给他一幅六尺牡丹。

那一夜，王敬只说了一句“喝成这样作死啊！”便关了电视到卧室睡觉了。他强烈地恨我，恨我这个突生了绘画才能，固执己见且又将他抛弃的女人。当他的鼾声沉闷而顿挫地传来，我感觉到一股热浪冲到了喉口。为了不使污浊物脏了地板，我强撑着歪斜到卫生间，并将脸搁到坐便器的绒毛垫子上。我感到很舒适。在吐尽胃容物之后——我确信吐尽了，因为吐到最后我感觉到黏糊糊的苦味儿，据说那是胆汁——在那之后，我把仍然有些昏沉的自己扔到沙发上，第二天醒来便咳嗽不停。如果王敬能在夜里把我抱回到床上，或者偶发怜悯心给我盖一条被子，我也不至于着凉而激烈咳嗽。但他从骨子里恨我，并且鄙视我，他根本不屑给予我一点点爱和温暖。他并不知道我为什么喝成那样，我也懒得跟他交流。对于一个习惯以冷嘲热讽侮辱你的人，你还能产生和他交流的愿望吗？我弄不懂一个失了业又毫无特长的男人凭什么鄙视我？凭什么敢对像我这样端庄尔雅且锐意上进的女人恶语相加？我也弄不懂既然我和他已经没有法律上相互忠诚、尊敬、抚养等义务，可为什么，我不能把这个不爱我，我也不爱的浑蛋彻底扔掉，像吐口痰那样轻松地扔掉。

我以为自己坚不可摧的体质能够将咳嗽打败，所以我坚持忍了三天。在这三天里，我除了吃喝拉撒睡之外，一直蜷缩在被子里看意大利作者乔治娜·拜多利诺的著作《艺术流派鉴赏方法》。这部书试图以图解的形式帮助艺术家们了解艺术家诠释作品的方式，从而读懂艺术作品。尽管日趋严重的咳嗽分去我一部分注意力，但我还是以极大的热忱将它细细咀嚼了一遍。显然，我从中获益匪浅。我发现夜里的咳嗽频繁且恐怖，简直要把肋骨咳断了，嗓子也火燎般地疼痛。大概是第二天夜里，王敬气急败坏地冲我说："拿点药吧，以为自己是铁呢！"我相信是我连绵起伏的咳嗽声勾起了他的愤怒，不然，他绝对不屑搭理我这个令他憎恶、痛恨、鄙夷的女人。

我决定去找那个每天向我打招呼说"茜金呀，你每天这么幸福！"的诊所医生。他已经三天没见到我，我想他一定有点儿焦虑了。

为了不在第三天夜里制造打扰别人美好梦境的噪声，也为了憋闷的胸部和灼痛的嗓子能够好受一点儿，我在傍晚时分走进他的小诊所。酷冷酷冷的天使我这个极怕冷之人产生了恼怒情绪，要不是飞絮般零星飘散的雪花增添了一点儿激越人心的浪漫意味，我简直不能保持自己面容的优雅和步态的从容。

"茜金呀，有什么可以帮你的吗？哦，听你咳嗽得这么厉害，简直……唉——我简直……"他果然摆出一副焦灼难耐的表情，甚至，有一丝不易察觉的羞惭雾一般隐现，又雾一般消失了。

"坐在那儿。"他指了指药架前面两把椅子中靠外的一把，那是一把漆面斑驳的木椅，框架略显歪斜，由此推断它已经接待过无以计数的顾客，他们将体重、病痛和如烟的往事毫不吝啬地留下来。

"等一下。"在我即将坐下来的一刹那，他制止了我并迅速拉开抽屉，我看到一块紫罗兰颜色的坐垫神奇地出现在他手中。

"我差点儿忘了，准备了好久，终于派上了用场。茜金，你——你坐下吧——坐在那儿。”虽然他极力掩藏由于我的突然造访而产生的小小的战栗式激动，但我还是凭着艺术家的敏感捕捉到了这一点。

我对他的殷勤并不买账，我像个傲慢的公主一样坐下来，由于新一轮咳嗽的袭击，伴随着激烈的胸部抽搐，我的面部肌肉也受到了连带震动。我相信我将最丑陋的一面一览无遗地暴露出来，而这显然非我所愿。我看到他不由自主抬起到我后背的手戛然停止在空中，之后，那只手软绵绵地垂了下来。

“茜金呀，你张开嘴，啊——”我依照他的吩咐张开两片由于上火而生了疮痂的嘴唇。

“哎呀，红肿得厉害！嗯，还需要听听肺部。”他拿起听诊器恭敬地等待，就好像一个忠实的仆人。

哼，终于到正题了，做医生的一贯以正当的方式轻而易举地揩女人的油。我是让他听还是不让呢？要知道，我连胸衣都没穿呢！

“茜金？我要听一下你的肺部，我担心你的肺部可能感染了。”几乎没再容我思考，他已经撩开我的上衣下摆把听诊器塞了进去。瞧瞧，医生的职业道德就是这么霸气，这一点像极了有良心和责任感强烈的艺术家们。

那块冰凉的圆状物规矩地在我胸部游移，除了带给我微小的凉意和莫名的惊颤之外，我并没有感到强烈不适。那只手有意无意地接触到我胸部的肌肉，但它实在没有表现出任何不恭和挑逗之意。

这是一只被职业道德驯化得循规蹈矩而近乎怯懦的手，它不敢妄解风情。我暗自嘲笑他，但他在听完之后正襟危坐在椅子上，俨然一副沉思的样子。

“茜金呀，水泡音，可以断定左肺叶大面积发炎，你需要住院治疗。”

“怎么？你这里没有能治疗我这个病的药物？”我轻蔑地瞧了一眼摆在面前仅有一人高、分隔成五层的小药架，药架上稀零零地摆着一些药品盒子。

“你知道，咱们国家的医疗保险很到位，每个人对自己的身体都宝贝得很，何况，咱这儿距离市区大医院又这么近！我这诊所只接待大医院不屑处理的小毛病。当然，如果他们挖空心思要从小毛病上得到大利益，也不是不可能，但总得顾忌点什么。当然，还是有一部分人不愿小题大做。所以，像我这样的，在你眼里可能是没出息的，呵呵，还能勉强生存。”他那副歉疚的样子使人豁然心生怜悯，由此，我不打算再针对他诊所里药品的贫瘠大发议论。

“可我不想住院。不住院，我对医院的气味过敏。”我的语气很坚定，容不得丝毫回旋。他轻微地皱了一下眉头，随即笑了。

“茜金呀，是不是所有的女艺术家都这么任性呢？”

“你怎么知道我搞艺术？哦，对了，你又是怎么知道我叫茜金的？”

“只有搞艺术的女人才有你这样的气质，我生来不恭维人，我敬佩艺术家，那是一群可爱的疯子。哦，你问我怎么知道你的名字是吧？那我就告诉你。二十几天前，应该是正月初三吧，对，就是正月初三，你哪天生日？”他慢条斯理地看了我一眼，继而从口袋里摸出一支烟，也许意识到在一个女艺术家面前抽烟不太雅观，他又将它放进口袋。“你是正月初三生日吧？”他盯着我的目光既不羞怯，也不迷离，是一种淡然而熟悉的老朋友式的目光。

“对，你怎么知道？”

“呵呵，意外事件太多了，就像现在，你来到我这个不起眼的小诊所。”说到这儿的时候，他略显激动，禁不住用手挠了挠稀稀疏疏覆在头皮上的那层细黄而干燥的头发。我知道他借此平复涌起在五脏间的波澜。“嗯，我好像扯远了。正月初三那天，有两个高挑的外国人拜访你，他们的头发金黄金黄的，是吧？我听到那个男的说：‘妈——妈，今晚——不——回去啦，茜金生日，给——她——庆祝！’呵呵，说话像旱鸭子一样笨！从那一天起，我就知道你叫茜金了。”

我本来想利用素来超强的忍耐力把那股喷薄而出的咳嗽压制回去，无奈，它太执拗且不解风情了，执意要我在一个由陌生变得熟悉起来的男人面前示弱。这阵漫长而激烈的气流使我整个上身颤抖起来，于是，我不得不使劲捂住胸脯。我知道我那张苍白得毫无血色的脸已经严重扭曲，并且，正有两行泪不自觉地滑下来。他条件反射般地站起来，一步跨到我身体左侧，然后一只手按住我肩膀，另一只手轻拍我的后背。我从来没有享受过如此力量适中、频率均匀的拍背，于是，我没有拒绝。而他，直到我的咳嗽平息，呼吸舒缓下来，才离开我身边，并到另一把椅子上坐下来。

“你必须住院，必须。茜金，你必须住院。”他显得有点儿焦灼。

“天哪！你怎么看《英汉大词典》？”当我瞥见接诊台上扣着那本陆谷孙先生主编的《英汉大词典》时着实吃了一惊。我怎么也想不到一个蜗居在小诊所的不起眼的医生竟然研究英语，并且，从书的翻阅程度可以推测他对它的热爱已经非同小可。

“消遣。怎么，很意外吗？哦，还是说说你住院的事吧。茜金呀，我推荐你到第三医院，矿务医院也行，千万别去第一医院，那儿的医生们，哼，不是我夸张，个个凶神恶煞似的，而且，价格不菲。”他轻描淡写地敷衍了我的好奇，但这显然冒犯了我，因为我是个不达目的誓不罢休的人。

窗外的黑幕使人压抑，并且恐惧。我不知道飞絮般零星飘散的雪花是否停止，或者它已变成一派“燕山雪花大如席”式的悲壮。我已经对窗外的状况提不起任何兴趣，甚至，我不介意由于晚归而可能招致的谩骂，即使，王敬那个王八蛋再次掐住我的脖子，我也要弄清一个事实——一个不起眼的诊所小医生为什么这么执着地研究英文。

“我不住医院，我一闻到医院的气味就晕厥，严重时大小便失禁。告诉我，你为什么看《英汉大词典》？”

“Really, really is for fun.（真的，真的是为了好玩。）”他无可奈何地用英语回了一句。

而我只知道前面几个词的意思，“fun”的意思一时半会儿想不起来了，于是，我不得不皱起眉头做出一番沉思而羞赧的样子。

“真的，真的是为了好玩。消遣，行了吧。茜金，你也知道整天和流鼻涕、拉肚子、咳痰的人打交道是很枯燥的事，是啊，枯燥透顶。我总得找点儿乐子，这不，我逮住了《英汉大词典》。其实，这没什么好奇的，就像——”他由于一时找不到合适的比喻而轻微皱了皱眉头。就在这一刹那间，我发现他像极了法国那个诺贝尔文学奖获得者阿尔贝·加缪。

而我，喜欢加缪。

“就像老鼠爱大米？哈哈，对！或者就像男人爱漂亮女人？再或者，就像所有的人都爱 money（钱）! 哈哈，所有的人都爱 money（钱）！对了，茜金，明天就去住院吧。”他关切地恳求道。

“不不不，我不。你做翻译呗！翻译欧美文学，或者一些不起眼的小国家的，都行！”我很庆幸新一轮的咳嗽没有不识时务地到来，从而使我和眼前这个研究英文的诊所医生得以顺畅地聊天。

“我想知道你不住院的原因，我能知道吗？你如果不告诉我，我就不再回答你的任何问题。甚至，永远不告诉你那个秘密。”显然，他发觉自己说了不该说的话，并且这不该说的话会引发一系列麻烦。

“秘密？”我微微抬眉，用目光看定他。

“啊！哪有什么秘密呀！没有没有，我脑袋想串了，根本没有的事儿！你是担心没人陪床吗？”由于紧张，他的额前沁出一层细如针尖的汗粒儿。虽然他假装若无其事地将那层细汗用袖子擦掉了，但我仍然窥到了他的不安。这使我更加坚定了他怀揣“秘密”的可靠性。

我是个不达目的誓不罢休的人，虽然这种固执往往在某些时候显得近乎愚蠢。然而，我就是这么一种人。关于这一点，我眼前这个陷入恐慌、迷惘的陌生男人并没察觉。他把两只手插进衣兜，像是要掏出什么东西一样。但随即，他又把它们抽出来，显然，他没有办法给它们找个合适的安身之处。他的双腿也禁不住颤抖起来，尽管幅度微小，但仍然被我瞅到了。

“到底是什么样的秘密使他这样紧张？”我迫切想从这个陌生男人身上挖掘出他的“秘密”，我相信我有这个能力。

“痛快点儿！”我被从自己嗓子里迸出来这种沙哑、低沉、愤怒的声音吓了一跳，它裹挟着一股不可抗拒的力量和威严。我知道这样对待一个心怀善意的陌生男人，显然不合逻辑。

“哦，其实，没什么。有什么呢？即使真有什么，又算什么呢？”他并不看我，而是抬头望向黑黢黢的夜空。夜空有多深邃，他的目光就有多怅惘。

显然，我被他的喃喃自语震慑了！而这多少有点儿滑稽。本来，我揣测他会在我的震怒下失了分寸，而后把他掌握的“秘密”一五一十地倾倒给我。但我错了，他突然变得像个木偶一样毫无灵性。

“你告诉我吧，好不好？”我换作半命令半祈求的语气。因为我瞥了一眼挂在北墙上的椭圆形钟表，那两个指针形成的夹角告诉我已经是该回家的时候了。我终于没能忍住，又一阵漫长而激烈的咳嗽使我筛子般颤抖起来，我再一次捂住胸脯，我感觉快要憋死了，真的，就像被王敬掐着脖子一样。

“茜金，走，马上走。”当这轮咳嗽退下去之后，他不容分说地把我从椅子上拽起来。而我，为了表示反抗，又执拗地滑回到椅子上。

“你这人真没劲，一点儿也不男人！你想让我整夜整夜睡不着吗？或者想让我由于分心把工作做坏？再或者我在走路的时候，你知道的，车那么多，不是吗？所以，你就告诉我吧？”我端坐在那儿等待秘密揭晓。

“其实真的没什么。茜金呀，你真的没必要把我逼成坏人的。哦，我还是告诉你吧。好几次，几次呢？我想想——大概是三次，第一次是在铭达公园，第二次是在百汇大道，最后一次是在南沙河边，哦，太巧了，怎么偏偏都让我看到了呢？就好像我是你的私家侦探一样。那个男人，那个和你一起回家的男人——我看到和他一起散步的人不是你。茜金，不是你，而是个男人！是同一个男人，而且他们很亲密！”他说完这些话后长长地舒了一口气，之后，他目不转睛地看着我，用饱含着怜悯和惆怅的眼神。

我鄙夷地瞧了他一眼，就好像我并不是被蒙在鼓里的最后那个人一样。

“茜金呀，你每天这么幸福！”我把他不厌其烦重复给我的话以我自己的声音和神态重复了一遍。我的本意不在指责这个在洞察到我的不幸之后仍然向我说反话的男人，我只是想弄明白我到底是不是真的幸福。就在那个刹那，一种童年时代曾有过的空灵之感包围了我，我仿佛看到那块重压在我心头的巨石四分五裂成千千万万的砂砾……

她的骑士魏阙

◦ 一 ◦

魏阙不是骑士，也不是她的，她和魏阙都知道这个事实。然而，这并不妨碍即将展开的叙述。

因为众所周知的原因——对于工作环境及个人前途的无端绝望，以及感情给予她的莫大的不可愈合的创伤——她暂时离开生活了四十余年的小城，来到北京一所伫立着大师、盛开着花朵、游荡着流浪猫的小院子参加一次梦寐以求的培训。为了这次培训，她舍下高贵的脸面，说了一些在之前难以出口的恳请和溢美之词。当然，鉴于她现有的小小的成绩以及尴尬的年龄，善良而又英明的领导们批准了她的申请。她积极地争取了这个名额——她迫切想逃离当前荒凉又窒息的工作和生活，尽管真正意义上的逃离并不存在。

是的，她试图摆脱的一切仍然存在，它们困扰她，逼迫她，嘲讽她，偶尔也把她推下悬崖，又或者闯入她日复一日险峻又繁杂的梦中，使她无端恐惧、悲伤、愤怒、厌恶、愁苦、抑郁、绝望……好在，她是个乐观主义者，尽管她那些沉睡在九泉之下的宗亲三代都是典型的怀有悲观情绪的人。一般说来，乐观主义者容易被贴上浅薄无知的标签，但她确定她是经由悲观主义而生成的乐观主义者，她体验过丰富凛冽的人生忧患，并且掌握了一些粉碎它们的技巧。

她第一次出门旅行，果然毫无经验，洗漱用品、化妆品、木梳、茶叶、眼药水、笔记本、家门钥匙等与她关系紧密的东西全都忘在了家里。不过，这无关紧要，反正哪里都有商店和超市。使她郁闷并心生悲凉的是，一个名为“天天如意生鲜超市”的地方差点儿颠覆了她对这个美好城市的印象。超市一层摆满了各类海鲜，并没有她急切需要的东西。同学群里有人提前告知此超市有两层，并且价格实惠。但她没有看到通往第二层的楼梯。就在她放弃购物朝着大门口走去的时候，随意问了一句趴在柜台上专注看手机的女孩，她十八九岁的样子，梳着半高的马尾，戴一个浅灰色的口罩。“姑娘，楼梯在哪儿？”她并没有抬头看她，只冷冷地说了四个字：“前行左转。”她以为是沿着她当前的方向直走左转呢！一直到她走出大门，也没发现楼梯。她在大门外左右焦灼地寻觅，但左面除了空调外机和白茫茫的墙壁外什么也没有。右面药店里一个被她的怪诞行为搞迷糊的姑娘走了出来，姑娘把她带回超市，指出方向，说没有第三层，只有负一层，她才得以顺利到达负一层，从而把那些被她遗漏的东西带回学院分配给她的单人公寓。结完账离开之前，那个一直沉湎于手机的女孩——眼看着她走错方向而无动于衷，并且即使她在大门外焦灼寻觅之时，仍然选择视而不见——应该受到轻微的谴责。但使她几近恼怒的是，女孩仍然没有抬头看她，以更为坚硬的沉默回应了她这个第一次出门旅行的外地人——就好像她并不存在！她只好从心底对女孩进行犀利的嘲讽，窃以为报复了女孩，为此，她很快便从恼怒的泥淖中挣脱出来，又变得像鸟儿那般快乐了。

第一个夜晚来临的时候，她仍然像往常一样陷入莫名的喜悦和兴奋之中，多年以来，她对于夜晚的迷恋一直胜过白天。夜晚是完完整整属于她的，就连它无边无际的黑暗也给她一种亲切又厚实的安全感，而她可以脱光衣服，卸下耳坠、项链、戒指、手串等饰品，像自由的女神或蛇一样自由地生活。在白天，她或许并不是自己，而是为了微薄的薪酬而出卖时间、智慧、情感、经验的奴隶。它们异常珍贵，而她被迫把它们廉价地奉献出去。

她喜悦是因为遇见一种近乎完美的安静，就好像重回到了生养她的那个叫庙湾村的村庄。从 2007 年 4 月 15 日起，北京市五环以内道路昼夜禁止机动车鸣喇叭。而她一直生活着的小城的住所东临一条南北向的滨江路，滨江路旁边依偎着一条黑蟒似的“江”——其实不是真正的江，而是南水北调运河的一部分。即使在夜里，从滨江路上疾驰而过的大小车辆也会发出抗议般的尖锐的鸣叫，尤其是沿江的小道上日夜不停地穿梭着一辆巡逻车，它每隔十来分钟提示一次：生命诚可贵，水中非天堂，请过往行人远离河道，珍爱生命，不要让水变成亲人的眼泪！巡逻车以及它发出的善意的警告在运河两岸经久不息地回响着。在经过漫长又艰苦的适应之后，她接受了它们。现在，这猝然降临的安静打动了她，一种久违的喜悦的情愫也因此而生。

她兴奋或许是因为她愈加孤独，对，不是寂寞，因为她还拥有爱的能力，只是没有人陪伴，或者真实的状态是：她并不需要他人的陪伴——并非因为他人的不完美——这世间本来就没有一个完美的人。而是源自不能互相欣赏、理解、共鸣的悲哀。是的，她是主动失去他们的——一些交往多年但从未认识的新闻界、司法界、教育界及政府部门的朋友。如今，他们变成手机通讯录上没有生命力的，或许永远不再被她唤醒的沉睡的木偶。

在这间有着向阳面的两扇窗、一套实木写字桌椅、一盏银灰色飞利浦护眼台灯、入墙式衣柜、箱式单人床、电视、壁画等简单家居用品的小房间里，没有他人的打扰，或许，她能够在救赎自己的道路上再前进几米。

他不是魏阙，而是一个无论在信仰，还是性情，抑或价值观上都与她格格不入的人。但她不假思索地堕入他的怀抱，即使明知道他是风一样动感、激情、活力、自由、不定的人，并且也不能给予她需要的温情浪漫、物质关怀，以及生活上的陪伴等恋人之间应该存在的需求，又或者是道义上的责任。

魏阙就是在她愈加孤独之时与她相逢的，当然，最初的机缘是一张来自手机视频号的照片。他背靠着污迹斑驳的墙坐在地上，面容疲倦，衣衫褴褛（由于太脏显得油光可鉴），两只手僵硬地交叉着放在膝盖上（或许是为了掩饰窘迫和畏怯）。七八个长相俊俏、青春靓丽的长头发女孩围着他，她们半蹲着，摆出得体优美的造型，就好像被她们围着的是举足轻重、名扬四海的艺术家或诗人。但他是魏阙，一个拥有着学历和工作，却甘愿风雨漂泊的流浪者。

其实在见到照片的那一刻，她还没有认定魏阙是她的。即使在虚妄又破碎的现实中，他们能够一次次相逢，他们之间也未必会发生精彩的故事。她笃定这一点，因为她并不是一个交际活跃的人，并且，这些年，她越来越喜欢沉浸于一个人的孤独。

多年以来，魏阙并不接受任何人的施舍，在他看来，这个世界最为羞耻可憎的行为就是不劳而获。其实，原单位出于仁善或者其他原因仍然保留着他的职务，仍然给他发着一笔还算不错的工资。对此，魏阙并不领情，他甚至认为单位领导是出于对自己名声的呵护及领导力的凝聚才如此。所以，魏阙从来没有领过工资，他不屑使用这弥散着羞辱意味的馈赠，即使他幻想过拥有一间小小的属于自己的能够遮蔽风雨的房子。即使饥饿、寒冻、酷热经常把他逼入沮丧、恼怒、绝望的境地，他也从未觊觎过那笔越来越多的钱财。他顽固地认为那是一笔不义之财。事实上，他早就把工资卡毁掉了，用一把捡来的斧头，像剁肉馅一样，把那张使他愤怒的硬卡片变成了闪着光芒的碎粒。碎粒在空中飘舞的那一刻，他的心里好像有无数星星在闪烁。

“且夫天地之间，物各有主，苟非吾之所有，虽一毫而莫取。”之后的某一天，在“蛇弓蒜泥”的视频号上，她再次看到了魏阙。当时，他双腿朝前正坐在商场外面的台阶上，依然穿着先前那身脏得油光可鉴的黑衣服，毡片似的头发僵硬地垂至两肩，脸上丝毫没有先前的倦态，取而代之的是通达型中年男人特有的淡定，以及不易被察觉的轻松和愉悦。他正在吟诵苏轼《前赤壁赋》中的句子，一群不同身份的人正围着他，他们怀着好奇、怜悯、崇拜等千差万别的情愫向他发问。其中一个流里流气的年轻人大声调侃：“有工资不花，岂不是大傻子？难道你想当天底下最高尚的乞丐？”人群中爆发出一阵哄笑，没有人介意年轻人的措辞，即使他们都知道魏阙不是乞丐，他从不接受任何人的施舍。但他们不介意这些，魏阙也不介意。他只管继续吟诵：“惟江上之清风，与山间之明月，耳得之而为声，目遇之而成色，取之无禁，用之不竭，是造物者之无尽藏也，而吾与子之所共适。”人群中再次爆发出一阵哄笑，或许，他们并无恶意，只是以此打发时间。

两分钟的视频戛然而止，画面停留在“而吾与子之所共适”的“适”处，其时的魏阙目光坚定，双唇微张，清癯干净的脸上泛着一种神秘又练达的表情。她可能就是在那一瞬间确定他是她的，并且也确定魏阙身上拥有着骑士血统。

◦ 二 ◦

尽管只是暂时地逃离，半年后，她还会回到那个有着3500年建城史，历史上曾四次建国、五次定都，有“五朝古都、十朝雄郡”之称的小城。然而，她还是获得了身体和精神双重意义上的休憩和慰藉。她不必每天着急忙慌地挤乘公交车，要知道从家到单位单程就要折腾将近一小时的时间；不必反复地做一些买菜、做饭、拖地、遛狗、刷锅洗碗、擦拭家具等琐事；也不必和一些逐渐变得失去原则、唯利是图、阳奉阴违的朋友在酒桌上推杯换盏，逼迫着自己勉强忍受他们的虚假和造作……

事实上，真正的逃离并不存在，除非从根本上把肉体毁灭掉。虽然她从小就不惧怕死亡，甚至，幼小的她对死亡和死人的脸怀有浓烈的兴趣。记得小时候，为了观摩盖尸布下那张熟悉又陌生的脸，她经常和男孩子们一起爬到三四米高的树上，有时候也上到死者或他们邻居的房顶上。入殓时，在合上棺材盖之前，管事的会把盖尸布揭开，以便让子女、亲戚、乡亲们和死者做最后的告别。那是起灵之前最为庄严沉痛的时刻，撕心裂肺、痛彻心扉的哭声直冲云霄，感动天庭。她看到过形形色色面容枯槁、暗黑塌陷的死人的脸，从没有惧怕过，也没有翻来覆去地被一些噩梦纠缠。即使她早就意识到“人生皆虚妄”的本质，但是，她从没想过主动毁掉自己的肉体。她爱生命并非源自爱世界，也并非源自爱自己，而是由于她的父母还在艰难地熬着生活，而她还没能见证儿子大学毕业、娶妻生子，以及他不得不面临的一些诱惑和危险。

由此，她并未获得实际意义上的逃离。先前，她感觉到的身体和精神双重意义上的休憩和慰藉也是虚妄的。很快，似乎只是一天的时间，她便重返了之前的生活，迫切地，自主地，甚至带着一丝歉疚的情怀。

第二个夜晚来临的时候，在拉上窗帘之前，面朝着被远处的灯光稀释得并不算太黑的黑暗，她站了一小会儿，任凭那些纠缠着她的人和事在脑海中轮番攻击：父亲瞪圆了眼睛，口中狠狠地喷着恶毒的责备的话，他嫌弃晚饭没有炖好的猪肉；母亲手忙脚乱地把鸡蛋小葱面糊摊到锅底，由于太过惊慌，被胡乱放在地上的木柴绊了一下，差点儿把整个身子扑倒在炉灶上；大弟弟在遥远的北部边疆一个叫榍勒木煤矿的地方奉献自己棕熊般蓬勃的激情和力气；小弟弟凭着油滑的嘴皮子和糙厚的脸面子辗转在西安、北京、广州等地讨生活……

之后的一天，中午十一点左右，她提前退出了班组讨论，当然，在退出之前，她阐述了对当前文学创作的隐忧及原因，其实，大家已心知肚明，并且谁都无法改变整个大环境以及任何个体面临的困境。她独自一个人在即将开败的玉兰、西府海棠之间散步，淡雅又美好的香气忽隐忽现，小小的湖泊里倒映着云朵和柳枝，真是闹市中一处桃源。她在一个脱了皮的暗旧的木质长条靠背座椅上坐下，暖得使人恍惚的阳光包围着她及周边的一切。再次点开那首《即使抱着与你重逢的期待》，低沉忧伤的背景音乐立刻弥散开来，朋友老一——一个矮个子、留着小胡子、目光阴郁的瘦而精壮的中年男人的声音也随着弥散开来。诗歌是她写的，她喜欢这种自由的、跳跃的、精练的、真挚的表达方式。朋友老一的朗诵堪称专业，他经常被电视台邀请客串晚会或其他临时性节目的主持人。他曾试探着向她表达爱意，但她不假思索地拒绝了——并非因为那个无论在信仰，还是性情，抑或价值观上都与她格格不入的人的存在，而是他们之间太过熟悉，就像熟悉自己的身体和房间的摆设，而爱情需要神秘感，或者一些说不清道不明的东西。

多么无望的夜晚！像个魔咒——/ 比逝去的每一个夜晚更为荒凉可憎 / 然而，即使抱着与你重逢的期待，即使你依然凶猛地爱我，可是——/ 我老得太慢了！并且，也不再相信爱情。

这首诗她是写给一个与她相爱多年的另一个人的，他才是这个世界上最爱她的男人。那时，他还活着。他无底线、无原则、无期限地爱着她，对她俯首帖耳、言听计从，既像奴仆，又像父兄，也像朋友或师长。但就是这种密不透风、精致细腻的爱却最终导致了她的离开，促使她像个寡恩少义、冷漠无情的叛徒一样单方面撕毁了盟约。

“我不介意那个人。”

“是因为我变了，不爱你了，这是真的！我能感觉到身体和心灵都在排斥你。”

“不，你一定是鬼迷心窍了，你还没长大，还不成熟……”

“再逼迫我，我就从十八楼跳下去！我是快四十岁的人了，你这个浑蛋！”

“我等你，无论多久。我知道你会回来。你一定会回来的！我对你的身体有着迷恋，不，我还是更欣赏你在精神层面的追求……你根本不懂。也许，或者，唉——你根本不懂！我愿意等你，一直等，等你想明白。”

“变是世界的本质，爱也一样！你要相信我的确变了，我发誓我变了，我真的真的真的变了！太可怕了，我本不该……可是，你有保持愚蠢的自由……”

“或许一个变故，发生地震、流行病什么的，我们立刻就会像以前那样亲近了。”

她怀着轻蔑、歉疚、悲伤、怜悯、痛苦等复杂的情绪闷声地笑，一直笑到五脏六腑在腹腔内颤抖个不停，而随即眼泪也扑簌簌地流下来。

老一的朗诵太过悲怆，毕竟，他太了解她了，能够捕捉到流动在句子之间的情感变化，句调、语速、节奏、语气、停顿都被他拿捏得很到位，甚至，他还自作主张地把“习惯了一个人”重复了一遍。那句诗完整的表达是这样的：“她已经习惯了一个人度过无限煎熬的平庸又匮乏的日子 / 或者，她一直在寻找灵魂和真相的路上……”

她沉浸在老一创造的巨大的悲怆之中，当然，也是她创造的，是她和另一个人的悲怆。她斜倚在靠背上，闭着眼睛，眼前一团毛茸茸的黑暗瞬时将她覆盖住。大天白日，明光锃亮，但她沉浸在黑暗给予的那种亲切又厚实的安全感中。

恍惚中，那黑暗突然齐刷刷地从中间裂开，继而，空荡荡的大道上走来一个人。他是魏阙！他一边走一边唱歌，嗓音沙哑又粗狂，并且蕴含着一种天然的自由不羁的意味，像极了一名歌手。凑巧的是，他唱的正是那首她最喜欢的。她诧异脑海中的意象为什么会突然变成真实的，难道她进入了梦境？

眼前的魏阙与之前她在照片里见过的那个魏阙大不相同，他穿着一身纯黑色休闲式亚麻西服，里面是藏蓝色圆领衬衣，僵硬的毡片式长发不见了，取而代之的是利索精神的长毛寸。他从哪里来？要到哪里去？就在迷惑不解之时，她看到自己竟然朝他走过去，步履轻快，甚至有跳跃欢呼的冲动。这简直太不可思议了！

他牵着她的手来到一条河流前，在一片紫色的丝绒质地的草丛上坐下来。两岸之间的水像暗红的血液，因为黏稠，流得缓慢并且艰难。人世间的真相吗？她来不及思考便感觉到一股强劲的力量又把她推开了，是的，在她和魏阙之间凭空长出了一棵树，正是这棵玻璃状透明的、只在她梦中才出现过的、长着密密麻麻黑色心脏的树使她感觉到排斥的力量。她怀疑魏阙牵她手的行为是表象，其实，他的内在是排斥她的。果然，她的第六感很快得到了验证。

“女人就像这树上的果实，你觉得呢？”他盯着两岸之间暗红的寂静的水对她说。

四围没有人，也没有飞翔的鸟和奔跑的动物，她确定他是对她说的。他的漠视并未使她感觉不好，反而使她愈加轻松起来。

“你的意思是女人既是男人的诱惑，也是戕害男人的毒蛊？”她看向他——虽然他并不看她，但她的涵养不允许她以同样粗暴无礼的态度对待他。

“我搞不懂，太复杂了。我刚刚参加了一个葬礼，这个世界上对于我来说唯一的女人，也是我唯一的亲人——我的祖母去世了。”他依旧盯着两岸之间暗红的水，就好像那些水有着神秘又巨大的吸引力，又或者，他把那些水当成了她。

她突然明白他为什么把自己重新嵌回一个壳子里，原来是因为对于他来说世界上唯一的女人——他的祖母去世了，祖母对于他意义重大，所以他才以严肃的面貌去送她最后一程。在他看来，没有祖母存在的世界是丑陋不堪的，是毫无指望的。为此，他没必要弄出一副人模人样的姿态，而是应该符合拾荒这个职业本身的硬件和软件要求。的确，他从不浪费水资源清洗身体和衣服，也不在除了公共照明之外的地方读书看报，更不会祸害情感资源爱慕任何一个女人……这些信息全都来自“杯弓蒜泥”视频号。视频号的经营者显然不算太有心机，虽然他编发的小视频全部都是关于魏阙的，但只是采用最普通的拿来或剽窃的方式，完全不见自己的规划、文案、见解等体现特质的东西。为此，这个视频号的关注量稀松平常，置顶的那一条才显示 6.4 万次的点赞量，而最近的一条，他坐在公园旁边的台阶上讲述关于“成功学”的 23 秒钟的小视频，才获得了 10 个人点赞。或许，“杯弓蒜泥”视频号的经营者并不为赚钱，而只为打发漫无边际、重复重复再重复的时光。

她经常真诚地羡慕并感谢当今社会那些生活在夹缝里，却匹马一麾、舍生忘死的人。她深信魏阙就是这样的人，并且暗地里还有很多这样的人。他们怀着几近绝望的微茫的希望，艰难又幸福地挨过一天又一天裹着蜂蜜和苦汁的日子。即使没有人把他们当英雄，他们也坚持把良知当信仰。

“那你为什么见我？难道我不是女人吗？”她盯紧他，像盯紧失恋已久的情人那般惊喜，又或者是惶惑。对此，她也大惑不解，本来她也厌倦了男人和爱情。树上的一枚黑色心脏落在她身旁，在她右脚边，发出钟表指针转动时的咔嗒声。她讨厌这声音，它们总让她想到流逝和死亡。为此，她立刻伸出手把它捡了起来。神奇的一幕出现了，它竟然突然变成了婴儿状的粉嫩嫩的花朵。惊恐之余，一股战栗着的喜悦如小旋风般从她的头顶刺进，盘桓在那些仁善又顽强的器官之间。她甚至听到了它们相互碰撞时发出的沉闷又潮润的声音。在经过心脏时，它格外温柔，她的心脏为此猛烈地跳动了十几下。最后，它从她脚底，确切地说，从她大脚趾顶端的一个黑痣那儿溜了出来。她顿感一阵空茫，是那种使人精神焕发、如沐春风的空茫，而不是她经常莫名陷入的失落、迷惘、悲伤、惶恐等暗黑的空茫。

“我感觉到这段日子你频繁地想到我，对，不是想我，是想到我。而你想到我时，并没有像别人一样试图把我当成赚钱的道具，也没有我厌恶的那种讶异、怜悯、指责、赞美等情怀。其实，那些把我当成赚钱道具的人实现了我的价值，我倒是应该感谢他们。大学毕业以后，我就主动放弃了利用自己的价值去改善生活、实现梦想。我是不负责任的自我，关于这一点，我并不懊悔。是的，我没有梦想，所以也没有属于自己的房屋、女人、孩子、朋友、荣誉等这些烦人的累赘。也许我不配活着，但我活得挺好。女士，也许我们还会有见面的机会，但今天，我得走了。”

他消失了，就像没存在过一样。而她周边铺满了婴儿状的粉嫩嫩的花朵，一阵风吹来，它们立刻欢快地跳起她从未见过的舞蹈。

当晚，她再次翻看了“杯弓蒜泥”视频号，只见魏阙又恢复了先前那副面容疲倦、衣衫褴褛的样子。一群人围着他，他们高举着打开录像功能的手机，蹦跳着寻找最好的角度。魏阙——道具、猎物、抛弃了时代的英雄，他坐在一个不锈钢垃圾桶旁边，漠然地笑着，像个久经沙场的战士——他甘愿被榨取，他放弃了自己的价值，但他并不拒绝为别人创造价值。

人群中有人问：“魏大师，你不觉得捡垃圾羞耻吗？”很多人附和着问，其中不乏一些心怀叵测者对他的三观和动机进行攻击，也有一些人怀着纯粹的同情和敬仰，另一些则是地道的只为了赚取流量获得几两碎银的视频号经营者。

“高尔基说，只有人的劳动才是神圣的；莎士比亚说，使人愉快的劳动，能医治心灵的创伤；马克思说，劳动创造世界。我十分肯定的是捡垃圾是一种劳动，是我的工作，就好像一种信仰一样，因此，并不羞耻。”

说完这句话，魏阙站起来，朝着众人深鞠一躬，消失在灯光迷离的人行道上。

◦ 三 ◦

她仍然频繁地想起魏阙，想着能够再次遇见他，被他牵着手，在之前的那个地方，或者是任何一个地方。

她怀疑自己厌倦了熟人以及熟人社会，他们给予她的不确定感、挫败感日益腐蚀着她的心，使她彷徨，但又不能呐喊。有时候，她也憎恶自己，何以如此沉默？但很快她就意识到，沉默是一道坚硬又灵验的护身符。所以，她变得愈加沉默，即使在单位要承担的工作越来越多，而薪酬纹丝不动；即使年过古稀的母亲仍然受到父亲的挟制，最近她每天陪着他以攀爬的姿势到几乎没有路的山上嫁接板栗树……如果依着之前的性格，她必然反抗，至少申明自己的意见。然而，现在，她通通接受了，对于无论怎样努力都不能改变的状况，除了接受，别无他途。

之后几天，每到中午十一点左右，她都会小心翼翼地弓着身子离开座位，即使讲台上坐着的是她钦慕已久的学者或作家，即使他正在阐释对她有益的课题，即使同学们对她不礼貌的行为表现出明显的反感和不理解，她也不会介意。比起能够再次遇见魏阙，这都是微不足道的小事。她迫不及待地跑向那个脱了皮的暗旧的木质靠背座椅，坐下来，闭起眼睛，静静地等待。然而，一连七天，魏阙都没有出现。

其间，她只给母亲打了一个电话，母亲仍然像往常那样糊弄她，以一种极力掩饰破绽的乐观语气跟她说话。母亲说已经彻底放弃了小弟弟，也不再为那个抛妻弃子的浑蛋自责难过，夜里也能睡会儿觉了。对于大弟弟，母亲和父亲都还抱着一点儿希望,并且决定之前借给他在城市买房的几万块钱也不要了。母亲还说了“小雪下了雪，雨水下了雨，收成赖不了”，“二鬼的光棍儿子站在房檐上，骂人时一脚踩空摔到石板上，当场毙了命”，“辛苦攒了50万元养老钱的邻村老汉莫名其妙投了河”等一些母亲觉得有必要告诉她的话题。她也装出轻松愉悦的态度，在摁断电话之前，向母亲表示了赞许，并叮嘱母亲关照他们的身体。

使她感觉自己冷漠和罪恶的是，她好像并不心疼母亲。尽管知道母亲日复一日地被父亲刻薄地对待，并且，由于非要把弟弟们不幸的现实完全归结于自己教育的失败，母亲的失眠症非但没有减轻，反倒愈发严重了——她每夜只能勉强睡两三小时。就在前几天，出院后的父亲还在一众亲戚面前用极其恶毒的话数落了母亲，他说他的多发性脑梗完全是母亲造成的，说母亲不安好心非要惹他生气，想让他早些死……事实上是父亲不能忍受母亲的穷亲戚前来造访，他嫌弃那个人又傻又没用，并且耽误了他带着母亲上山干活儿的计划……为此，他们大吵一架，父亲把小铁锅、碗、面盆，以及盛放酱油、醋、芥末油等调料的瓶子全都摔了个粉碎。起初，母亲一直忍着，冷眼观摩眼前这个终生奴役她的男人丑陋的表演。其实，母亲是个有棱角的女人，但那些或许能够保护她的利刃被父亲和孩子们一次次拔掉、销毁。或者，母亲自己也参与了此项行动。为此，在漫长的岁月中，母亲一直处于弱势，没有地位，没有尊严，没有自我，没有自由，也没有逃离藩篱的智慧和勇气。终于，母亲忍无可忍，疯了似的朝着石头垒砌的墙上撞去，头撞击在坚硬的墙壁上，发出沉闷凄凉的砰砰声。母亲知道父亲并不会阻止她，即使她真的撞死了，他也不会惭愧、内疚，更不会意识到他是杀死她的刽子手。然而，母亲还是让自己朝着墙撞去，直到瘫倒在地……

父亲作为家庭的独裁者，他一次次“杀死”为他生儿育女、任劳任怨的女人。然而，母亲像“春风吹又生”的野草一样一次次倔强又屈辱地死而复生。其实，母亲并不贪恋活着，更不惧怕死。母亲怕的是儿女们在父亲的强权下度过一天又一天暗无天日、牛马不如的日子。父亲只爱惜自己的尊严、名声，以及无休无止的劳动和永远也不会丰富的钱财。他是不幸的，他又把不幸强行带给最亲的人。

她改变不了这一切。为此，她选择沉默和无视，以旁观者的身份躲在另一处，任凭曾经战栗、滴血、疼痛的心变得麻木。每个人都有自己的劫难，单靠着别人的拯救是无济于事的，除非自己利用巨大的决心和能力粉碎这劫难。记得幼年时期，八岁，又或者是十岁那年，她曾经挑唆过母亲和父亲离婚，或者直接逃到遥远的父亲找不到的地方，去过好日子。但母亲无动于衷，甚至脸上出现一种陌生又丑陋的表情。显然，母亲并不因她勇敢地站在自己的阵营、体谅着自己的苦楚而欣慰。母亲甚至朝她举起了巴掌，恐吓她：“死妮子，再胡说，打烂你屁股！”以至于之后的漫长时光里，她再也不敢说些大逆不道的话。

她任由着母亲在泥淖里挣扎，泥淖越来越恐怖，而母亲越来越老，挣脱的力量越来越微弱……

她冷眼旁观这一切。

“没骨气，自作自受，非要死皮赖脸地陪着他干吗呢？你就不能搬到大弟弟空着的院子住吗？图个自在不好吗？让他受罪，让他挨饿，让他孤独！”就在前些日子，来北京之前，她回到庙湾村看望他们。在他们居住的暗黑的小屋里，趁着父亲去院子外面的旱厕方便之时，她再一次没按捺住流窜在心底的那股怨愤。前提是父亲再一次利用伎俩把母亲社会保障卡上的钱骗到了手，理由是他手里的钱不够一万元，配上母亲卡上的两千块钱，恰好凑个整，存到银行涨利息。作为父亲的附庸，母亲是个“无产者”。她每花一分钱（即使用于家庭公共开支），都要向丈夫开口，这让母亲感觉很没脸面，毕竟村子里大多数女人都过着相对富足、自由的生活。但母亲习惯了不思考，不反抗，从不知道从丈夫手里接过来的充斥着施舍和铜臭味的小钱，其实也来源于自己的创造，自己完全可以支配它们，甚至，也拥有制约丈夫花销的权力。激烈的冲突爆发之后，愤怒和委屈促使着母亲以痛哭的形式展开对父亲的控诉。然而，被贫穷和劳作的辛苦重压的父亲，又怎么会在意从那潮湿又晦暗的石头房子里发出的哭声呢？像葛朗台一样，父亲也使孩子们度过了黯淡而凄凉的童年。他们长年累月穿着从一个叫福小的矮子那里买来的旧衣服、旧鞋子、旧袜子，为此，他们无比憎恨那个长着一脸麻子、面相猥琐的矮子。朝他吐唾沫，在他从街到家的必经之路上挖陷阱，往他院子里扔土坷垃或石头……三年前，母亲才强硬地要求掌控自己的社会保障卡。这看似完全合乎常理——掌控属于自己的东西并不过分。然而，仍然遭到了父亲的拒绝。

在子女们的一致干涉下，父亲才勉强做了让步。然而，他并不甘心，总是利用一些小伎俩让母亲把不多的钱财乖乖交给他。对此，母亲自然十分不满。但母亲上当后并不真的恼怒，虽然嘴上也骂骂咧咧，但谁都知道她一贯心口不一。

“唉！”母亲赔着笑，神情落寞，也有些尴尬，“老了，不愿闹腾了，不能让你们跟着败兴！咋都是活……”

第九个夜晚，星期四，连续阴了两天之后，润物细无声的春雨终于落了下来，静静地清洗着世界。污渍太多了，更多的雨还在酝酿。热水泡脚之后，她斜倚在枕头支起的靠背上翻看手机。上礼拜的测试报告把她吓了一大跳，每天的手机屏幕使用时间是 6 小时 18 分钟。她觉得有必要强制性减少这个时间，因为她完全应该把时间用在看书、听音乐、写文字等更有意义的事情上。但这个坏习惯就像血液里那些蛔虫、疟原虫、华支睾吸虫等寄生虫一样，隐秘又顽固地毒害着她。然而，她对它们的戕害熟视无睹，又或者是束手无策。

她又习惯性地翻到了“杯弓蒜泥”视频号，既然魏阙不肯再次与她重逢，她只能从这里捕捉关于他的一点儿信息。其实，她在后台留言了，希望能够得到魏阙的联系方式，从而可以和他取得现实意义上的联系，但一直没有得到回馈。果然，“杯弓蒜泥”视频号最新更新的内容仍然是关于魏阙的，她一看见他就觉得亲切，就好像他是她前世的情人、失散多年的亲人和朋友。这一次，他一反常态，用一种激愤暴躁的语言攻击着近来发生了集体辞职事件的科研公司。他怒斥公司无视国家的《劳动法》将工作时间增加到 12 小时的无耻行径，谴责赤裸裸侵犯员工法定休假自由的行为。说到动情处，他霍地从地上站起来（他本来像往常一样坐在台阶上），猛烈拍打着眼前的垃圾桶，目光也变得凶狠、犀利，眉头拧巴成僵硬的旋涡。那一刻，她仿佛突然看见了那个手执生锈长矛、头戴破洞头盔、身骑瘦弱老马的西班牙贵族堂吉诃德。

也就是那一刻，她确定以拾荒为生的魏阙具有无所畏惧的骑士精神，他是生活在社会最底层的骑士——她的骑士。

骑士是美的——在这个的时代，以拾荒为信仰的魏阙是美的。

她要占有美，只有美的事物和精神才能给予她活着的动力和养分，为此，她私自把一个素不相识的人占为己有，并册封他为骑士。

周围的人群爆发出了比以往更加热烈的掌声、口号声、欢呼声，谩骂声也随之而起，就好像一场暴动即将爆发。显然，人们也只是做做样子——他们被教育得很有分寸，不仅识大体顾大局，还懂得见风使舵、精致利己。

显然，魏阙对此心知肚明，然而，他一时还不想停止这无效的近乎荒唐的愤怒。

“当好的对人民有益的法规被践踏，当员工的各种权益被侵犯，人生还有什么意义？公平何在？幸福去哪里寻找？有几个人敢于愤怒……”讲到这里，魏阙突然仰天大笑。“仰天大笑出门去，我辈岂是蓬蒿人。”他朝着众人深鞠一躬，进而拨开人群，再一次消失在灯光迷离的人行道上。

她的骑士魏阙消失之后，她也陷入了沉思。

在她生活的小城有一个叫上襄的钢铁厂，成立于大地震发生前两年，领导层管理有方，短短两年时间就把厂子做成了全市龙头企业，自然也是纳税大户。地震来袭后，上襄钢铁厂不仅号召工人捐款，而且经董事会研究将八月份三分之一的利润共一百余万元捐给灾区，一时间成为老百姓街谈巷议的话题。他们也甘愿把自己的孩子送到那里。

这些出生于二十世纪八九十年代的农村青年中的一部分立志要摆脱父辈们被苦水浸泡的生活，同时，也试图摆脱父辈们吃苦耐劳、刻板规矩、忍气吞声等一些使他们心里感到五味杂陈的品质。他们太想轻轻松松就超越父辈们。显然，他们没有做好充分的准备。为此，一些急功近利、意志薄弱、浮躁傲慢的青年在试用期内便打了退堂鼓。他们用抱怨、鄙夷、愤愤不平的腔调吐槽上襄钢铁厂：没有假期，无偿加班，请假扣钱；食堂饭菜寡淡、品种单一；三班四倒，每天早中晚都要写工作汇报；军队式管理，厂区行走要“二人成行、三人成列”……

她的两个弟弟就是被这些看起来的确有些苛刻的制度吓破了胆，热爱自由且心高气傲的他们根本没考虑过去这个钢铁厂，他们私下里称呼它为“牢笼”。为此，他们做了城市的候鸟。但城市没给他们这些边缘人好脸色，十几年过去了，弟兄俩既没能挣下容身的房子，哪怕是小小的偏僻地带的两居室，也没能获得一星半点的认可和尊严。而本质上属于他们的庙湾村的院落（父亲倾注大量心血和智慧所建）由于常年空寂无人而遍生杂草、荒凉落寞，散落在村子周围的田地也逐年荒芜，坡上的板栗树由于得不到周全的侍弄，收成总是不太景气。

她的父母暗地里憎恨城市，觉得城市不仅狠狠打击了他们的儿子，也使老病的他们过不上儿孙绕膝的幸福生活。而且，他们曾视为命根子的田地也逐年荒芜，房屋也因为常年无人居住呈现出颓败、凄凉的景象。但他们能有什么办法呢？两个已经被黄土掩埋到脖子的人，既没了权威，也没有足够的钱财，只能眼睁睁地任由着儿子们怀揣着不息的梦想，去往那里争取向往的幸福生活。

其实，上襄钢铁厂还是有很多被老百姓肯定并赞许的优点的，比如保险制度健全，工资在当地最高，并且每月将员工工资的 10% 奖励给员工家属，对于在职年限超过十年的员工直接加薪 10%；每年免费给优秀员工的父母体检，年底所有员工发放米面油、牛肉等慰问品；宿舍有空调、地暖、独立卫浴、洗衣机；内部超市所有生活用品及方便面、啤酒等食品全部进价出售……除此之外，还有低价理发店、出租车等二十余项其他福利政策。一些勤勉踏实、老实本分的青年把自己的青春献给上襄钢铁厂，他们不惜熄灭躁动在身体内的旺盛的欲望和激情，也无暇参与娱乐、旅游等丰富生活的消遣活动。即使年轻的妻子们多有抱怨，小兽般可爱的儿女们需要管教和陪伴，年老多病的父母们也从心底发出呼唤，然而，他们知道没有比这儿更为可靠的去处了！为此，他们像牛一样，为着回报主人，献出全部的力量和忠心。

她也热爱自由，但她知道它无往不在枷锁之中。然而，她的弟弟们并不知道这个道理，他们任由着自己的内心，轻率随意地过着不负责任的生活，从而给父母增添了一层又一层沉重。

起初，她也为他们揪心，像个勇士一样出面解决他们的困难。后来她渐渐发现，即使她倾家荡产地救济、帮扶，也不能改变他们的处境。他们的根本性问题在脑子里，在于认知能力和思维意识上的欠缺，甚至谬误。

后来，她渐渐疏远了他们，即使听到一些对他们不利的传言，也不为所动，更不会着急上火。这是埋藏在她心底的隐痛，是滴着血的脓疮，虽然，她拒绝承认，但她知道它一直在生长，除非得到永久性的切除。

和她断联将近两年的小弟弟曾以一个陌生又古怪的网名加上她的微信，凭着血缘至亲或者双鱼座女人灵敏的第六感，她感知到了他的身份。然而，她的怒气并未消除，之前由于要交付最后一期房款，她找他借钱，万万没想到的是，他不仅拒接电话，还直接玩起了失踪。他更为可恶之处在于拒绝抚养亲生的女儿，那个孩子八岁了，他没出过一分钱的抚养费，甚至，连亲生女儿的名字也不知道，更不知道她喜欢什么、憎恶什么，以及她是否快乐，成长过程中是否生过病，是否遭受继父的冷遇和同学的白眼。一个连孩子都可以舍弃的人，在她看来是毫无人性的，并且不值得被原谅。

“你是谁？”她记得当时是个傍晚，微茫的夜色充斥着空旷的居所，没开灯，她坐在阳台的一把藤椅上，呆望着窗外青灰色的天空，心里掠过阵阵寒凉，也或者是轻蔑。

“我想你了，姐姐。”

“我不认识你。”

按出上面那句话之前，她把“滚”字删除了，毕竟，他是她一母同胞的亲人。她感到心底的隐痛又在颤抖了。她即刻把他拉黑，关上手机，任凭他和她一起堕入即将到来的未知和黑暗。

◦ 四 ◦

就在同一个夜晚，她梦到了三个男人，他，另一个人，魏阙。他们在寸草不生的旷野中下棋，确切的是，他和另一个人在下棋，魏阙充当着裁判的角色。周围是凶险高峻的山峰，一些不知名的黑鸟在天空盘旋。偶尔，它们飞得很低，尖叫着俯冲下来，像是要把谁抓走似的。

在梦里，她已经判断出眼前发生的一切是梦，而不是现实。但她仍然入戏很深，怎么也不能说服自己跳脱出来，从而像观摩电影一样，客观冷静，不把自己置身其中。

他和另一个人分坐在两块青灰色的铁矿石上，他们专心致志地紧盯着长在树桩上的棋盘，树桩由于太过年久，且经历了足够的风雨的磨砺，呈现出老年人皮肤特有的褶皱和暗斑。

在下象棋上，他是高手。关于这一点，她清楚得很。因为，他花在下象棋上的时间远远超过陪伴她的时间，即使他们好不容易挤出时间见面，他也总是抗拒不了象棋的诱惑。为此，她一次次表示愤怒和抗议，甚至，像个不明事理的泼妇一样对他冷嘲热讽。有一次，她气急败坏地夺过他的手机，不由分说地摔在硬邦邦的墙上。她本以为他会就此罢休，并且立刻用强有力的臂膀抱住她，粗暴地亲吻她，并嬉皮笑脸地向她道歉，以浇灭燃起在她心头的怒火。然而，他表现得比她还要愤怒，只见他一个箭步蹿出去，着急忙慌地从地上抓起手机，粗略检查之后，鄙夷地坏坏地看她一眼，那意思好像是，“哼，小样儿，太小看我的手机了，我这是防爆防摔型的。”天哪！他竟然能够像个没事儿人一样继续和手机里的对手博弈，完全不顾她已然炸裂的情绪和被愤怒撕碎的身体。

据此，以及一些其他的小细节，她推断出他并不爱她（虽然他从不承认）。然而，她却莫名其妙地爱上了他。其实，是他先追逐的她，像一个优秀的猎手，他没有给她逃跑的机会。他面相黝黑，表情凶狠，两道深深的法令纹如伤口般使人惊骇。虽然才五十岁出头，但他的头发完全白了，他把它们打理成匈牙利著名钢琴家作曲家弗朗茨·李斯特那样的发型。她可能被他艺术家的外表迷惑了，的确，他大多数时间表现得温文尔雅，也极为体贴。

他们有过两次长途散步，说是长途，来回也就三小时。其中的一次，他们从南水北调大桥朝着南边东西向的温暖河走，阳光很烈，夹道旁的紫薇、米兰、木槿开得正好，淡淡的清香时不时地萦绕着他们。在随意地聊了一些网上和本地的热门话题之后，他向她讲起一个二十七年前的故事。那时，他刚好二十五岁，还是刚刚入职的小白，手里没有半点儿权力，对于前景规划也不是很明晰坚定。那是个夏季的深夜，一个遭了车祸的十六岁女孩被送了过来，他的老师，作为当晚的值班医生立刻判断出女孩的内脏多处出血，手术开始前需要大量输血。但诡异的是血库里恰好没了匹配的血型。在大家的纳闷儿和焦急之中，时间一分一秒地流逝着，女孩的脸色也变得愈加苍白灰暗。他第一次面临生死抉择时刻，而且是那么年轻的一条生命。他偷偷地研究各种可能，并恳请化验室再给女孩查个血型。结果果然是女孩的血型被弄错了，女孩本应该是AB型血，也许是由于她的B型血抗原太过明显，以至于化验室做出了错误的判断。他蒙了，当值的化验员也蒙了。但那时，女孩已经没有抢救的意义了。因为失血过多，女孩四肢冰冷，并且陷入了深度昏迷。他隐隐约约看到她脸上的汗一层一层涌出来，滴滴答答地砸向地板……不行了，没救了，她要死了……他知道不能说出那个秘密，这不仅关乎医院的声誉，也关乎当值化验员的前途命运。然而不说出来，往后余生，他将背负着沉重的巨石终生放不下。他恐惧，纠结，最终选择了沉默。他隐隐约约听到医生和护士们向家属表达着歉意和同情，他们埋怨出事地点弯度半径过小的设计缺陷，埋怨人们献血意识薄弱导致血库贫瘠，埋怨女孩子不应该那么晚回家……女孩子在这持续不断的埋怨声中停止了呼吸。她的父母是老实巴交的农民，很容易就相信女儿是死于脾脏、肝脏等重要器官破裂导致的大面积出血。他们像隐忍的土地一样选择了沉默，接受了不能接受的结果。他说他亲眼看着悲痛欲绝的父亲背着死去的女儿，一步一踉跄地朝外挪，母亲紧跟在后面托着女儿的臀部，她哭得也很隐忍……

“我一直生活在悔恨之中，二十七年了，我还是不能放过自己！”他一边说一边狠狠地攥起她的手，她能感到他手心里突然涌出的汗液，并且，那只手在剧烈地颤抖。

“人各有命，或许那就是她的宿命吧。”她抽出手，又用力地回握他，试图用“宿命论”宽慰他。

“如果我勇敢一点儿，她可以不死的。一定意义上，我是个杀手！”他竟然哭了。虽然他朝另一个方向别过头，但她仍然清晰地看到闪闪发光的泪水顺着他黝黑的脸颊快速滑下，滑下，再滑下，就好像承受多年的委屈，在那一刻，被他一股脑倾倒出来。

她从没见过这种阵势，不敢再说什么。他将背负着这沉重的负罪感度过不完美的一生,然而谁的一生能够完美呢？她想。

或许，她就是在那次散步，他向她吐露内心的芒刺，并痛哭流涕的那一刻爱上他的。当时，他已经拥有了和他自身价值匹配的地位和声名，然而却始终不肯卸下那份无人追究的责任和难以释怀的愧疚。他多么可怜呀，难道不配得到更美好的爱情吗？于是，她心甘情愿地化作飞蛾，但显然，他不是火，而是冰封的大海，坚硬、冷酷、孤独、悲伤。

又或者是他让她扮作另一个医院的医生，观摩他主刀的腹腔镜下巨大乙状结肠癌侵及膀胱、回肠切除的手术时，她才爱上他的。那个手术整整持续了三小时，他全程沉着冷静，耐心细致。当时，她觉得他是她的战士，正顶着压力、冒着风险在战场上厮杀。她也一次次想到米开朗琪罗，在读罗曼·罗兰写的《米开朗琪罗传》时，她不止一次为他遭受的病痛，以及外界的刁难和盘剥流下眼泪。

偶尔，助手们拿错工具的时候，他会大声斥责。事后她责怪他太过粗暴，他说习惯了，让他们长记性。作为一个外行，虽然她看不出更多的门道，但仍然能够从很小的切口、较少的出血、光滑干净的创面判断出他是个技术熟稔的医生。当医生曾是她上小学六年级时的梦想，无疑，他实现了她不能实现的，是她生命内容的丰富和延展。于是，她对他俯首称臣，完全忽略了自己的美好和骄傲。再或者是他的细致敏感、博学幽默，以及偶尔表现出的大男子主义、自恋张扬的个性吸引了她。

总而言之，因为他，她才能够走出另一个人制造的阴影。无疑，另一个人是这个世界上最爱她的人。在她面前，另一个人是老师、兄长、恋人、知己、学生等多种身份的复合体。多数时候，他表现得没有自我、缺乏主见、忍气吞声，这使她极为不满，也经常反思——他对她的惧怕和无条件包容是爱吗？其实，他在他的同事和朋友们面前则完全是另外一副面貌，他崇尚先锋精神和以人为本、讲究个人自由和社会平等的价值观，并且血液里涌动着来自父辈或祖父辈的骄矜、优雅、清醒、睿智、坚强，并且具有桀骜不驯、独一无二的灵魂。她不明白，他们的爱情为什么把他变成了另外一个人。难道真相就是他们并不相爱吗？薄伽丘说，真正的爱情能够鼓舞人，唤醒他内心沉睡着的力量和潜藏着的才能。依此推断，他们之间是存在过真正的爱情的，只不过很短暂，可能仅仅是最初的两三年时间。之后，他们再也不能互相鼓舞，也不能唤醒彼此内心沉睡着的力量和潜藏的才能。有的只是猜疑和谩骂，以及无休无止的抱怨和憎恨。

直到有一天，另一个人突然死了。据他们共同的朋友说，他死于高血压引起的大面积脑出血。当时，他歪倒在驾驶座上，表情安详，略显倦态，安静得就像睡着了一样。车子停得很仓促，前轮已经越过路牙石，险些撞上一米开外的镀锌钢护栏。出事地点附近就是温暖河，他们经常在它依傍着的沿河公园游玩。这个带状公园是政府耗费巨额投资回馈给市民的最实在的福利。小径交叉，绿植花草遍布，吊桥、亭台稀稀落落地点缀其间。即使在冬天，人们也喜欢在这里消耗时光。一望无际的冰面、随风摇曳的芦苇、一掠而过的鸟群……它拉近了城市中人与自然、人与水、人与人之间的关系，不仅提升了城市形象，也是人们休憩身心、放逐灵魂的妙境。

有一次，夏季的傍晚时分，夕阳给大地涂抹了一层令人怅惘的橙黄色颜料，静谧而柔和，河面上泛起的点点银光像无数条小鱼在跳跃，另一个人携着她径直走向一处草坪中央的巨大心形花环，应该是婚纱摄影工作室留下的。起初，她并不知道他的用意，在她看来，他一直是个木讷且不懂风情的男人，但那次，他颠覆了留给她的印象。只见他毫不犹豫地拉住一个时髦的年轻人，委托他给他们拍照。年轻人思维活跃，像摄影师一样指挥着他们做出各种亲密又美好的动作。他一反常态地积极配合着，甚至表现出初涉爱河的青少年才有的欢快和羞涩，并且引导她，鼓励她，使她全身心投入他们谋划过但未能实现的生活的艺术之中。之后，他把那些照片视为宝物，经常自觉或不自觉地翻出来欣赏，就好像欣赏着他们不太遥远的必然的归宿，那是蓬勃的美妙的永生和幸福。

后来，她背弃了和另一个人的约定，转而奔向一个在另一个人看来完全是暗黑深渊的危险之境。她听不进任何即使对她有利的建议，尽管她知道那些建议完全滤掉了独属于爱情的诸如自私、狭隘、偏执等成分，但她并不领情，反而一次次以刀锋般犀利的言辞反驳他。甚至，她天真地警告他，可以不爱她，但除了爱她，别无出路。的确，另一个人也对此深信不疑——除了爱她，别无出路。实际上，他亲自把她塑造成了“女皇”，又或者是“恶魔”，无上的权利和傲慢被她牢牢攥在手中，现在，她以此狠狠地报复了他。其实，端倪在几年前便有所显露——没有一种结局猝然而至。一切皆有因果，一切皆是苦难。某次做爱时，她竟然破天荒地把灯熄灭，并且拒绝和他亲吻，身体也不再像之前那样柔软、火热。此前，他患过严重的口腔囊肿，根管治疗时通过建立引流通道排出好多脓液。她见证了整个手术过程。他怀疑就是那个小手术破坏了他们之间的美好关系。但那时他并未在意，只觉得她在，就会一直在，就像天空和大地永不退场那样。

死的那一天，另一个人显然没有预料到，他只是想开着车到温暖河附近一带重温旧梦，又或者是与她进行最后的告别。然而，他没能控制好自己的情绪，太过深重的悲伤像火山一样爆发了，血压也如羽箭离弦般迅速飙升……

很长时间，就像他背负的沉重的负罪感一样，她也背负着对另一个人的沉重的负罪感，就好像是她亲自杀死了他，而不是那个凶恶蛮横的疾病。另一个人一直患有高血压，他自己清楚，但满不在乎。就像蔑视一个无知又傲慢的诗人，他当它不存在。虽然他遵医嘱买了培哚普利、替米沙坦、氢氯噻嗪等药物，但也只是做做样子，从不按时将它们投喂进自己的胃。在他看来，只要身体没有明显不适，就没必要糟蹋身体，毕竟“是药三分毒”嘛！显然，他低估了它。剑不轻出，出必索命——杀手是不允许被轻慢的！它先是轻微地教训了他一下，只让他出现了口眼歪斜和言语不清的症状。半个月的治疗之后，他恢复如初。按说经此一病，他应该意识到高血压是一种不可小觑的疾病，而他必须恭恭敬敬地对待它，丝毫不能麻痹大意。但他自己依然像一个无知又傲慢的诗人，也许是性格使然，总之，他把从医院带回的药吃完之后便不再买药，甚至，忘了自己患有高血压这回事。在饮食上，他丝毫不加控制——嗜盐，喜欢口味重的饭菜；嗜糖，抽屉里总是有蛋糕、江米条、沙琪玛等甜品；嗜肉，尤其是肥肉和猪肝。尽管她对此进行了艰苦卓绝的干预，一有机会就苦口婆心地恳求、规劝。甚至，有好多次，她在暴怒之后讽刺他，谩骂他，并且以分手相威胁。他并不反驳，总是以一副唯唯诺诺的样子表示顺从。然而，他的顺从只是表面上的。倒不是因为不愿被她压迫，他爱她，可以随时为她献出生命。但在饮食习惯上，他保留了顽固和倔强。也许，这是他唯一没有被她攻陷的领土。或者，他对自己的身体抱有近乎迷信的乐观。仅仅过去半年多时间，他再次因为脑血管疾病住进医院，显然，由于梗死部位比较特殊，症状要比第一次严重，除了言语受阻之外，右半侧肢体受到了严重影响，一直到出院，也没能完全康复。这一次，他总算领略了高血压的凶恶蛮横。正如医生所言，他不可能得到根治，并且肢体麻木将会伴随终生，思维也会变得迟钝。他一厢情愿地认为自己能够主宰自己的身体，然而，现实给他上了生动的一课，他悲哀地发现，即使在炎热的夏天，他的右半侧肢体也像浸泡在冷水中一样，尤其是冻僵一般的脚趾，活动不便，毫无知觉。

“我幻想着你，尤其是你的身体，我幻想着它能够拯救我的身体。然而，我错了。面对着你，我的心燃着烈火，可我的身体就像一块僵硬的石头！可恶，可恨，毫无指望！”在一次颓丧的约会的尾声，另一个人呜咽着表达沮丧和歉意。她内心的沮丧和歉意也咕嘟咕嘟地向外冒……

漫长的回忆使她忽略了两个人的博弈，等她回过神来，另一个人（他对象棋艺术一窍不通）几乎把他的棋子全部吃光了：他仅剩下“将”、一个“象”、两个“士”，而另一个人仅仅损失了一个“车”、一个“马”、三个“卒”。这使她大为惊骇。百思不得其解之时，魏阙像个天真的孩子一样手舞足蹈起来，他把手中从天而降的法槌朝着棋盘重重敲了一下，随后宣判结果：他胜。

他静默地坐在青灰色的铁矿石上，一动不动，嘴角漾起不易觉察的微笑。另一个人一反常态，气急败坏地跳起来，指着魏阙的额头懊恼地争辩。只见魏阙慢条斯理地走近他，把嘴巴凑在他耳朵边上说着什么。片刻工夫，另一个人安静下来，并朝着赢了的他拱手作了个揖，随即，化作一缕轻烟袅袅升起。

似睡非睡之际，魏阙竟然平白无故地躺在了她的身边，浑身赤裸，散发着一种淡淡的诱人的椰奶香。她突然想靠近他，这想法让她很羞愧，她心里明明装满了他。那棵玻璃状透明的、只在她梦中才出现过的、长着密密麻麻黑色心脏的树又神奇地长了出来，并且仍然具有那种莫名其妙的排斥的力量。魏阙好像感知不到她的存在一样，他直挺挺地平躺着，呆愣愣地望着屋顶。即使感知到她的心思，他也会如钢铁侠一般无动于衷。记得在上一次见面时，他说过“女人就像这树上的果实，既是男人的诱惑，也是戕害男人的毒蛊”之类的话。他对女人毫无兴趣，起码目前是这样。于他，男人女人没什么区别，都仅仅是具备人类特性的动物而已。

“为什么判他胜？他明明没有胜算。”

“他本来就胜了。输只是表面现象。眼见未必为实，这个道理难道你不懂吗？”

“你的判决正确吗？公平吗？”

“哪里有绝对的正确和公平呢？据说天堂也没有，何况人间？”

“为什么他试图让另一个人赢？”

“因为爱。”

她被“爱”惊醒了，眼前黑魆魆一片真干净。

五

在过去一年多的时间里，他几乎完全占据了她的生活，严重影响了她的情绪，使她时不时地沉陷在悲伤绝望的深谷里。在内心深处，起初她也没意识到，她竟然希望在他的身上找到另一个人的影子——他能够像另一个人那样在她孤独的时候陪伴她；对她言听计从，从不违逆她，哪怕是明显不合理的要求；在她经济困窘时能够慷慨解囊，即使仅有一百块钱，他也舍得把九十九块钱分给她；像伴侣一样参与她生活及精神的建设……

然而，她发现这只是她一厢情愿的幻想。但她并不气馁，她就是有一种近乎金刚石般坚硬的勇气接纳自己的选择。

实际上，他完全以自我生活为中心，并不把她看得太重。这让她无比沮丧，也平添了对他的否定和怀疑。他对待工作极端负责，即使在冬天，也总是于早晨七点十分准时地出现在办公室（八点才上班），病人、手术及对年轻医生的培养是他工作的核心。她不止一次表达抗议，甚至冷言嘲讽他把时间和精力完全放在并不能给予他相应回馈的工作上完全是愚蠢之举。他服务的医院由于经营不善，地处偏僻，又或者是管理者能力不足等其他方面的原因，在小城并不像其他几个医院那样具有举足轻重的地位。为此，病人稀少，门庭冷落。所以，他们的付出和待遇严重不对等，据说医院一直没为他们缴纳住房公积金。他显然是转移话题的高手，并不接话茬，而总是试图把话题引向一些轻松愉快的话题。但她也不是甘愿被敷衍的呆瓜，于是，她一次次逼迫他和她对峙。有时候他果真就被惹怒了。大多数时候，他选择沉默，一句也不辩解。偶尔，他干脆甩门而去，白天黑夜地住在医院里，以此表达自己的态度和立场。

对待同事和朋友，他也表现得异常热情，尤其是酒局，他从不爽约，少则半斤，多则斤半。偶尔，当然是为了表达抗议，她也参与他的社交活动，也像他那样大口大杯地喝酒，有一次，她一口喝了三两汾酒，把他和他的朋友们吓坏了。事后，他们晃晃荡荡地走在阳光明媚的大街上，走在陌生的人群中。在一棵光秃秃的法桐下，他紧紧地抱住她，毫不避讳地俯下头亲吻她。她想，或许，她爱的就是他身上的这股子野性。而她对他的否定和怀疑似乎完全毫无根据，就像空穴来风的谣言不能立足。但是，那否定和怀疑分明形成了一个正在生长的深渊，具备了强大的吸引的力量，使她不由自主地朝着那里奔赴。毕竟，在这个泛物质泛美女的时代，一个四十多岁的中年女人是不容易遇见爱情的。对此，她深信不疑。

源于和另一个人完全不同的性情，她才爱上他。然而，她却时时处处试图以另一个人爱她的标准要求他。她知道，这于他并不公平，显然，也是她时不时地就沉陷在悲伤绝望的深谷的肇始。她的麻烦源自她，她亲自制造了麻烦。正如他说的那样，她实在是个矛盾又复杂的人，但大部分时间里又简单纯粹得像个孩子。

阳光透过玻璃铺在实木写字桌靠近窗台的一角，照着斜放在桌子上的笔记本和手机，也照着她的左半边身体。她悲伤地想到，晒太阳的行为就像时光一样一去不复返了。孩童时，人们对阳光的喜欢要远大于现在，年老多病的人挤在墙角下边晒太阳边打盹；大人们由于劳动所迫，不得不把身体长时间地置身在太阳下; 孩子们则像无忧无虑的风一样在太阳下奔跑玩耍。自从离开庙湾村，她已经十几年没主动晒过太阳了。就像她九岁那年春节，父亲和叔伯们商量了一下，便摒弃了给长辈磕头的老传统。她的爷爷并不知情，她记得他仍然像往常一样把老旧的杜梨木太师椅搬到屋子中央，规规矩矩踏踏实实地坐上去，两腿放平，微微叉开，手执一把旱烟袋，那玩意儿有着铜制的金属锅，由于常年被烟油浸泡，锅里黑魆魆的。爷爷的头上包着一个干净的白手巾，他每抽一口烟就朝门口望一眼，神情也由原来的愉悦淡定变得落寞焦躁。她在爷爷的催促下跑出门外观望。其实，她知道父亲和叔伯们没有被任何要紧的事绊住，他们都在各自的家里说闲话，或者看电视。她无意中听到了他们的密谋，但不忍心揭穿，只好象征性地跑出去转一圈，再回来陪着爷爷一起等待……

罗杰斯的歌如陈酿的美酒使人迷醉，在这个没有他，也没有另一个人的小房间里，她试着完成对自己的解析，找回自己，并救赎自己。“她在你的爱里处境艰难”，罗杰斯唱到此处，立刻引起她的深度共鸣。她信服这句歌词，深感这就是她和他感情的真相——你们在你们的爱里处境艰难。也许他如她一样备受煎熬，只是装出一副潇洒自得满不在乎的样子。

“你就不能腾出几天的时间，我们去九寨沟、香格里拉、呼伦贝尔大草原等好地方看看？”她知道他根本走不开，也不喜欢旅游，却还是经常这样埋汰他。

“去，去，去，一定去，等腾出时间来。”即使一千次敷衍她，他也总是摆出一本正经的样子。

“你是不是不爱我？”

“胡说八道！”

“我怎么感觉不到呢？”

“像那个人一样？那我做不到。他是他，我是我！我不会惯着你，你必须成长，学会辨别是非和好人坏人，学会拒绝，依靠自己，没有任何人值得信任……”

“你是谁？我能信任你吗？”

"我是我。不能。"

这样的对话在他们之间反复进行。她总是不厌其烦地进行试探，倒不是幻想出现有别于此的另一种答案。而他并不厌烦，也总是不厌其烦地把一成不变的答案抛给她。

和另一个人在一起时，她就像女皇，高高在上，发号施令，唯她独尊。然而，时间久了，她发现自己并不真正贪恋权力和享受——也许是漫长的一成不变的呵护和赞美使她失去了耐性。生活是需要一些锋芒和变化的。她不止一次这样想。当她意识到她可能摧毁了他的个性，完全把他变得失去自我、胆小、懦弱，且毫无底线和尊严时，她立刻下定决心放弃他，把他还给他，使他做回自己。又或者，真相是，她亲自把他塑造成她并不欣赏的那种人，然后以"变了""不爱"之名再抛弃掉他。她害怕了，感觉到自己无意识之中造了不小的罪孽。

在另一个人的葬礼上，她和他生前的朋友一起，在他的遗像前默哀，鞠躬，和他做着人世间最后的告别。她很冷静，没有表现出太多的悲伤。他们对他的英年早逝表达了真挚的遗憾，肯定了他谦逊诚恳、勤奋踏实的作风，即使谈到他偶尔表现出的傲慢和固执，他们也持着赞许的口吻和包容的姿态。他们讲到一些关于他的故事，在不太遥远的二十世纪八十年代末期，那时，他是一个小煤矿的带班长，为了支援那些陌生的年轻的另一些人，他把之前的所有积蓄捐了出去；在他做办公室主任期间，一个年轻的女打字员喜欢上他，他并未动心，但为了回报她，不惜挪用公款——她的女儿患上一种极难治愈的疾病——为此，他差点儿丢掉饭碗；他率先买了一辆雅马哈劲豹摩托车，朋友借用时丧了命，他为此赔了一笔钱……他们对他的了解显然比她丰富多了，这使她感觉很羞愧。

爱人之间的藩篱是永恒存在的，根本不可能有真正的完全的了解和理解。即使在最亲密的人面前，人们也总是习惯性地裹上一层保护膜，一层不够，再加一层，层层累加，固若金汤……

长时间的回忆使她有些疲倦，于是抬眼俯视窗外的院子。她住六楼，视线很广阔。十几天前还是一番春意盎然、花团锦簇的景象，现在已经被稀疏薄淡的绿意替代，几只大山雀、四声杜鹃、珠颈斑鸠在树杈间穿插跳跃，时不时有婉转的鸟鸣撒在空中。也许是缺水的缘故，那些小小的嫩嫩的叶片略微有些卷。杏树上长满了指甲盖大小的青杏，她突然想起小时候由于饥饿而拿它们填肚子的旧事，为了摘到更多的小小的果子，她学会了爬树，即使枝杈很高，也没有树瘤和枝杈可踩蹬的大杏树，她也总能像男孩子一样找到攀爬的窍门。在荒山野岭间的石头下面寻找蝎子时，她练就了让女孩子们羡慕的技巧，趁着或大或小的蝎子高高弯着尾巴愣神，她悄悄地向它移动手臂，在距离蝎子十厘米左右的时候，她猛然发力，稳，准，狠，牢牢地捏住它的毒针。她曾无数次为伙伴们演示这个无比危险的动作，幸好从未失手被毒针蜇到。

她在椅子上坐下来，喝了一口泡在玻璃杯中的茶，白茶，是他寄来的，说是有提神醒脑抗疲劳的作用。随手拿起手机，没有他的信息——她就像他扔在沙漠或大海里的一粒尘埃，只在自己想起的时候，才抓起在掌心里把玩一番。她有些沮丧。自从两个人确定关系之后，他就很少再给她发一些撩骚煽情表达爱意的信息。为此，他们有过一次激烈的争吵。他嘲讽她是愚蠢透顶的靠着甜言蜜语生活的傻女人，并且警告她，凡是无底线的赞美和奉承大多居心叵测，要善于鉴别和拒绝。她知道他是对的，然而还是用她的歪门邪说抨击了他。她的意思是男人吝啬到连甜言蜜语和赞美奉承都不肯讲的话，肯定意味着不爱。他怒不可遏，随即逼问她是否还想着另一个人？

“说吧，是还是不是？”他的脸更黑了，眼中闪着寒光，颊肌和咬肌频频跳动——他在瞬间变成了一团火，愈燃愈烈。

但她并不害怕，甚至心里还有些窃喜。“是！怎么着吧？”她本该沉默的，或者像他一样转移话题，再或者，识趣地求饶。其实，她也擅长这么做。但当时，她鬼使神差地回击了他，带着报复和羞辱的快感。

她在试探他的底线——她既希望他有底线，也希望他无底线。

“可恶！可恨！可悲！”他一把抓过她，双手狠狠地嵌进她上臂的肌肉，反复摇晃她，继而卡住她的脖子，但又快速地松开。一阵激烈的喘气之后，他把她按在身下，凶猛地亲吻她。

他一直试图把另一个人——那个死去的依然还在他们之间制造麻烦的人——从她脑子里抹去，抹得干干净净，连渣滓都不剩，就像他切掉病人被毒瘤损害的器官那样。但他显然有些操之过急。他觉得自己碰上硬茬儿了，也无数次想过放弃，所以才逼迫着自己对她冷淡、敷衍。但他仍然觉得她身上有着丰富的神秘的永远也开采不尽的宝藏，使他这个崇尚单身的人不可遏制地着迷。

他知道他必须战胜那个死了的另一个人，为此，他不惜昧着良心攻击另一个人，说另一个人是个伪君子、道德婊、小丑。但他发现，这完全无济于事，反而激起她对那个人更深的怀念和维护。甚至，她试图把他变成那个人。

尽管她由于惊吓还不想让他亲吻，她更应该奋力挣脱他，像个战士一样站起来，不再看他一眼，直接扬长而去。但是鬼使神差，她竟然更热切地回应了他。他的舌头有些短，但舌尖很灵活，并不妨碍制造出澎湃的激情和欲望。她很快就完全屈服了，就好像刚才的争执并不存在，又或者他们合力粉碎了它。

夜晚再一次笼罩了世界，于她，真正属于自己的时空开始了，在封闭的房间内，她寻找出路，并长出翅膀。之前的所有的创造几乎都来自夜晚，夜晚使她变得丰沛，使她从某种意义上脱离了庸俗。想到这里，她嘴角露出一丝甜蜜的微笑。

她仍然想他，但夜晚代替了他。

她本来打算继续阅读《酒吧长谈》或《审判》，但脑袋里不由自主地滋生了乱七八糟的想象，一会儿想到他，一会儿想到沉睡在黄土下的另一个人，一会儿想到庙湾村和父母亲，一会儿又想到久不联系的弟弟们。他们变成无数的他们，结成一张网——没有净土，无处逃遁。她拿起手机，想拨一个电话。但最终也没有拨出去，而是又习惯性搜到了“杯弓蒜泥”视频号。她的骑士魏阙果然在，此时，他仍然被一群人围着，但不像先前那么邋遢，白了一多半的头发也很顺溜，穿一件皮衣服，内里是浅灰色开领毛衣。他平和地表达着自己的观点，像他这样没有社会地位、不会给任何部门造成威胁的人总是拥有着更多的表达欲望和权利。

“自然界本身不会产生垃圾，即便是大粪，它会消化成肥料；腐烂的植物经过复杂的变化能够变成煤炭。人当中倒是有很多垃圾，他们叫作人渣。几千年了，人渣一直存在于各行各业，有穷人富人，有高智商的，也有低智商，所以人才是最可怕的！”

这是个不太复杂的命题，魏阙以精准简练的措辞捍卫着自己的事业。我崇拜他，把他封为骑士，且据为己有。自从产生这个怪诞的想法之后，我每一次见到他，无论是从“杯弓蒜泥”视频号，还是梦境，还是臆想，都觉得他异常亲切，就像前世的情人，或现世的兄弟。

她随手又翻了一则小视频，她的骑士魏阙又恢复了之前那一副肮脏邋遢的造型，他右手提着一个红色的塑料袋子，里面放着一些烂纸片及其他东西，左手握着一罐啤酒，一边大步流星地往前走，一边往嘴里倒啤酒，很有一种霸气从容的气质，那是有情怀有信仰的人才会表现出来的笃定和力量。

她推断“杯弓蒜泥”视频号的操作者并未按照时间顺序发放关于魏阙的小视频，在他呈现的一个一个片段里，魏阙的生活完全被打乱了，而不是线性的发展。其实，这也无可厚非，倒是暗合了一些小说创作的套路。

乔治·桑说过，与其说小说好像是生活，不如说生活就像是小说。

是的，她在经历生活，生活也在经历她；她在创造小说，小说也在创造她。

◦ 六 ◦

她一得到父亲去世的消息就知道那是个假消息。尽管她坚定地相信父亲没死，但她仍然陷入了巨大的悲伤和焦灼之中，所有的人都在为即将进行的葬礼而忙碌着，作为女儿，她怎么能够置身事外？其实，她几乎能够精准地判断出眼前的荒谬应该发生在梦里——梦总是真实得使人产生幻觉——它胜过了小说和电影的演绎，而有着对人世特别的关照和映射。她好像没有能力抵抗，明知道是个梦，还是不由自主地陷入情绪和行动的河流，任凭这河流推着她向前，向前，向前。

这是在梦里吗？她还是禁不住内心的疑虑而发出轻微的疑问。但没有人回答她。他们心无旁骛地忙碌着，既不喜悦，也不悲伤。

这个消息也惊动了庙湾村之外的几十个人，他们与她的父亲有着或远或近的关系。他们正心急火燎地从四面八方动身前往庙湾村，以送别这个终生被土地、房屋及儿子们奴役的苦命人。其实，他们也被同样一张网罩着，关于这一点，他们心知肚明。

父亲活得好好的，然而，他死了！几十个人怀着几十种情感前来见他最后一面。她觉得滑稽，但不知道怎样阻止他们。所有的人都在忙碌，黑漆门板被卸下来一扇，摆放在两个高腿板凳上，等着安顿父亲的遗体；院子里支起最大的铁锅，锅里密布着大小不一的水泡；乡亲们着急忙慌地搭着白帆布灵棚，灵棚正前方贴着“高登云路”四个手写楷书大字；响器班的笙、管、笛子、小锣、小钹、碰铃奏出低沉悲凉的乐曲……父亲倒背着手站在房顶上静静地观摩这一切，他脸上涌现出少见的慈善又满足的笑容。

“谁死了？”父亲居高临下俯视着人群大声问道。

“你！你死了！还不下来躺到门板上？赶快下来躺到门板上！一会儿人都来了，看把人吓着！”人群中一个岁数大、又有管事派头的长者以更大的声音回应了父亲。他伸出干瘪多皱的右手指一下父亲，又指一下梯子，再指一下搁在两个板凳上的门板。父亲的脸瞬间苍白如纸，斗大的汗珠子啪嗒啪嗒地砸下来。他几乎没来得及思考便拖拉着一条腿跌跌撞撞地朝梯子的方向挪去……父亲果真厌倦了活着？要知道，他可是个地道的钢铁汉子，从不服输，也不服人，有时候，就连老天爷也不放在眼里。尤其在生死问题上。他先前曾找人算命说是能活到 108 岁，受不够人间的苦是不能死的。他才刚刚活过第六个本命年，人间的苦也才受了六七成，理论上还不到死的时候……我正胡思乱想之际，父亲已经直挺挺地躺倒在铺着干草的门板上，姐姐们立刻涌上来把一枚穿着红线的铜钱塞进父亲口中，笨拙而快速地为他穿上一套没有扣子的蓝黑色中山装。这看似大逆不道，因为庙湾村自诞生以来从没有一个人穿着中山装入土。但父亲之前安排过，他死后绝不按照常规穿殡葬店里那些印着松柏、飞鹤、祥云等图案的绸缎套装。她们小心翼翼地用麻绳把父亲的两个脚踝绑在一起，腰部也系了同样的一根麻绳，一个洁白的手绢塞进左边的袖口。整个过程没有一个人哭，就好像世界凝固了一样。为了让父亲的灵魂在未知的另一生有个归处，也为了避免走尸、诈尸等骇人的事故发生，我们强忍着悲痛，硬是不让一滴眼泪落在父亲身上。

父亲死了！父亲真的死了！像她见过的所有死人那样，他直挺挺地躺在门板上，一动不动，眼睛结结实实地闭着，唯恐再看到世间的艰难和污浊。

人间又少了一个苦命的人！

她率先失声痛哭！姐姐们也跟着号啕起来，人群中很多人也大放悲声。凝固的世界瞬间炸开了。

她看到母亲也在哭。她几乎把整个人都伏在父亲的身上，拍打着他，责骂着他，念叨着他的勤劳、节约、正直，以及他们共同经历过的细节。母亲哭得肝肠寸断，几欲昏死过去。她看着母亲的表演，感觉很陌生，甚至厌恶。在她看来，母亲大可不必如此做作，她完全应该冷静一些，克制一些，即使像冷漠的旁观者，也不会遭到指责。毕竟，父亲对待她实在太过粗糙和野蛮，一定意义上，父亲不懂爱，不会爱，他只会像个吸血鬼一样盘剥母亲的劳力、智慧、温情，以及无微不至的关怀和照顾。但母亲的伤心并非伪装。

楼道里踢踢踏踏的脚步声破门而入，同学们刚刚聚餐归来，她也从一场知道是梦的梦中清醒过来，如释重负地松了一口气——父亲还活着——他应该在庙湾村老房子的土炕上沉沉地睡着了。而母亲圆睁着一双干涩、模糊的眼睛，直愣愣地盯着雾一样流动的黑暗，想象着儿子们的面容。他们骨瘦如柴，一言不发，面带着屈辱和怨恨……

她光着脚赤裸着身子在房间踱来踱去，低下头俯瞰自己，她的嘴角泛起一丝冷笑（到底“岁月催人老”），腹部的赘肉明显又多了，稀疏的几道妊娠纹蚯蚓般在小腹上攀爬，双腿白皙、光滑，双脚略微显大，但脚型好看。

她在窗前站定，像品味虚妄的前半生一样咀嚼着午夜的魆黑和静谧。如果后半生也是虚妄的，还要不要满怀着纯粹的热望和凛冽的激情，还要不要忍受委屈，或者像黑夜和白天那样坚持黑白分明？又一丝冷笑浮过脸颊，她转过身，打开柜子，取下那件灰湖绿底色、密布着浅棕色细竹叶的改良旗袍，紧紧贴在胸口，感受着来自另一个人炽热的温情和爱意。良久，她才缓缓地一丝不苟地把它套在身上。自从另一个人意外离世之后，她就再也不能触碰与他相关的任何物件。她把它们（他送给她的衣服、首饰、书籍）打了包，放到久不使用的地下室，任凭它们沉沦在日复一日的单调和冷寂之中——如今，另一个人沉睡在单调又冷寂的黄土之下，等待着光明和救赎。他们相识之初，她的身体结实而又匀称，浑身散发着狂野又恬静的气息，就好像一半是蜜獾，一半是布偶猫，让他充分领受了一种陌生又诱人的风景。她伸出右手，掌纹凌乱，掌心凹进一个浅浅的小坑，大鱼际中间部位那个纽扣状的疤痕还在，暗红色，死硬死硬。她把白瓷茶杯摁碎在大理石茶几上的那个夜晚，他们都闷声哭了。她盯着对面那双闪烁着绝望、畏惧、愤怒的眼睛一字一句、铿锵有力地说了好多话。为了让另一个人相信已然降临于他们的结局，她抓起那个白瓷杯，用力地磕下去，碎片炸裂……“女皇”发威，“恶魔”显灵。她盯着他，无声地笑，笑个不停，像疯了一样。他害怕极了，短暂的迷惘之后，霍地站起来，疾步蹿到她跟前，抓起那只喷涌着鲜血的手，放到嘴边，一边呜咽，一边亲吻、吮吸。他把她流的血全部吸进身体，而后，从抽屉找出三个创可贴，交叉着粘在伤口处。整个过程，神色凝重，一言不发。

那是他们最后一次见面——决绝又骇人、暴烈又沉痛的告别。

未被文胸束缚的乳房明显有些松弛下垂，腰部曲线也不再玲珑有致。再也配不上旗袍的优雅高贵了，她想。动身之前，她毫无缘由、近乎神经质地把它从地下室找出来，带在身边。当时，她并不知道意味着什么。现在她懂了，真正的告别并不存在，一次又一次的告别还在等着她。

一个多月的时光并未留下深刻的印记。学习期间，除了上课和推辞不掉的应酬之外，她都把自己关在房间，看电影，听音乐，读书……偶尔会有水课，她会和要好的同学一起抱怨，抱怨上课的专家学者不能与时俱进，像守护隐匿在他们身上羞于示人的顽疾一样，固守着老套的思维，安于早期形成的理论见解（相对于当代，又或者是偏见），以吃老本的方式赚取丰厚的薪酬和崇高的荣誉，羞耻心、责任感、想象力、创造力、良心等曾经可贵的品质被蒙上了灰尘。然而，像奢侈品一样，只有极少数人才有能力拥有它们。而她显然要算在这极少数人之中，这也是她时常感觉孤独、悲伤、彷徨的主要原因。

母亲节那天，在她打算给母亲打电话之前，竟然破天荒地接到了母亲的电话。在一番艰难的犹豫之后，母亲才嗫嚅着说了一个让她感到意外的事情。母亲一直知道她和小弟弟关系紧张，并且她再三表示过要和那混账划清界限，永不来往。然而，母亲还是抱着试探或者劝导的心态和她分享了那个消息。显然，母亲心头的愉悦已然炸裂，这于母亲实在是莫大的慰藉，是她一生之中珍贵的礼物，也是劈开她幽暗内心的璀璨光束。小弟弟带回一个朴实本分的来自偏远地带的单身女人，女人铁了心要嫁他，对于他之前的劣迹以及当前一贫如洗的境况概不介意。几乎出于本能，她对那女人的用心存有疑虑。然而，她迅速否定了自己。小弟弟既没房子，又没钱。她实在无利可图。这样一想，她又从心底为那不曾谋面的女人担忧起来。但她实在不忍心打击母亲的热情，便随口说了一些祝福的话。挂断电话之前，她还向母亲保证一定会和小弟弟冰释前嫌，在小弟弟买房结婚时，也会赞助一笔钱。她本来以为只是曲意逢迎母亲，但她竟然不自觉地查询银行卡余额，脑海中甚至浮现出小弟弟和那女人结婚的场景：庙湾村的旧院焕然一新，每个房间都吊了顶，抹了墙，铺了地砖，并且摆着时髦的沙发和家具；妇女们在房顶上一边缝着崭新的被子，一边放肆地插科打诨；母亲开怀地笑着，正往冒着热气的大锅里倒入肉片、豆腐、粉条……血缘至亲之间，彻底的放弃和不共戴天的恨意从不存在。她和母亲先前说过的那些话全是谎话，她们试图摆明的立场也很容易被那神秘又伟大的爱的力量击垮。

傍晚时分，她发现自己情绪不高，已经将近一天都没有他的消息了，这让她禁不住胡思乱想起来：也许他做的手术出现了意外，正在面临患者家属的责难；或者，他又到西部山区最偏远的某个村庄下乡了，由于信号较弱，无法发出信息；也可能，他中午喝多了酒，一直昏睡着醒不来……院子里空无一人，流浪猫们不知所踪，偶尔一两个桑葚落下来发出轻微的声响，近乎空茫的寂静使她难过。但她不想回去，房间里的寂静更为严酷。听音乐吧，品味那些入心入肺的歌词吧，《今天》《原来你也在这里》《这世界那么多人》……她并不擅长唱歌，但音乐的确具有治愈的效果，就像文学和绘画一样。

暮色渐沉时，她隐约感觉到远处的篮球场那边好像有个人影。像他。这让她大为吃惊。不是真的，她轻蔑地笑了笑。“不是真的。”她一遍遍告诫自己，但还是朝那个人影走去。微驼的背，弗朗茨·李斯特的发型，抽烟时眼睛平视着前方，扔掉烟头后快速地扩胸运动。是他！她断定是他。但他显然并没有发现她。因为做完扩胸运动，他便专注地盯着对面的那排楼房。黑暗中，她俯下身子，准备把自己藏到一个雕像的阴影里。突然，她的手机响了。那人影一边放声大笑，一边快速奔向她。

另一个房间，激情冷却之后，他才对这一没有事先公布的行程做了解释。首先，他的确想她，想给她一个惊喜；其次，他和院长起了争执，拍了院长的桌子。她不由得担心起来，责备他年过半百的人了还控制不好自己的情绪。他说自己做了正确的事情，什么也不怕，即使被开除，也没什么怨言。他不想像当年那样再次由于软弱而留下遗憾，从而背负沉重巨石。

“提高效益本身没问题，但为了提高效益不择手段就有问题了。院领导竟然想增加检查项目，提高手术、治疗费用，动员患者使用基本医疗保险范围外药品……这样下去，声誉就毁了，别说提高效益了，不倒闭都是好的。你说，我能不拍他桌子吗？我还想拍人呢！”他点燃一根烟，猛吸两口，平复了一下情绪继续说，“我建议从提高各科医生的诊疗水平和服务意识入手，在这个基础上，加大宣传方式和力度。但根本没人理我，那些人都更看重立竿见影的效果……”

“太暴力了！黄土埋半截了，还是要控制一下情绪。”她笑，是那种半嘲讽半肯定的笑，毕竟，她太了解他了。丝毫没有责怪的意思，在她看来，“拍桌子”这种行为原本就属于他，就像弓箭属于猎手，而农民需要仰仗锄锹耙犁实现对土地的钟爱和深情。

“最后呢？”她把右手插进他前额的头发，沿着头顶缓慢地朝着后脑区滑动，停留在后颈处时，她反复地用力揉捏。他闭上眼睛，嘴角漾出波纹似的浅笑。

“哦，最后？当然不了了之啦，像很多事情一样！”他冲她笑，笑得有些诡异，也有些得意。“这可不叫‘以恶制恶’，我反思过，用‘意气用事’形容比较合适。”她并不迷恋暴力，但她喜欢他浑身上下散发的坚强有力和勇猛果敢，甚至，她也总能为他偶尔的“简单粗暴”“鲁莽专横”找到借口。

另一个人给予过她无与伦比的爱，那个人从不吝惜从相貌、气质、处事方式、想象力、创造性等多方面对她进行恭维和赞美，他无条件地顺从她，就好像从来不知道违逆为何物。即使她无数次诚恳地告诫他，她更需要客观的、强硬的、匡正的，甚至是制约和管控的力量，她需要绳索和鞭子……可另一个人总是充耳不闻，他固执地相信爱意味着无限的自由、宠溺和纵容。“我要把你宠成‘女皇’，让你变得无法无天，那样就不会再有第二个人敢爱你！”他每次对她说这句话时都满怀着近乎迂腐的信任和虔诚。他也总是喜欢使劲地握住她的手，长久不松开，像品味奢侈品那样，要把款式、质地、纹路牢牢记在心中。她的手一点儿也不漂亮，骨节大，婴儿肥，手背上零星有几个米粒状浅褐色斑点。俗，且丑，她暗暗嘲讽它们像猪蹄，从来不在人多的场合展示，在平日里，也尽量把它们藏在暗无天日的裤兜里。但另一个人却很珍视它们，即使开车时，也总是不由自主地寻到其中的一只，握住它，就好像握着的是永恒的爱和幸福。所求皆所愿，所愿皆所得。她以“女皇”无上的权利和傲慢终结了他们的爱情。

从这个位于26层的房间能够清晰地眺望到她居住的学院的房间，那个陈设简单的小房间正陷入一团漆黑。它短暂容纳过好多像她一样怀揣梦想之人。她从写字桌左侧第二个抽屉里翻到过一个线装牛皮纸本子，本子的封面截取了《清明上河图》的一部分，看起来古朴而有诗意，扉页上写着赫兹里特关于写作的名言：“唯一没有瑕疵的作家是那些从不写作的人。”看到那个句子时，她感到很宽慰，像母亲的抚摸一般，又或者像冬日暖阳照耀在冰川上一样——唯一没有瑕疵的人并不存在。就是在那一刻，她仿佛看到了另一个自己在无尽的旷野中朝她点头致意，并不言语，继而转身奔向更为广阔的旷野。

“一会儿就走，两点一刻的高铁票，明天还要上班，一个胰十二指肠切除术，一个直肠癌前切除术，都有些麻烦。”

她略感落寞，但这落寞在泛起的瞬间就消失了。他在时间的夹缝里，在生活遭遇小波浪之时，能够想到她，并且未经允许就贸然前来。这是不是意味着他也需要她，想念她。显然，她之前对他的论断太过片面和肤浅。想到此，她不免感到一丝羞愧。

离开前，他像往常一样给她出了一道题（他独创的分别仪式）：“亲爱的，为虎作伥的‘伥’的原始意思是什么？”她一时愣住了，像往常一样朝他胳膊上狠狠打了一巴掌。

“帮凶？”

“非也。”

他穿好衣服，拥抱她，走向房门，回头，笑，再回头，挥手。

门咔嗒一声响过之后，空旷和黑暗填充了房间，但她并不孤独。她打开手机查询“伥”的意思。伥，伥鬼，昔为虎食之人，既已鬼矣，遂为虎之役。即被老虎咬死的人，死后变成伥鬼，专门引诱人来给老虎吃。

入睡前，她习惯性地点开“杯弓蒜泥”视频号，画面上只有魏阙一个人，他正在即兴演讲，显然，另一边有看不见的人围着他。

“出于礼貌，我不回绝任何人。你们肯定有想法和目的，但要是真的关心我，就去看书吧。谢谢！”

她的骑士魏阙——一个干净的人——依然穿着先前那身脏得油光可鉴的黑衣服，毡片似的头发僵硬地垂至两肩，右手攥着一个鼓囊囊的大号黑色塑料袋，左手拍着胸口，脸上浮现出中年男人特有的淡定，以及不易被察觉的轻松和愉悦。

图书在版编目（CIP）数据

在海塭堡的另一种人生 / 四四著 . -- 石家庄 : 河北教育出版社 , 2024. 9. -- (燕赵秀林丛书：文学). -- ISBN 978-7-5545-8852-9

Ⅰ . I247.7

中国国家版本馆 CIP 数据核字第 2024C17601 号

燕赵秀林丛书 · 文学

在海塭堡的另一种人生

ZAI HAIWENBAO DE LING YIZHONG RENSHENG

作　　者　四　四

出 版 人　董素山　汪雅瑛

责任编辑　王　丽　汪佩瑜

装帧设计　李关栋

出版发行　河北出版传媒集团

河北教育出版社　http://www.hbep.com

（石家庄市联盟路 705 号，050061）

印　　制　石家庄名伦印刷有限公司

开　　本　787 mm × 1092 mm　1/16

印　　张　13.75

字　　数　160 千字

版　　次　2024 年 9 月第 1 版

印　　次　2024 年 9 月第 1 次印刷

书　　号　ISBN 978-7-5545-8852-9

定　　价　68.00 元